敦煌吐魯番本《文選》輯校
上冊

金少華　著

S.3663《嘯賦》局部（國際敦煌項目網站http://idp.nlc.cn上的掃描圖版）

P.2554《樂府十七首——樂府八首》局部（國際敦煌項目網站http://idp.nlc.cn上的掃描圖版）

P.2525《思倖傳論——光武紀贊》局部（國際敦煌項目網站http://idp.nlc.cn上的掃描圖版）

BD.15343《辯亡論》局部（世界數字圖書館https://www.wdl.org/zh/上的掃描圖版）

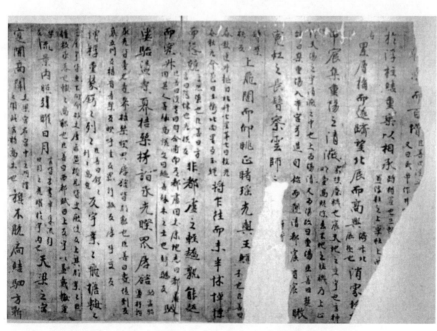

P.2528《西京賦》局部（國際敦煌項目網站http://idp.nlc.cn上的掃描圖版）

P.2528《西京賦》局部（羅振玉《鳴沙石室古籍叢殘》）

大谷11030《七命》　　　　　Ch.3164《七命》

（國際敦煌項目網站http://idp.nlc.cn上的掃描圖版）

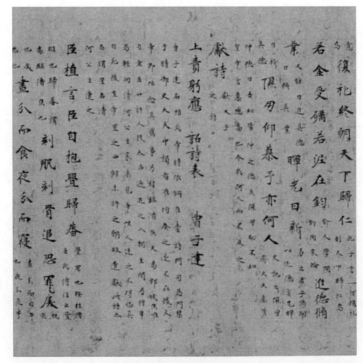

Φ.242《補亡詩——上責躬應詔詩表》局部（國際敦煌項
目網站http://idp.nlc.cn上的掃描圖版）

總序

　　《昭明文選》是中國現存最早的一部詩文總集，自隋曹憲撰《文選音》，一千多年來，經過無數前輩學者的研究探討，「選學」已成為一門國際性顯學。出土文獻對於促進古文獻研究的深入具有重要意義，故自敦煌吐魯番等地出土《文選》寫本後，立即引起了學術界的關注，涉足於此的學者眾多，研究成果豐碩。寫卷的收集及文本的整理，自然是一切研究的前提。羅國威《敦煌本〈昭明文選〉研究》（哈爾濱：黑龍江教育出版社，1999 年）是關於敦煌寫本《文選》的第一個較為全面的校錄本，共校錄了 20 號寫卷，基本上收全了此前公布的敦煌本《文選》寫卷。二〇〇〇年，中華書局出版了饒宗頤的《敦煌吐魯番本文選》，收錄了 35 號敦煌吐魯番本《文選》寫卷的完整圖版，並有敘錄簡單介紹寫卷內容。

　　二〇〇六年九月，少華考研進入本所古典文獻學專業從我學習。鑒於敦煌吐魯番本《文選》的研究還存在着很多不足，如卷號收集不全、錄文不夠精確、校釋過於簡單等等。我們商量決定，由少華對敦煌吐魯番本《文選》的文本進行全面的整理與研究。二〇〇八年，少華以《敦煌吐魯番本〈文選〉研究》為題申請碩士學位，該文在全面梳理前人研究成果的基礎上，對百年來敦煌吐魯番本《文選》寫卷的研究作了全面的總結。上編「敘錄」部分，為收集到的 32 號敦煌寫

本、7號吐魯番寫本及9號《文選》相關寫卷作了詳細敘錄；下編「校證」部分，將敦煌吐魯番本《文選》寫卷與傳世《文選》版本對勘，參以各種相關資料，或發寫本之優劣，或糾前人之訛誤，得校證94條。該文得到了評閱專家及答辯專家的一致好評。而且由於該文的字數達到十八萬，故有專家認為，這是一篇優秀的博士論文，而不是碩士論文。當年，該文獲得了二〇〇八年度浙江省優秀研究生學位論文的榮譽。二〇一一年，少華博士畢業，進入本校哲學系博士後流動站，合作導師為孔令宏教授。二〇一三年，提交博士後工作報告《敦煌吐魯番本〈文選〉校證》，圓滿完成了博士後期間的工作任務並留校任教。

《敦煌吐魯番本〈文選〉校證》是少華碩士論文的延續研究，收集到已公布的41號敦煌吐魯番寫卷，對每一號寫卷作了精細的錄文及詳盡的校勘。又經過兩年多的修訂增補，該文以《敦煌吐魯番本〈文選〉輯校》為題於二〇一六年入選《「十三五」國家重點圖書、音像、電子出版物出版規劃》，將由浙江大學出版社出版。

《敦煌吐魯番本〈文選〉輯校》較之原來的博士後工作報告，又增加了3號吐魯番寫卷，使敦煌吐魯番寫卷的總數達到44號，是迄今為止收錄寫卷最全的研究成果。全書將寫卷分成白文本、李善注本、佚名注本三類，分別加以校錄。每件寫卷都冠以題解，簡要說明底本及參校本、原本完缺情況、抄寫年代的判斷和前人著錄研究情況，之後就是錄文及詳細的校勘記。少華不僅具有紮實的文獻學功底，而且在文字、音韻、訓詁方面有良好的基礎，所以他的考證援引詳明，條理

精密，新見疊出，勝義紛綸，是迄今為止對敦煌吐魯番寫卷文本整理方面的成果中校勘最為細密而精確的，讀者諸君可參看本書「緒論」中關於寫卷的版本價值、校勘價值、文字學價值、音韻學價值諸項的具體考訂，即可窺見其一斑，我在這兒就不再繞舌了。

　　少華的博士論文《古抄本〈文選集注〉研究》獲得國家社科基金後期資助，已於二〇一五年四月由浙江大學出版社出版，這次出版的《敦煌吐魯番本〈文選〉輯校》是他的第二本專著。二〇一六年申報的「古抄本《文選集注》校證」項目已獲得全國高校古委會的直接資助，在此熱切地盼望少華「《文選》三書」的第三部著作能儘快出版，為文選學的發展作出更大的成績，為宏揚祖國優秀傳統文化貢獻自己的才華。

許建平

2017 年 4 月於浙江大學古籍研究所

目次

凡　例

一、本書引用敦煌吐魯番文獻收藏編號，統一使用學界通行的簡稱：

P. ——法國國家圖書館藏敦煌文獻伯希和編號

S. ——英國國家圖書館藏敦煌文獻斯坦因編號

Дx. ——俄羅斯科學院東方文獻研究所藏敦煌吐魯番文獻編號

Ф. ——俄羅斯科學院東方文獻研究所藏敦煌文獻弗魯格編號

BD. ——中國國家圖書館藏敦煌文獻統編號

北新——中國國家圖書館藏敦煌文獻新編號

敦研——敦煌研究院藏敦煌文獻編號

津藝——《天津市藝術博物館藏敦煌文獻》編號

大谷——日本龍谷大學圖書館藏敦煌吐魯番文獻編號

MIK ——德國印度藝術博物館藏吐魯番文獻編號

Ch. ——德國國家圖書館藏吐魯番文獻編號

　　二、引用敦煌吐魯番文獻時，全部標明卷號，如：P.2528、S.3663、Дх.17704、大谷11030。若同一卷號下包含多種文獻，用a、b、c……分別標明，如P.5550a，表示所引文獻為該號所含文獻的第一部分。見於寫卷背面的文獻，則於卷號後加「v」（verso的首字母）。對於可以綴合的寫卷，用「+」號表示前後相接。

　　三、本書引用以下文獻一般使用簡稱：

《法藏》——《法藏敦煌西域文獻》

《英藏》——《英藏敦煌文獻（漢文佛經以外部分）》

《俄藏》——《俄藏敦煌文獻》

《國圖》——《國家圖書館藏敦煌遺書》

《甘藏》——《甘肅藏敦煌文獻》

《津藝》——《天津市藝術博物館藏敦煌文獻》

《伯目》——伯希和《巴黎圖書館敦煌寫本書目》（陸翔譯）

《法目》——謝和耐、吳其昱、蘇遠鳴等《巴黎國家圖書館藏敦煌漢文寫本注記目錄》

《翟目》——翟理斯《英國博物館藏敦煌漢文寫本注記目錄》

《孟目》——孟列夫主編《俄藏敦煌漢文寫卷敘錄》（袁席箴、陳華平譯）

《王目》——王重民《伯希和劫經錄》，載商務印書館編《敦煌遺書總目索引》

《劉目》——劉銘恕《斯坦因劫經錄》，載商務印書館編《敦煌遺書總目索引》

《黃目》——黃永武《敦煌遺書最新目錄》

《金目》——臺灣中國文化大學中國文學研究所敦煌學研究小組

編，金榮華總負責《倫敦藏敦煌漢文卷子目錄提要》

《榮目》——榮新江《英國圖書館藏敦煌漢文非佛教文獻殘卷目錄（S.6981-13624）》

《施目》——敦煌研究院編，施萍婷主撰稿《敦煌遺書總目索引新編》

四、下列《文選》版本一般使用簡稱：

尤刻本——南宋淳熙八年（1181）尤袤刻本李善注《文選》（《中華再造善本》，北京：北京圖書館出版社，2004 年）

胡刻本——清胡克家重刻南宋淳熙本李善注《文選》（北京：中華書局，1977 年）

《文選集注》——古抄本《文選集注》（《唐鈔文選集注彙存》，上海：上海古籍出版社，2011 年再版增補本）

北宋監本——北宋國子監刻遞修本李善注《文選》（《中華再造善本》，北京：北京圖書館出版社，2006 年）

明州本——日本足利學校藏宋刊明州本六臣注《文選》（北京：人民文學出版社，2008 年）

奎章閣本——韓國漢城大學圖書館奎章閣藏六臣注《文選》

叢刊本——《四部叢刊初編》影印南宋建州刻本六臣注《文選》

陳八郎本——臺北「國家圖書館」藏南宋紹興辛巳（1161）陳八郎刻本五臣注《文選》

朝鮮本——日本東京大學東洋文化研究所藏正德四年（1509）朝鮮刻本五臣注《文選》

上述明州本、奎章閣本、叢刊本或統稱「六臣本」，其五臣部分及陳八郎本、朝鮮本亦或稱「五臣本」。

　　五、為求行文簡潔，本書稱引前修時彥之說，皆直書其名，一般不贅「先生」字樣，不恭之處敬請諒解。本書腳注僅標明文獻出處頁碼，相關版本信息請見參考文獻。

緒　論

　　梁昭明太子蕭統編輯的《文選》是我國現存最早的文學總集。隋唐以降，「文選學」大興，千餘年間，注釋、讎校、辭章、評論、廣續等各類著述蜂起迭出[1]，至清代尤蔚為大國。張之洞《書目答問》所附《國朝著述諸家姓名略總目》專設「文選學家」之目，「舉其有論著校勘者」即達十五家，並稱「國朝漢學、小學、駢文家皆深《選》學」[2]。是故今日之《文選》研究，如果沒有新材料的發現，殊難超越前人。所幸地不愛寶，在敦煌吐魯番出土文書中尚殘存《文選》寫卷四十餘號，吉光片羽，彌足珍貴。

一

　　敦煌吐魯番本《文選》大多為盛唐以前抄寫的白文本，距離蕭統

1　參見駱鴻凱《文選學·源流第三》，第42頁。
2　張之洞撰，范希曾補正《書目答問補正》，第265頁。

編成該書不過區區一二百年，原貌猶存。又有李善注本四件，皆抄寫精良，質量上乘，其價值尤為重要。唯兩件佚名注本中的津藝 107＋永青本（《與嵇茂齊書—難蜀父老》）訛誤甚夥，然書法純熟，所存《文選》異文也極具校勘價值。

（一）版本價值

敦煌吐魯番寫卷從廣義上講也是古籍的一種異本，嚴佐之《古籍版本學概論》云：「古籍版本有廣狹二義。狹義的古籍版本專指雕版印本，廣義的古籍版本泛指包括寫本、印本在內的，用各種方法製作而成的古代圖書的各種本子。」[3]

敦煌吐魯番本《文選》最值得稱道的版本價值就是 P.2528《西京賦》李善注寫卷保存了李注本原貌。

P.2528 寫卷起張衡《西京賦》「井幹疊而百增」句，至賦末李善注止，尾題「文選卷第二」，共三百五十八行，正文大字，小注雙行（少數為單行），卷末題記云「永隆年二月十九日弘濟寺寫」，世稱「永隆本」。永隆（680-681）為唐高宗李治年號，其時李善尚未辭世。故自宣統二年（1910）蔣黼撰著題跋以來，前輩學者皆視之為李善注原本。

一九九九年，傅剛發表《永隆本〈西京賦〉非盡出李善本說》一文（以下簡稱「傅文」）[4]，始有《西京賦》寫卷乃弘濟寺僧「合成本」之新說：「此卷的正文部分並非李善底本，而是用的薛綜的底本（引者按：李注本《西京賦》採用三國東吳薛綜舊注。胡刻本《西京賦》題下標「薛綜注」，其下李注云：「舊注是者，因而留之，並於篇首題其姓名；其有乖繆，臣乃具釋，並稱『臣善』以別之。他皆類此。」）。

3　嚴佐之《古籍版本學概論》，第 1 頁。

4　《中華文史論叢》第 60 輯，第 210-221 頁；收入傅剛《文選版本研究》，第 240-249 頁。此據後者。

這就是說，永隆本《西京賦》並不是李善的原本，寺僧抄寫，依據的是薛綜和李善兩種底本。」「（永隆本）正文及薛綜注抄的是薛本，然後再抄李善注。」「只能稱永隆本為《西京賦》注殘卷，而不能說是（李善注本）《文選》殘卷。」其說頗為學界所重，唯范志新《敦煌永隆本〈西京賦〉的是李善〈文選〉殘卷——駁「非盡出李善本」說》（以下簡稱「范文」）[5]曾加批駁。

　　P.2528《西京賦》寫卷是現存可定年的最早的《文選》李善注本，誠如傅文所言：確定《西京賦》寫卷是否為李善注原本意義重大，因為傳世《文選》李善注本和五臣注本多相混亂羼雜，如果寫卷為李注原本，就能夠據以判別釐清二本傳承演變的過程[6]。筆者反覆校讀，認為《西京賦》寫卷乃李善注原本，傅文之說可商；范文雖有所駁正，但未能切中要害，而且范氏謂「寫本之底本出諸李善注所據之蕭《選》，而絕不可能依薛綜注《西京賦》」[7]，殊乖事實，可知范氏對李善注本的原貌，與傅氏一樣存在較大誤解。

　　1. 李善注引書「各依所據本」，李注引文與所注正文不同不能據以作為《西京賦》寫卷為「合成本」之證

　　傅文認為：「判斷永隆本是不是李善本，一個最基本的依據是該本的正文和注文必須一致，但永隆本並非如此，它的李善注文常常和正文相左。」P.2528《西京賦》寫卷李善注文與賦文之歧異，傅文列表統計得十三條[8]。實則此類歧異在整個《西京賦》寫卷中多達四十餘條，今列表一如下（「序號」列標「※」號者，傅文已舉例；「正文」列括

5　范志新《文選版本論稿》，第 233-244 頁。

6　傅剛《文選版本研究》，第 242 頁。

7　范志新《文選版本論稿》，第 243 頁。

8　傅剛《文選版本研究》，第 242-243 頁。

號內為五臣本賦文；「李注」列引書內容係節錄）：

表一　《西京賦》寫卷李善注文與正文歧異條目

序號	正文	薛注	李注
1※	正睹**瑤**光與玉繩（瑤）		《春秋運斗樞》：**搖**光
2※	**墱**道麗倚以正東（隥）	墱	《西都賦》：**隥**道
3	立脩莖之**仙**掌（仙）		《漢書》：**僊**人掌
4※	美往昔之松**橋**（喬）		《列仙傳》：王子**喬**
5※	期不**陀**陊（陁）		《方言》：**陁**
6	設在**蘭**錡（蘭）		《魏都賦》劉逵注：受他兵日**闌**
7	寔**蕃**有徒（蕃）	蕃	《尚書》：寔**煩**有徒
8	睢**盱**蠆芥（盱）		《漢書》：睢**盰**；《說文》、《淮南子》：**盰**
9	**戎**葵懷羊（戎）		《爾雅》：**茙**葵
10	篠簜**敷**衍（敷）	敷	《尚書》：篠簜既**旉**
11	豫**章**珍館（章）	章	《三輔黃圖》：豫**樟**
12	鳥則**鷫鵊**鴰鴇（鷄）		《淮南子》高誘注：**鷫霜**
13	前後無有垠**鍔**（鍔）		《淮南子》及許慎注：垠**鄂**
14	**倚**金較（倚）		《毛詩》：**猗**重較兮
15	載**獫猲獢**（獫獢）		《毛詩》及毛傳：載**歛歇驕**
16	螭魅**蝄蜽**（蛧）		《左氏傳》及杜預注：**魍**
17	緹衣**韎韐**（韐）		《毛詩》：**韎韐**
18	百禽**㥄**遽（㥄）	㥄	《羽獵賦》：**陵**遽
19	麑**兔**聯獠（兔）	兔	《毛詩》：麑**菟**
20	奎踽**槃**桓（盤）	槃	《廣雅》：**般**桓
21	般于**游**畋（遊畋）		《尚書》：**遊**田
22※	摤**昆鮜**（鯤鮜）	昆鮜	《國語》：**鯤鱬**

續表

序號	正文	薛注	李注
23※	**張**甲乙而襲翠被（帳）		《漢書》：甲乙之**帳**
24	程角**牴**之妙戲（觗）		《漢書》及文穎注：角**抵**
25※	是為**曼延**（蔓延）	曼延	《漢書》：**漫衍**
26	**侲**童程材（侲）	侲	《史記》：**振**
27※	奮長**褎**之颯纚（袖）	褎	《韓子》：長**袖**善舞
28	**壹**顧傾城（一）		《漢書》：**一**顧傾人城
29	增昭儀於**婕妤**（婕妤）		《漢書》：**倢伃**
30※	**躭**樂是從（耽）		《尚書》：惟**湛**樂之從
31	**趫**悍虓豁（趫）		《史記》：**獟**。獟與趫同
32	睉眦**蠆芥**（蔕芥）		《子虛賦》張揖注：**蔕介**。蠆與蔕同
33	**柞**木翦棘（槎）		《國語》賈逵注：**槎**。柞與槎同
34	奮鬣被**般**（般）		《上林賦》：被**班**文。般與班古字通
35	睢盱**跋**扈（跋）		《毛詩》鄭玄箋：**沛扈**。沛與跋古字通
36	頒賜獲**鹵**（虜）	鹵	《漢書音義》：鹵與**虜**同
37	布九**罭**（罭）		《毛詩》：九**域**。罭與域古字通
38	烏獲**扛**鼎（扛）		《說文》：**扛**。扛與扛同
39※	麏兔聯**猭**（逡）	猭	**逡**，勑倫反
40※	搤**䴥**彙（髯）	䴥	**髯**，房沸反
41※	陵重**巘**（巘）	巘	**巘**，言免反
42※	增**蟬娟**以此豸（嬋娟）	蟬姢	**嬋**，音蟬；**娟**，於緣反

如表一，除最後四條外李善皆引書作注，引文用字與所注《西京賦》正文不同。王引之《經義述聞》卷五「歌以訊止」條云：

　　古人引書不皆如其本字。茍所引之書作彼字，所注之書作此字，而聲義同者，則寫從所注之書。[9]

「寫從所注之書」誠為古書通例，傅文亦謂「正文與注文必須一致」是判斷 P.2528 寫卷《西京賦》是否為李善注原本的基本依據，並根據寫卷「李善注文常常和正文相左」之事實判為「合成本」，其「正文部分並非李善底本，而是用的薛綜的底本」（見上引）。

　　但是，就李善注本《文選》而言，王引之所揭通例其實並不適用。饒宗頤在討論表一第 13 條時曾指出李注引書與所注正文「各依所據本」。

　　P.2528 寫卷《西京賦》：「前後無有垠鍔。」李善注：「《淮南子》曰：『出于無垠鄂〔之〕門。』許慎曰：『垠鄂，端崖。』」

　　饒氏《敦煌本文選斠證》（一）云：「永隆本賦文作『垠鍔』，而所引《淮南子》及許注則並作『垠鄂』，此各依所據本也。各刻本許注作『垠鍔』，則與《淮南》『垠鄂』原文不照，殆後人因賦文而誤改許注。」[10] 其說極是，李善所據許慎注本《淮南子》當作「垠鄂」，不同於所注《西京賦》之「垠鍔」。所幸傳世刻本《文選》李注中僅許慎注「寫從所注之書」作「垠鍔」，尚可藉以考見李善獨特的引書體例（詳見拙文《李善引書「各依所據本」注例考論》[11]）。

　　因此，P.2528《西京賦》寫卷雖然「李善注文常常和正文相左」，

9　王引之《經義述聞》，第 139 頁。

10　《新亞學報》第 3 卷第 1 期，1957 年 8 月，第 363 頁。

11　《文史》2010 年第 4 期，第 83-91 頁。

但並不能據以判定寫卷「正文部分並非李善底本」，李善引書作注者，引文用字與所注正文不必一致。而傅文泥於「寫從所注之書」的古書通例，不免得出似是而非的結論。如表一第2條：

> P.2528 寫卷《西京賦》：「墱道麗倚以正東。」薛綜注：「墱，閣道也。」李善注：「《西都賦》曰：『凌隥道而超西墉。』」

薛綜注「墱」字與賦文相同，李善注引《西都賦》則作「隥」，傅文遂斷言 P.2528 寫卷為「合成本」，「正文及薛綜注抄的是薛本，然後再抄李善注」（見上引）。

按胡刻本卷一班固《西都賦》「凌隥道而超西墉」作「隥」（明州本據五臣作「墱」，校語云「善本作隥」），適與寫卷《西京賦》李善注引相合。然則寫卷賦文「墱」與李注「隥」不同字者，「各依所據本」也。傅文之說未可遽從。

附帶討論一下傅文所舉 P.2528《西京賦》寫卷李善注文與賦文相左十三例中尚可商榷的兩條：

（1）李善引《列仙傳》「王子喬者，周靈王太子晉也」云云以注寫卷《西京賦》「美往昔之松橋」之「橋」（見表一第4條）。考王子喬未聞有作「橋」者，寫卷蓋涉上「松」字類化增旁而訛[12]，實非賦文用字與李注不同。傅文取以為證，似欠妥當。

（2）《西京賦》「摭紫彙」之「彙」寫卷從「米」不從「果」，薛綜注同，傅文以為與李善注「彙」字有異（參表一第40條）。考「果」字草書與「米」形近，賦文、李注其實無殊，傅文之說亦非。

12　參見羅國威《敦煌本〈昭明文選〉研究》，第48頁。

　　范文曾對傅文所舉十三條逐一加以箋疏，發現其中九條「都是李善注釋時所援引諸書與《選》文有異同，大抵是援引之書板有別本，並不能證明李善所據《選》文與正文不同本」[13]，其說足以解釋表一除最後四條外其餘諸條寫卷《西京賦》正文與李善注文之歧異，「援引之書板有別本」可與饒宗頤「各依所據本」之說相互發明。

　　但是，范文又謂「十三條李注與寫本正文之歧異，不外乎四類：通假字、古今字、異體字和聯綿詞，其共同特徵是義同、音同而形異。……區別只在字形的異文，不能排除寫手書寫的隨意性和時尚習俗的影響」，而「不能執此（形異）一端以論版本」[14]，則不免與其「援引之書板有別本」之說自相矛盾。如表一第 2 條，范文云：

　　寫本正文、薛注作「磴」，李善注引《西都賦》云云作「隥」。核尤本《西都賦》「陵隥道而超西墉」，正文作「隥」，李善注曰：「薛綜《西京賦》注曰：隥，閣道也。」是李善所引書本作「隥」且所見薛注《西京賦》亦作「隥」。高氏《義疏》云：此磴字字書所無。則「磴」為俗寫。然《正字通》、《康熙字典》等並謂「磴與隥通」，則是通假。[15]

按范文謂《西京賦》李注所引《西都賦》本作「隥」，是也；然又謂李善所見薛注《西京賦》亦作「隥」，則不可從，P.2528 寫卷及傳世刻本《文選》薛注並作「磴」，尤刻本（胡刻本）《西都賦》李注引作「隥」者，「寫從所注之書」耳。又 P.2528 寫卷《西京賦》正文「磴」與李善注引《西都賦》「隥」不同，范文以為李善「援引之書板有別本」，極

13　范志新《文選版本論稿》，第 234-236 頁。

14　范志新《文選版本論稿》，第 236 頁。

15　范志新《文選版本論稿》，第 234-235 頁。

是；然又謂「鐙」「橙」為「通假字」，不能執其形異一端「以論版本」，可謂進退失據。范氏對李善注引書「各依所據本」之體例似乎缺乏深刻的認識。

2. 李善所注《西京賦》底本為薛綜注本而非蕭統《文選》原帙

如表一，除第 42 條「嫺」外，P.2528 寫卷薛綜注均與《西京賦》正文相同，寫卷正文無疑抄自薛注本。而傅文既已斷言寫卷乃薛注本與李善注的「合成本」，必然得出李善所注《西京賦》底本並非薛注本而為蕭統《文選》原帙之推論[16]。

按傅文的推論實與其「正文和注文必須一致」之原則自相矛盾：依據該原則，如果李善所注《西京賦》底本為蕭統《文選》原帙，則李善注文用字與五臣本賦文不當參差不同（五臣所據即蕭《選》三十卷本）；然由表一可知，二者之歧異亦多達近三十條。傅文大概並未對其推論加以驗證。

范文也認為「寫本之底本出諸李善注所據之蕭《選》，而絕不可能依薛綜注《西京賦》」，理由是 P.2528 寫卷《西京賦》有「蕭《選》舊諱」：（1）賦文「巨獸百尋，是為曼延」之「曼延」不作「漫衍」（李善注引《漢書》「漫衍」云云，參見表一第 25 條），「蓋避蕭統父梁武帝『衍』諱」；（2）「承」字作「丞」或「承」，「蓋避南齊太祖蕭承之諱」，因「承之於（蕭）統為從曾祖行，故而蕭《選》避『承』亦家諱」[17]。

按「曼延」為聯綿詞，范文已明言聯綿詞「字無定形，更是古籍版本校勘中司空見慣的，若執此一端以論版本是非，難免膠固之譏

16　傅剛《文選版本研究》，第 248 頁。

17　范志新《文選版本論稿》，第 242-243 頁。按蕭承之係南齊太祖高皇帝蕭道成之父，范文又云「南齊高帝父承之」，似以太祖、高帝分屬蕭承之與蕭道成。

矣」[18]。然則范文以「延」為避諱改字，適自陷其「膠固之譏」。且寫卷《西京賦》「篠簜敷衍」並未避「衍」。

至於「承」或「承」，不過「承」字俗寫。北魏《張猛龍碑》「曉夕承奉」、《王君妻元華光墓誌》「巛規質」[19]，「承」「承」豈「承」之缺筆避諱字？未明避諱字與俗字分野而討論敦煌吐魯番寫本的避諱問題，鮮有不誤者[20]。

從下面四條證據來看，李善所注《西京賦》底本顯然為薛綜注本而非蕭統《文選》。

（1）表二所列諸條，P.2528 寫卷李善注皆未引書，然注文用字與《西京賦》正文（薛綜注本）相同而異於五臣本（蕭《選》），可見李善所據底本為薛注本。

表二　《西京賦》寫卷李善未引書之注文與賦文相同而異於五臣本條目

序號	正文	薛注	李注	五臣本
1	墱道麗倚以正東	麗	麗，力氏反	邐
2	沸卉軯訇		軯，芳耕反	砰
3	掆地絡	掆	掆，以善反	衍
4	竿殳之所揘畢	畢	畢，于筆反	觷
5	莫之敢伉	伉	伉，古郎反	亢
6	奎踽槃桓	奎	奎，欺棰反	蹄
7	擂鼉彙	彙	彙，音謂	猬
8	磅礚象乎天威	磅	磅，怖萌反	砰

---

18 范志新《文選版本論稿》，第 236-237 頁。

19 北京圖書館金石組編《北京圖書館藏中國曆代石刻拓本彙編》，第 4 冊第 121 頁、第 5 冊第 5 頁；參見秦公《碑別字新編》，第 62 頁。

20 陳垣《史諱舉例》云：「避諱缺筆之例始於唐。唐以前刻石，字多別體，不能定何者為避諱。」（第 5 頁）

序號	正文	薛注	李注	五臣本
9	垂鼻轔囷	囷	囷，巨貧反	輴
10	美聲暢於虞氏		暢，條暢也，勑亮反	暢
11	傳聞於未聞之者		者，之與反	口

　　P.2528 寫卷另有十餘條徵引古書的李善注，引文亦與《西京賦》正文相同而異於五臣本，如「相羊五柞之館」句，李善注引《楚辭》云「聊逍遙以相羊」（薛綜注云「相羊，仿羊也」），而六臣本賦文據五臣作「儴佯」（校語云「善本作相羊」）。根據李善引書「各依所據本」之注釋體例，此類條目尚不足以視為李氏所注《西京賦》底本乃薛注本之鐵證，茲不贅舉。

　　（2）下舉一例的李善注，尤為李善徑據薛綜注本《西京賦》作注之切證。

　　P.2528 寫卷《西京賦》：「繚亘綿聯，四百餘里。」薛綜注：「繚亘，猶繞了也。」李善注：「亘當為垣。《西都賦》曰：『繚以周廧。』」

按賦文、薛注「亘」字胡刻本並作「垣」，李注「亘當為垣」作「今並以亘為垣」。饒宗頤《敦煌本文選斠證》（一）云：「案善注，永隆本與他本文句雖異，其意則一。因善據薛本作『亘』，薛并以『亘』本義『繞了』釋之，而善意則以『垣墻』為義，故云『當為垣』也。……今各本賦文已作『垣』，而又載善注『以亘為垣』，是文注不照。」[21] 蓋李善認為張衡《西京賦》「繚亘綿聯，四百餘里」句乃本諸班固《西都賦》

「繚以周牆[22]，四百餘里」，而薛綜則依「亘」字施注，故李善謂「亘
當為垣」，「垣」字據蕭統《文選》[23]。此條尤可見李善乃徑依薛注本作
注（同時也參酌蕭《選》，詳下文）。

（3）表一中李善注明「同」或「古字通」的八條，其中第33、
36、38三條可證李善所注《西京賦》底本並非蕭統《文選》原帙。如
第33條：

> P.2528寫卷《西京賦》：「柞木翦棘。」李善注：「賈逵《國語注》
> 曰：『樝，斫也。』柞與樝同，仕雅反。」

按李注引文「樝」與寫卷《西京賦》正文「柞」不同，但合於五臣本
（蕭《選》）。如果李善據蕭《選》「樝」字施注，則但引《國語》賈逵
注即可，完全不必接云「柞與樝同」。其餘第36、38兩條的李注引文
「虜」「扛」亦合於五臣本而異於寫卷賦文（薛綜注本）「鹵」「舡」，
其例正同。

（4）李善在所謂「自述作注例」中其實已經對底本的選擇作出申
明。《西京賦》題下「薛綜注」李注云：「舊注是者，因而留之，並於
篇首題其姓名；其有乖繆，臣乃具釋，並稱『臣善』以別之。他皆類

---

22 P.2528寫卷李善注引《西都賦》作「廧」。「牆」字《說文》從嗇、爿聲，異體作
「廧」，蓋從广從嗇會意，說見張涌泉師《敦煌俗字研究》（第二版），第634頁。漢
碑多作「廧」，例見顧藹吉《隸辨・陽韻》，第234-235頁。

23 五臣張銑注云：「垣，牆也。」所據蕭《選》正作「垣」。傅剛《〈文選〉李善注原貌
考論》認為從李善「亘當為垣」的校語來看，李善所見《文選》似乎沒有作「垣」者
（《文選版本研究》，第219頁），正緣於不知李善所注《西京賦》底本乃薛綜注本，
遂作猜測之辭。又林義光《文源》云：「『亘』當為『垣』之古文，象垣牆繚繞之形。」
（第76頁）《西京賦》「繚亘綿聯」正可作為林說之證。

此。」（見上引）設若舊注具無乖繆，李善固然不必再加申補。換言之，李注本《文選》採用舊注的篇目，即便通篇不稱「臣善曰」作補注，也與李注體例無違（《選》文之出《楚辭》者，李善即僅采王逸注而未「具釋」）；然則取舊注以配蕭《選》，豈無「乖繆」連篇之虞？

既然李善所注《西京賦》底本為薛綜注本，則 P.2528 寫卷絕不可能如傳文所言係「合成本」，其為李善注原本，殊無疑義。

3. 李善據薛注本而又參酌蕭《選》本

表一除最後四條外的其餘三十七條（不含第 4 條，說見上文）李善皆引書作注，根據「各依所據本」的李善注引書體例，此三十七條李注引文與《西京賦》正文之歧異不能據以作為 P.2528 寫卷「正文部分並非李善底本」之證。但最後四條李注未引書，而亦與賦文及薛注相參差，是否正足以支持傳文所謂的寫卷乃「合成本」的觀點？而且四條李善注文用字皆合於五臣本，是否也表明李善所據《西京賦》底本為蕭統《文選》原帙而非薛綜注本？

現將表一最後四條重新迻錄為表三：

表三　《西京賦》寫卷李善注文與正文歧異條目（表一最後四條）

序號	正文	薛注	李注
39※	麎兔聯猭（逡）	猭	**逡**，勅倫反
40※	擖鸒彙（𩑛）	鸒	**𩑛**，房沸反
41※	陵重巘（巘）	巘	巘，言兔反
42※	增蟬蜎以此豸（嬋娟）	蟬蜎	**嬋**，音蟬；**娟**，於緣反

仔細考察 P.2528 寫卷《西京賦》正文（薛綜注本）「猭」「鸒」「巘」「蟬蜎」與李善注「逡」「𩑛」「巘」「嬋娟」之異同，可知「鸒」等諸字（詞）蓋非李善作注時所習用，李善乃參酌蕭統原本《文選》習用

字對薛注本《西京賦》加以補注，遂致此「乖繆」。如第 41 條：

　　P.2528 寫卷《西京賦》：「陵重巘。」薛綜注：「山之上大下小者〔曰〕巘。」李善注：「巘，言免反。」

　　按《說文・瓦部》：「甗，甑也。」段玉裁注云：「鬲部曰『鼎大上小下若甑曰鬻』，然則甑形大上小下。山名甗者亦爾；俗作『巘』，非。」[24] 甗本為炊飯之器，山之形狀似甗者亦呼之曰甗，其初只作「甗」，後始加義符「山」制為專字「巘」[25]，「巘」蓋「甗」之訛字。

　　薛綜注「山之上大下小者曰巘」當本之劉熙《釋名》，《釋山》：「山上大下小曰巘。巘，甑也，甑一孔者，巘形孤出處似之也。」[26] 後世「甗」字專用為炊飯器名，訓「山」之「甗」則通行「巘」，如胡刻本《文選》卷四張衡《南都賦》「阪坻巇而成甗」，李善注引《毛詩・大雅・公劉》「陟則在巘」毛傳「巘，小山別大山也」，賦文、李注亦「甗」「巘」不同[27]。李善徑以「巘」字注釋《西京賦》「甗」，蓋當時習用「巘」，而「巘」又為蕭《選》原貌，正有所本也。

　　又如第 40 條：

　　P.2528 寫卷《西京賦》：「攎噐彙。」薛綜注：「噐，獸身人面，身

24　段玉裁《說文解字注》，第 638 頁。

25　參見《原本玉篇殘卷》，第 438 頁；《宋刻集韻》，第 39、156 頁。

26　王先謙《釋名疏證補》，第 29 頁。按薛綜嘗從劉熙問業，見《吳書》薛綜本傳（《三國志》第 5 冊，第 1250 頁）。

27　阮元《毛詩校勘記》據《公劉》正義引《西京賦》「陵重甗」及陸德明《經典釋文》「甗，本又作巘」，謂正義本《毛詩》原亦作「甗」（《清經解》第 5 冊，第 419 頁）。而李善所據《毛詩》與陸德明所見或本相合。

有毛，被髮，迅走，食人。」李善注：「髴，房沸反。」

按「釁」即《說文・卣部》「釁」篆之隸變，今作「狒」。《爾雅・釋獸》：「狒狒，如人，被髮，迅走，食人。」[28] 蓋即薛綜注所本。而李善注之「髴」，則與《山海經・海內南經》「梟陽國」條郭璞注引《爾雅》及《周書》相合[29]，又《白氏六帖》卷二九有「髴髴」門[30]，桂馥《說文解字義證》「釁」篆注引元稹《和樂天送客遊嶺南二十韻》詩「髴髴穿筒格」亦作「髴」[31]。上揭諸條，皆後世習用「髴」字之證。

　　然則表三所列寫卷《西京賦》李善注文與正文及薛綜注之歧異，當緣於李善參酌蕭統《文選》原本習用字補釋舊注本古字之體例，並不能據以作為李善所注《西京賦》底本乃薛綜注本之反證，也不說明寫卷「正文部分並非李善底本」。相反，六臣本《西京賦》「黿鼉鼋逿」句校語云「善本作獟」（第 39 條），所據李善注本正與 P.2528 寫卷相同[32]，寫卷《西京賦》絕非「合成本」。

　　另外，表一第 33、36、38 三條李善注分別引《國語》賈逵注「槎，斫也」、《漢書音義》「鹵與虜同也」、《說文》「扛，橫關對舉也」以注《西京賦》「柞」「鹵」「缸」，所引「槎」「虜」「扛」皆合於五臣本（見上文）。「槎，斫也」等三條引文的選擇，應當也是李善參酌蕭統《文選》原本的結果[33]。

28　《十三經注疏》，第 2651 頁。

29　袁珂《山海經校注》，第 320 頁。

30　白居易《白氏六帖事類集》第 6 冊，第 42B、70B 頁。

31　桂馥《說文解字義證》，第 1294 頁。

32　上引《西京賦》「相羊五柞之館」條，六臣本賦文「儴佯」下校語云「善本作相羊」，是其比。

33　六臣本《西京賦》「槎木翦棘」「頒賜獲虜」「烏獲扛鼎」各句雖無校語注明五臣、李善異同，從所錄李善注來看，所據李注本也均與 P.2528 寫卷無殊。

4. 薛綜注與《西京賦》正文用字不相同的原因分析

P.2528《西京賦》寫卷不僅李善注用字與賦文多有不同，薛綜注亦然。這一特徵雖與寫卷是否為李善注原本問題關係不大，但傅文、范文之說同樣需要深入檢討。今將寫卷薛注與賦文歧異的條目列表四如下（「序號」列標「※」者，傅文已舉例）：

表四　《西京賦》寫卷薛綜注與正文歧異條目

序號	正文	薛注	序號	正文	薛注
1※	累層構而遂躋	隮	2	參塗夷庭	涂
3※	駢田偪仄	側	4	駕雕軫	彫
5	皇恩溥	普	6※	發引龢	和
7※	衝陜鷰濯	燕	8	總會僊倡	仙
9	赤刀粵祝	越	10	增蟬蜎以此多	嬋
11※	聲烈彌楙	列；茂			

如表四，對於寫卷《西京賦》薛綜注用字與賦文歧異的原因，傅文解釋為「棄薛從善」[34]；范文則以為聯綿詞、古今字、正俗字等類型的歧異，其共同特徵「都是義同音同，區別僅在形而已。同樣不能據此一端而論薛綜所據本與寫本正文為別本，它不能排除寫手書寫的隨意性」[35]。

按第 2 條「塗」與「涂」、第 4 條「雕」與「彫」、第 10 條聯綿詞「蟬蜎」與「蟬嬋」、第 11 條「烈」與「列」之異，不排除寫手隨意校改的可能性，范文之說尚可遵從。第 7 條「燕」與「鷰」則大概只是簡單的正俗字之別，傅文取為 P.2528《西京賦》寫卷「棄薛從善」之證，

---

34 傅剛《文選版本研究》，第 245 頁。

35 范志新《文選版本論稿》，第 237 頁。

似欠妥。至於表四其餘諸條，蓋皆古今用字衍變之反映。

　　　P.2528 寫卷《西京賦》：「麎鹿麌麌，駢田偪仄。」薛綜注：「駢田偪側，聚會意。」（第 3 條）

　　此條賦文、薛注「仄」「側」不同（「庂」即「仄」字俗寫）。考《說文・厂部》：「仄，側傾也。」人部：「側，旁也。」「側」篆段注云：「不正曰仄，不中曰側，二義有別，而經傳多通用。如『反側』當為『反仄』，仄者，未全反也。」[36] 按經傳用「側」為「仄」者，可視為兼有同義換讀和假借兩種性質的文字現象 [37]。究其原因，蓋後世習用「側」字，《漢書・息夫躬傳》「眾畏其口，見之仄目」顏師古注云「仄，古側字」[38] 是也（顏注屢言「仄，古側字」，其「古今字」為古書注釋用語，「用來注釋某個詞的古字的今字，通常就是這個詞在當時的習用的書寫形式」，與用以描述造字相承文字孳乳的「古今字」概念不同 [39]）。五臣本《西京賦》即作「側」，《文選》潘岳《西徵賦》「駢田逼側」用《西京賦》成句，又《藝文類聚》卷五〇《職守部六》引《東觀漢記》「成都邑宇逼側」[40]，「側」字皆與寫卷薛綜注相同，可為後世習用「側」字之證。

　　　P.2528 寫卷《西京賦》：「東海黃公，赤刀粵祝。」薛綜注：「有能

36　段玉裁《說文解字注》，第 373 頁。

37　如「仇」讀為「讎」，參見裘錫圭《文字學概要》，第 221-222 頁。

38　《漢書》第 7 冊，第 2181 頁。

39　裘錫圭《文字學概要》，第 270-273 頁。

40　歐陽詢《藝文類聚》，第 903 頁。

持赤刀禹步越祝厭虎者，號黃公。」（第9條）

　　此條賦文、薛注「粵」「越」不同。考《漢書》「百粵」「南粵」等之「粵」，《後漢書》概作「越」。《漢書·異姓諸侯王表》「外攘胡粵」顏師古注云：「粵，古越字。」[41] 亦以為「古今字」。

　　P.2528 寫卷《西京賦》：「皇恩溥，洪德施。」薛綜注：「皇，皇帝也。普，博。」（第5條）

　　此條賦文、薛注「溥」「普」不同。考《說文·日部》：「普，日無色也。」水部：「溥，大也。」「普」篆段注云：「此義古籍少用，……今字借為『溥大』字耳。」[42] 玄應《一切經音義》卷七《正法華經》第一卷音義：「溥演，匹古反。此古文普字。」[43] 玄應「古今字」概念與上引《漢書·息夫躬傳》、《異姓諸侯王表》顏師古注並無不同。
　　然則 P.2528《西京賦》寫卷薛綜注與賦文用字不同，往往是由於薛綜與李善一樣有采當時習用字施注之例，並不能據此而謂寫卷「棄薛從善」。而後人多不達此旨，不免以今律古，於是或改《西京賦》正文以就注文，如賦文「躋」胡刻本作「隮」、「龢」作「和」、「楙」作「茂」；或改注文以就正文，如薛注「側」胡刻本作「仄」：皆非是也。唯「溥」「普」、「僊」「仙」、「粵」「越」之異胡刻本尚與寫卷相同。

41　《漢書》第2冊，第365頁。

42　段玉裁《說文解字注》，第308頁。

43　徐時儀《一切經音義三種校本合刊》，第145頁。按《漢書·朱博傳》「漢家至德溥大」顏師古注云「溥與普同」（第10冊，第3406頁），可與《西京賦》「頒賜獲鹵」李善注引《漢書音義》「鹵與虜同」（表一第36條）相互比勘。

　　傅文以為 P.2528 寫卷《西京賦》正文「並非全依薛本」而或「棄薛從善」，尚有下述兩條理由[44]：

　　（1）寫卷《西京賦》：「集隼歸鳧，沸卉軿訇。」薛綜注：「奮迅聲也。」李善注：「《周易》曰：『射集隼高墉之上。』」傅文謂寫卷「集隼歸鳧」乃據李善注本，薛綜注本則當依胡刻本作「奮隼歸鳧」，寫卷「棄薛（奮）從善（集）」，薛注之「奮」字遂無所附麗。

　　（2）寫卷賦文「長廊廣廡，途閣雲曼」之「途」字、「長風激於別隝」之「隝」字、「建玄弋」之「弋」字分別塗改為「連」「島」「戈」，後兩處塗改致使賦文與薛綜注用字有異（薛注尚作「隝」「弋」。前一條薛注不見「途」或「連」字）。李善雖不注「島」等，傅氏亦準「集隼歸鳧」條推測寫卷「棄薛從善」。

　　按薛綜注「奮迅聲也」四字為句，傅氏誤讀為「奮，迅聲也」。高步瀛《文選李注義疏》云：「薛注『奮迅聲也』，注下『沸卉軿訇』四字，傳寫者遂誤以『奮』字相亂。若以『迅聲』釋『奮』字，則不辭矣。」[45] 伏俊連《敦煌賦校注》云：「『奮迅』為中古成語，意為行動迅速。」[46] 二氏之說皆是也，胡刻本異文「奮」實屬無中生有，不足為據（此條范文已引高步瀛說駁正傅文之誤）。

　　又檢六臣本《西京賦》正文據五臣作「連」「島」，校語云「善本作途」「薛綜島為隝」（胡刻本賦文正作「途」「隝」）。是弘濟寺僧最初所抄之《西京賦》合於李善注本，其後校改所據本則合於五臣注本。五臣注本之底本即蕭統《文選》三十卷原帙，則 P.2528 寫卷此二處塗

44　傅剛《文選版本研究》，第 244-245 頁；參見傅剛《〈文選〉李善注原貌考論》，同上書，第 229-230 頁。

45　高步瀛《文選李注義疏》，第 382 頁。

46　伏俊連《敦煌賦校注》，第 51 頁。

改當判為「棄李善（薛綜）從蕭統」。

　　P.2528《西京賦》寫卷尚有兩處校改與上揭「途閣雲曼」「長風激於別隝」兩條同例，傳文未及，補錄於此。（1）寫卷「傳聞於未聞之者」之「者」下注一小字「口」，五臣本正作「口」[47]（參見表二第 11 條）。（2）寫卷「發引龢，狡鳴葭」薛綜注云「葭更狡急之乃鳴」，賦文「狡」字塗改作「校」；傳世刻本則賦文、薛注並作「校」。按薛綜注本自作「狡」，薛注可與《文選》卷一七王褒《洞簫賦》「時奏狡弄」句李善注「狡，急也」相互參看；而蕭《選》賦文蓋作「校」。寫卷賦文之塗改，大概是抄手以為「狡」字於義無取，遂從蕭《選》（「途閣」校改為「連閣」的理由當相同）。

　　又寫卷《西京賦》正文「玄弋」塗改為「玄戈」，薛注「弋」字未改，此條同樣當判為「棄李善（薛綜）從蕭統」，而非如傳文所言為「棄薛從善」。玄戈為星名，蕭統《文選》原本當作「玄戈」，然傳世宋刊《文選》諸本《西京賦》正文均作「玄弋」[48]，唯臺北故宮博物院藏北宋國子監刊李善注及日本古抄白文三十卷本作「玄戈」不誤[49]。今 P.2528 寫卷薛注作「弋」而賦文塗改作「戈」，當與上文所論「途閣雲曼」「狡鳴葭」諸條同例：弘濟寺僧最初所據之李善注本《西京賦》作「弋」[50]，「戈」字據蕭《選》。

47　劉師培《敦煌新出唐寫本提要》云：「此卷『者』下注『口』字，蓋兼誌別本異文，亦李注有二本之證。」（《劉申叔遺書》，第 2009 頁）「兼誌別本異文」雖是，但並非弘濟寺僧抄寫《西京賦》時所據李善注本有二。

48　參見張月雲《宋刊〈文選〉李善單注本考》，俞紹初、許逸民主編《中外學者文選學論集》，第 791 頁。

49　參見屈守元《跋日本古抄無注三十卷本〈文選〉》，趙福海主編《文選學論集》，第 24 頁。

50　俗寫「戈」「弋」不分，薛綜注本《西京賦》「玄弋」當是傳寫致訛，殆非薛綜原本如是。

　　以上通過對 P.2528 寫卷《西京賦》正文與注文用字歧異條目的全面考察，揭示出《文選》李善注引書「各依所據本」、以舊注本替換蕭統原帙《選》文、參酌蕭《選》原本習用字補釋舊注本古字等李注體例，應該可以判定 P.2528 寫卷為李注原本，傳文「合成本」之說難愜人意。因此，完全可以將寫卷《西京賦》「作為判斷刻本李善注真偽的標準」，並「直接用來與《文選》的各版本比勘研究，以探討其傳承演變的過程」[51]，其版本價值不可估量。

（二）校勘價值

　　敦煌吐魯番本《文選》大多抄寫於盛唐以前，其年代遠早於後人珍若拱璧的宋元善本，尚能充分保存《文選》原貌。

　　例一，P.2528 寫卷《西京賦》：「然後釣魴鱧，灑鰕鮋。」薛綜注：「灑罔如箕形，狹後廣前。」李善注：「灑，所買反。」賦文及薛、李二注「灑」字胡刻本並作「纚」。

　　按高步瀛《文選李注義疏》云：「唐寫『纚』作『灑』，注並同，疑誤。」[52]又胡刻本卷五左思《吳都賦》「鱺䱤鯋」，胡克家《文選考異》也以為「鱺」當作「纚」：

　　「鱺」字誤也。劉（逵）、（李）善皆無注。袁、茶陵二本下音「所買」。《西京賦》「纚鰕鮋」薛注云：「纚網如箕形，狹前廣後。」善曰：「纚，所買切。」蓋此賦字本與彼同，故善不更注。「所買」即善音，二本割裂入正文下，尤（袁）刪削之，善音失舊每如此也。又《江賦》云「筍灑連鋒」，善引舊說曰：「『筍、灑皆釣名也。』灑，所蟹切。」

51　傅剛《文選版本研究》，第 228、247 頁。

52　高步瀛《文選李注義疏》，第 442 頁。

彼「灑」亦即「纚」也。或為網，或為釣，說之者有不同耳，可證。「鱺」字各本所見皆傳寫誤。

黃侃《文選平點》說與胡氏相同[53]。

伏俊連《敦煌賦校注》則謂《西京賦》「纚」當據 P.2528 寫卷作「灑」為正：

按《說文》「纚，冠織也」，即束髮的布帛；又「灑，泛（汛）也」，謂灑水於地也。是二字皆無「網」意。高（步瀛）氏謂「纚」是而「灑」非，疑非是。《文選・西徵賦》「徒觀其鼓枻迴輪，灑釣投網」，「灑」「釣」並列，與此賦之「釣」「灑」對文用法相同，皆為動詞，釣謂垂餌，灑為撒網，其義甚明。[54]

伏氏之說足見高明。《西京賦》當作「灑」，P.2528 寫卷「灑鱷鮋」與《西徵賦》「灑釣投網」、《江賦》「箇灑連鋒」用字相同，正可證胡刻本《西京賦》「纚」為訛字。而「鱺」為魚名，《吳都賦》當亦本作「灑」，涉下「鱔鯵」類化而誤從魚旁。

從李善音注來看，所注《西京賦》也絕非「纚」字。《江賦》「灑」字音「所蟹切」與《西京賦》、《吳都賦》二注「所買切」聲韻皆同，生紐蟹韻，而胡刻本「纚」字音注多達十餘條，不出支、紙二韻（支韻是紙韻對應的平聲韻），二字韻部有異，不容相亂，胡克家、黃侃二氏可謂未達一間。

53　黃侃《文選平點》（重輯本），第 62 頁。
54　伏俊連《敦煌賦校注》，第 79-80 頁。

　　至於《西京賦》「灑」字訛作「纚」的原因，大概是後人誤讀薛綜注為「灑，網如箕形」[55]，遂臆改為糸旁。

　　例二，P.3345 寫卷《褚淵碑文》：「追贈太宰，侍中、錄尚書、公如故；給節，羽葆鼓吹，增班劍為六十人；謚曰文簡，礼也。」胡刻本無「公」「增」二字。

　　按《褚淵碑文》上文云：「改授司空，領驃騎大將軍，侍中、錄尚書如故。」與此「追贈太宰」云云文句相似，胡刻本殆據以而刪「公」字，殊不察「公」即指司空，《南齊書·百官志》以太尉、司徒、司空為三公[56]。《文選集注》所據李善注本《褚淵碑文》正有此「公」字，與 P.3345 寫卷相合[57]。又《南齊書》褚淵本傳載齊武帝詔曰：「其贈公太宰，侍中、錄尚書、公如故；給節，加羽葆鼓吹，增班劍為六十人。」[58]亦可借為胡刻本脫訛之證。

　　由此可推知胡刻本《文選》卷四六任昉《王文憲集序》「追贈太尉，侍中、中書監如故；給節，加羽葆鼓吹，增班劍六十人；謚曰文憲，禮也」之「如故」上或亦脫一「公」字。考其上文云：「（南齊）太祖崩，遺詔以公為侍中、尚書令、鎮國將軍。……（永明）四年，以本號開府儀同三司，餘悉如故。……七年，固辭選任（引者按：李善注云：「選任，尚書令也。」），帝所重違，詔加中書監，猶參掌選事。」「公如故」即謂開府儀同三司，《南齊書·百官志》云：「開府儀同如

55　參見伏俊連《敦煌賦校注》，第 80 頁。按薛綜注「網」字 P.2528 寫卷作「罔」，「罔」「網」古今字。

56　《南齊書》第 1 冊，第 312 頁。按褚淵卒於南齊建元四年（482）。

57　《文選集注》載陸善經注云：「公，謂司徒。」是陸氏所據本《褚淵碑文》亦有「公」字。唯陸氏之說欠妥，褚淵嘗為司徒，後因疾「改授司空」。

58　《南齊書》第 1 冊，第 431 頁。

公。」[59]《南齊書》王儉本傳載齊武帝詔曰：「可追贈太尉，侍中、中書監、公如故；給節，加羽葆鼓吹，增班劍為六十人。」[60] 即其證。唯P.2542 寫卷《王文憲集序》亦同傳世刻本無「公」字，未審《文選》原本果何作。

又據上引《王文憲集序》及《南齊書》褚淵、王儉二列傳，胡刻本《褚淵碑文》尚脫「班劍」上「增」字，P.3345 寫卷與《文選集注》皆不誤。《褚淵碑文》上文云「增給班劍三十人」，是其比。六臣本「增」下校語云「善本無增字」，據所見而言也。

例三，Дx.01502 寫卷《吳都賦》：「發東歌，操南音。胤《陽阿》，詠《秝》《秬》。荊豔楚儛，吳愉越吟，翕習容裔，靡靡愔愔。若此者，與夫唱和之隆響，鐘磬之鏗耾，有殷坻頹於前，曲度難勝，皆與謠俗汁恊，律呂相應。」胡刻本「鐘磬」作「鐘鼓」，其上尚有一「動」字。

按「磬」字六臣本同，無校語出李善、五臣二本異同，是所見《文選》諸本皆作「磬」。尤刻本（胡刻本）獨異，蓋尤袤習於「鐘鼓」並舉而校改。

至於「動」字，傳世《文選》諸本均與胡刻本相同，故李莉《敦煌本〈吳都賦〉校理》以為 Дx.01502 寫卷脫訛[61]。而王念孫《讀書雜誌・餘編下》則謂此段賦文傳刻有誤：

「與夫唱和之隆響」二句，句法參差而文義不協，「與夫」二字乃一「舉」字之誤。舉亦動也，「舉唱和之隆響」「動鐘鼓之鏗耾」句法

59　《南齊書》第 1 冊，第 313 頁。

60　《南齊書》第 1 冊，第 437 頁。

61　載伏俊璉《敦煌文學文獻叢稿》，第 246 頁。

正相對。[62]

　　考《吳都賦》「若此者」之「此」，即指上文「東歌」「南音」等遐方異樂。音樂為主語而言「舉唱和之隆響，動鐘磬之鏗鉱」，殊為不辭。王念孫謂「與夫」二字乃一「舉」字之誤，殆因經傳屢言「舉樂」，如《禮記·雜記下》：「父有服，宮中子不與於樂。母有服，聲聞焉，不舉樂。妻有服，不舉樂於其側。」《毛詩·豳風·東山》「我東曰歸，我心西悲」毛傳：「公族有辟，公親素服，不舉樂，為之變，如其倫之喪。」[63]皆其例。或單言「舉」，如《周禮·秋官·大行人職》：「食禮九舉。」鄭司農注：「舉，舉樂也。」[64]然未聞有云「舉唱和」或「舉鐘磬」者。王氏之說雖辯，難稱定讞。

　　今 Дx.01502 寫卷無「動」字，當是左思《吳都賦》原文。「若此者，與夫唱和之隆響，鐘磬之鏗鉱」為主語，「有殷坻頹於前，曲度難勝」為謂語，賦意謂遐方異樂與鏗鉱隆響之鐘磬唱和相互配映，其聲殷然若山之頹於前，「曲度變轉不可勝記」（五臣李周翰注）。此賦所謂「唱和」蓋即《漢書·律曆志》「律呂唱和，以育生成化，歌奏用焉」[65]之「唱和」，指音律相和，與「鐘磬」對文同義；下文「律呂」又照應鐘磬唱和，「謠俗」則照應遐方異樂，故復云曲度與彼等「汁協」「相應」，不失法度禮節也。

　　而王念孫不知《吳都賦》「動」字實係衍文，以為此句主語僅「若

62　王念孫《讀書雜誌》，第 1049 頁。

63　《十三經注疏》，第 1566、396 頁。

64　《十三經注疏》，第 891 頁。

65　《漢書》第 4 冊，第 965 頁。

此者」三字，乃謂「有殷坻頹於前」[66]之「於前」二字為衍文：

　　有殷坻頹於前，「於前」二字後人所加也。「有殷坻頹」言其聲殷
然若坻頹也，句法與《詩》「有瀰濟盈，有鷕雉鳴」相似；若云「有殷
坻頹於前」，則不成句法。且「有殷坻頹」「曲度難勝」皆以四字為句，
若上句多二字，則句法參差矣。後人以李周翰注云「其聲若山積於
前」，故加「於前」二字，不知李注自加「於前」二字以申明其義，非
正文所有也。不審文義而據注妄增，其失甚矣。[67]

實則《吳都賦》「有殷坻頹於前，曲度難勝」乃刻意「參差」句法以強
調謂語，自有文義表達上的必要性，為大賦常用技法。王氏之說恐正
與左思本意相違背，固不可遽從也。

　　黃侃《文選平點》亦謂刻本《吳都賦》「若此者」至「曲度難勝」
一段賦文「有誤」，不過黃氏但云「有殷坻頹於前」之「於前」二字為
衍文[68]，與王念孫之說相同，而於王氏之改「與夫」為「舉」似未能信
從也。

（三）文字學價值

　　歷代字書收錄有大量疑難字，或音義不全，或釋讀有誤。敦煌吐

66　按《吳都賦》「坻」字傳世刻本《文選》並作「坻」。《說文·氏部》：「氏，巴蜀山
　　名（名山）岸脅之〔堆〕旁箸欲落墮者曰氏，氏崩，聲聞數百里。楊雄賦：響若氏
　　隤。」（許慎撰，徐鉉校定《說文解字》，第 265 頁）Дх.01502 寫卷「坻」即「氏」之
　　增旁分化字。傳本《文選》賦文「坻」下夾注「丁禮」，實據「氏」聲施注，而「氐」
　　聲、「氏」聲古音並不同部，是皆已失《吳都賦》原貌，當據敦煌本校正。

67　王念孫《讀書雜誌》，第 1049 頁。按引文中「坻」字原皆作「坻」，茲據 Дх.01502 寫
　　卷改正。

68　黃侃《文選平點》（重輯本），第 62-63 頁。

魯番寫本《文選》保存的不少文字材料可據以糾正字書之誤。

如《漢語大字典》：「麕，『麕』的訛字。《玉臺新詠‧傅玄〈擬四愁詩四首〉》之三：『我所思兮在崑山，願為鹿麕窺虞淵。……』吳兆宜注：『麕，一作蚤。案：麕字，查字書俱不載，今本作蚤，蚤注見卷三楊方。』按：《廣韻‧止韻》有『麕，詳里切。鹿二歲曰』。『麕』為『麕』的訛字。」[69]《中華字海》說同[70]，蓋以為傅玄詩鹿、麕連文同義，遂謂「麕」為「麕」之形訛字。然「麕」之異文「蚤」殊不易解。

「麕」字又見於 P.2528《西京賦》寫卷第 198 行：「巨狿，麕麕也，怒走者為狿。」此為「鼻赤象，圈巨狿」句薛綜注，胡刻本「麕」字不重複。唯此「麕」字音義歷來治《文選》者皆未考徵明白。梁章鉅《文選旁證》云：「顧氏千里曰：『按字書皆無麕字，當俟考。』姜氏皋曰：『疑即麕字，徂古切。《集韻》：大也。』」[71]姜氏之說胡紹煐《文選箋證》曾加駁斥，但同樣未能探明「麕」字音義[72]。故高步瀛《文選李注義疏》僅抄撮梁氏《旁證》，略無申說[73]。

按薛綜以「麕麕」或「麕」注釋《西京賦》「巨狿」，狿為何物，也有待考索。胡刻本《文選》卷八揚雄《羽獵賦》「斬巨狿」注：「服虔曰：『巨狿，獸名也。』善曰：『狿，已見《上林賦》。』」查司馬相如《上林賦》無「狿」，李善蓋指《子虛賦》「蟃蜒貙犴」句，李氏留

69　《漢語大字典》，第 5043 頁。

70　《中華字海》，第 1724 頁。

71　梁章鉅《文選旁證》，第 67 頁。

72　胡紹煐《文選箋證》，第 67 頁。

73　高步瀛《文選李注義疏》，第 420 頁。

存郭璞舊注云：「蟃蜒，大獸，似狸，長百尋。」[74] 據郭璞說，狿之為獸以長稱。胡紹煐《文選箋證》云：「巨，大也；狿，長也。《楚辭·招魂》『蝮蛇蜒只』，王逸注：『蜒，長貌。』狿與蜒同，巨狿謂獸之長大也。」[75] 朱駿聲《說文通訓定聲》「獌」字注也以為「獌狿」等乃疊韻聯綿詞，從長得義[76]，皆可與郭璞說相參證。不過薛綜以狿為「怒走者」，怒者健也[77]，似非指「蟃蜒」。

今謂薛綜釋「狿」之「蠪蠪」蓋即蛩蛩巨虛。《說文·虫部》：「蠜，鼠也。一曰西方有獸，前足短，與蛩蛩巨虛比，其名曰蠜。」段玉裁注云：「《釋地》曰：『西方有比肩獸焉，與邛邛距虛比，為邛邛距虛齧甘艸。即有難，邛邛距虛負而走，其名謂之蟨。』按司馬相如賦曰『蹵蛩蛩，轔距虛』，張揖曰：『蛩蛩狀如馬，距虛似羸而小。』《說苑》亦云二獸。而郭璞云：『距虛即邛邛，變文互言之。』引《穆天子傳》『邛

<hr>

74　《漢書·揚雄傳》載《校獵賦》（即《羽獵賦》）「斬巨狿」顏師古注云：「狿，獸名也。解在《司馬相如傳》。」（第11冊，第3547頁）《司馬相如傳》顏注亦引郭璞說以注《子虛賦》「蟃蜒」（第8冊，第2536頁），二賦用字均與《文選》相同。又《集韻》「狿」字凡三見，平聲僊韻抽延切小韻下注云「獸名」，同大韻夷然切小韻下注云「獸名，蠪也」，去聲綫韻延面切小韻下注云「獌狿，獸名，似狸而長。或作蜒」（《宋刻集韻》，第48、49、163頁），蓋分別抄自《羽獵賦》服虔注、《西京賦》薛綜注及《子虛賦》郭璞注。

75　胡紹煐《文選箋證》，第67頁。

76　朱駿聲《說文通訓定聲》，第754頁。

77　《廣雅·釋詁二》「怒，健也」，王念孫注云：「《莊子·逍遙遊篇》云：『怒而飛，其翼若垂天之雲。』《人間世篇》云：『怒其臂以當車轍。』《後漢書·第五倫傳》『鮮車怒馬』，李賢注云：『怒馬謂馬之肥壯，其氣憤盈也。』皆『健』之義也。」（王念孫《廣雅疏證》，第55頁）

邛距虛日前五百里」。邛、距雙聲，似郭說長。」[78] 又《山海經‧海外北經》「有素獸焉，狀如馬，名曰蛩蛩」，郭璞注亦云：「即蛩蛩鉅虛也，一走百里，見《穆天子傳》，音邛。」[79] 是蛩蛩巨虛以善走稱，與薛綜以𪖈𪖈為「怒走」之獸略似。

　　段玉裁所揭《爾雅‧釋地》「距虛」與《說文》「巨虛」不同，陸德明《經典釋文》則出《爾雅》「駏」「驉」二字：「駏，音巨，本或作岠，又作狋，音同。驉，本或作虛，又作狋，同，許俱反。」[80] 黃焯《經典釋文彙校》引嚴元照說云：「據《說文》當作『巨虛』，其有偏旁者皆俗作也。」[81]「𪖈」蓋亦「巨虛」之「巨」的後起增旁俗字。「巨」「虛」二字據陸德明《經典釋文》為群、曉旁紐，韻部相近；而上古音「虛」隸溪紐（《廣韻》尚有去魚切一音），又根據黃侃的研究，上古音群紐歸溪紐，則是「巨虛」「𪖈𪖈」音近。因「巨虛」為善走之獸，故或加馬旁作「駏驉」，陸德明所據《爾雅》是也，此與薛綜加鹿旁作「𪖈𪖈」用意正同，薛綜所謂「怒走」之𪖈𪖈殆即指此。《漢語大字典》所揭傅玄《擬四愁詩》「願為鹿𪖈窺虞淵」，「𪖈」一作「蛩」，「蛩」「巨」雙聲（參見上引段注），可為旁證。

78　段玉裁《說文解字注》，第 673 頁。按段氏所引「司馬相如賦」指《子虛賦》，《史記‧司馬相如列傳》裴駰集解僅引此賦郭璞注（第 9 冊，第 3010 頁），蓋亦以郭說為是，與段注相同。《漢書》顏師古注並引張、郭二說（郭注不及《穆天子傳》），亦云「據《爾雅》文，郭說是也」（第 8 冊，第 2540 頁）。考《劉子‧審名》：「蛩蛩巨虛，其實一獸，因其詞煩，分而為二。」（傅亞庶《劉子校釋》，第 156 頁）張揖分蛩蛩與巨虛為二獸，不足為據，唯「蛩蛩」或「巨虛」往往單獨言之耳。

79　袁珂《山海經校注》，第 222 頁。

80　陸德明《經典釋文》，第 421 頁。按《釋文》「岠」與上揭段玉裁所引《爾雅》「距」其實無殊，俗寫「山」旁與「止」相亂。

81　黃焯《經典釋文彙校》，第 268 頁。按《釋文》「許俱反」之「俱」字原誤作「伯」，上引已據黃校改正。

伏俊連、羅國威皆謂 P.2528《西京賦》寫卷「罍罍」誤衍一字[82]，或據薛注下文「又穿罍以著圈」單言「罍」而云然，蓋皆未考明「罍」為何字，其說恐不可從。而《漢語大字典》、《中華字海》以為「罍」乃「罍」字之訛，則與梁章鉅《文選旁證》所引姜皋之說殊無高下，皆因形近而作猜測之辭。

（四）音韻學價值

敦煌吐魯番出土《文選》寫卷中有 P.2833＋Дх.03421＋S.8521＋S.11383b《文選音》，與日本藏古抄本《文選集注》所載《音決》為現今僅存的兩種《文選音》文獻，其價值不言而喻。徐真真《敦煌本〈文選音〉殘卷研究》（浙江大學 2003 年碩士學位論文）有詳考，許建平師又校錄入《敦煌經部文獻合集》，茲不具論。散見於其他寫卷之音韻材料，則可藉以考論古人之聯綿詞觀。

古人於聯綿詞每作雙聲或疊韻破讀，沈兼士《聯緜詞音變略例》曾舉聯綿詞「易讀」之例凡三類：（1）異音複詞中一字韻變而為疊韻連語；（2）異音複詞中一字聲變而為雙聲連語；（3）異音複詞或疊韻連語中一字韻變或聲變而為疊字連語[83]。敦煌吐魯番寫本《文選》音注中其例甚夥。

例一，S.3663 寫卷《嘯賦》：「怫鬱衝汗，參譚雲屬。」「參」「譚」二字分別旁注音切「七感」「徒感」。

按伏俊連《敦煌賦校注》云：「參，七感。《廣韻》：『參，倉含〔切〕。』皆為清紐，韻有上平之分。譚，徒感。《廣韻》：『譚，徒含

82　伏俊連《敦煌賦校注》，第 71 頁；羅國威《敦煌本〈昭明文選〉研究》，第 85 頁。

83　《沈兼士學術論文集》，第 283-288 頁；參見徐復《變音疊韻詞纂例》（《徐復語言文字學叢稿》，第 115-132 頁）、《變音疊韻詞補例》（《徐復語言文字學晚稿》，第 386-390 頁）等。

切。』皆為定紐，韻上平之分。」[84]

　　查「譚」字《廣韻》徒含、徒感二切，後者與 S.3663 寫卷反切上下字並同，伏氏漏檢。而「參」字《廣韻》共五音，皆不合於 S.3663 寫卷「七感」。考胡刻本《文選》卷一八成公綏《嘯賦》「參譚雲屬」句李善無音注，同卷逆數兩篇為嵇康《琴賦》，「或參譚繁促」句注云：「參譚，相隨貌。參，七感切。譚，徒感切。一音並依字。」是「參譚」為疊韻聯綿詞，「參」字首音「七感切」適與 S.3663 寫卷相合。又胡刻本卷五左思《吳都賦》有「趁趲」，為「參譚」之偏旁同化聯綿詞，五臣本正作「參譚」。「趲」字李善無音注，「趁」字則音「七感切」，也與寫卷相同；而五臣「參」音「七南」，則上引《琴賦》李注所謂「一音並依字」者也。《集韻・感韻》七感切小韻「參」字注云：「參譚，眾多貌。」[85] 蓋據六朝以來音義而增補《廣韻》，所補之音正源出於聯綿詞音變易讀。

　　例二，P.2528 寫卷《西京賦》「竿殳之所揘畢」李善注：「揘，音橫。畢，于筆反。」「于筆反」三字胡刻本作「于筆切，又音筆」。

　　按李善注中聯綿詞易讀之例不勝枚舉[86]，即便不屬於純粹意義上的聯綿詞，李善也每每破讀。後人不達此旨，往往以為李善誤注而臆改，敦煌吐魯番寫本則多存原貌。如上揭《西京賦》注，「又音筆」三字實為後人所增，絕非李善注原文。

　　考《廣韻》「畢」字卑吉切，非紐質韻，寫卷李善音「于筆反」則

84　伏俊連《敦煌賦校注》，第 106-107 頁。

85　《宋刻集韻》，第 128 頁。

86　參見徐之明《〈文選〉聯綿字李善易讀音切考辨》（《貴州大學學報》1997 年第 1 期，第 87-92 頁）、《〈文選〉聯綿字李善易讀音切續考》（《貴州大學學報》1997 年第 4 期，第 75-78 頁）等。

為喻紐三等質韻，聲紐迥異。五臣本《西京賦》「畢」作「鵗」[87]，五臣音「于筆」即襲自李善，而與《廣韻》「鵗」字二音卑吉切、王勿切也不合。

　　「揊」字李善音「橫」，為匣紐字。喻三歸匣，二紐李善尚有混切例[88]，是「于筆反」蓋準「揊」作雙聲破讀，而並非「畢」字原本即有喻紐三等之音。至於胡刻本李善注「又音筆」三字，當因旁記而誤衍（「畢」「筆」重紐），P.2528 寫卷無者最是。

　　又檢《廣韻》入聲質韻於筆切、物韻王勿切二小韻下均收「抾」字，前者注云：「揊抾，擊兒。」後者注云：「揊抾。」[89]「揊抾」即《西京賦》「揊畢（鵗）」。不過故宮本王仁昫《刊謬補缺切韻》及裴務齊正字本《刊謬補缺切韻》該二小韻下皆未收「抾」，則「抾」用為「揊畢（鵗）」字的時間較晚。後世改用「抾」的原因，大概是由於《西京賦》「揊畢（鵗）」往往讀為匣紐雙聲而「畢（鵗）」字本音隸非（幫）紐，「抾」之聲旁「穴」則為匣紐字，正與「揊」字雙聲。至《集韻·質韻》逼密切「筆」小韻下「畢」字注云「揊畢，撞也」[90]，「畢」依字讀之，又與刻本《文選》誤衍之音切相同，若古人復起，或不免有「知音者

87　東漢《郭旻碑》「洪纖鵗舉」，顧藹吉《隸辨》云：「《詩·豳風》『一之日鵗發』，《釋文》云：『鵗，《說文》作畢。』《書·大誥》『敉受休畢』，《古文尚書》作『鵗』。畢與鵗古蓋通用。」（第674頁）

88　參見徐之明《〈文選〉李善音注聲類考》，《貴州大學學報》1994年第4期，第84頁。

89　《宋本廣韻》，第451、456頁。按：物韻注文「揊」字原訛作「揝」，茲據余迺永《新校互注宋本廣韻》說改正（第476頁）。

90　《宋刻集韻》，第191頁。

希」之慨歎[91]。

　　二

　　自敦煌吐魯番文書發見之初，《文選》寫卷便引起了學界的高度關注。在最早的敦煌文書目錄——發表於《東方雜誌》第 6 卷第 10 期（1909）的羅振玉《敦煌石室書目及發見之原始》中，即有「文選李善注」之著錄，括注「存卷二十五、二十七」。然因羅振玉並未親見《文選》寫卷，此項著錄其實有誤[92]。

　　一九一一年，劉師培根據端方提供的照片，寫成《敦煌新出唐寫

91　《梁書・王筠傳》：「（沈）約製《郊居賦》，構思積時，猶未都畢，乃要筠示其草。筠讀至『雌霓連蜷』，約撫掌欣抃曰：『僕嘗恐人呼為霓。』次至『墜石碨星』及『冰懸埳而帶坻』，筠皆擊節稱讀。約曰：『知音者希，真賞殆絕，所以要者，政在此數句耳。』」（第 2 冊，第 485 頁）「霓」字一般讀平聲「五雞反」，但「雌霓連蜷」四連平則聲律稍欠諧和便美，故王筠乃讀為入聲「五激反」，沈約稱為「知音」。

92　羅振玉《敦煌石室書目及發見之原始》一文的改定本——《莫高窟石室秘錄》「文選李善注」條括注「未見」（《東方雜誌》第 6 卷第 11 期，1909 年，第 65 頁）。按法藏敦煌遺書中《文選》李善注寫卷僅 P.2527《答客難、解嘲》及 P.2528《西京賦》兩號，分屬李注本卷四五、卷二，其餘皆白文本，與羅振玉所言不相符。P.2525《恩倖傳論—光武紀贊》尾題「文選卷第廿五」，徐俊謂此卷即羅氏所著錄者（《書評：〈敦煌吐魯番本文選〉、〈敦煌本昭明文選研究〉、〈敦煌本文選注箋證〉、〈文選版本研究〉》，《敦煌吐魯番研究》第 5 卷，第 367 頁），其說是也，但「卷二十七」尚無着落。羅振玉關於敦煌寫卷之信息來自伯希和，檢伯氏《巴黎圖書館敦煌寫本書目》，並無「《文選》卷二十七」之著錄（P.2645《運命論》載蕭統《文選》卷二七，不過伯氏未能比定其名）；「三三四五」號注云：「華文。《文選》卷二十九之末，無注，書佳。」（陸翔譯，《國立北平圖書館館刊》第 8 卷第 1 號；此據書目文獻出版社影印本第 8 冊，第 5896 頁）P.3345 王儉《褚淵碑文》尾題「文選卷第廿九」，羅振玉所謂「卷二十七」疑即此卷（「二十七」殆伯希和之誤。伯希和並未對《文選》寫卷進行深入研究，檢其《巴黎圖書館敦煌寫本書目》，《文選》寫卷多未能比定，有尾題者則言之鑿鑿，參見《劇秦美新、典引》「題解」）。

本提要》，連載於當年的《國粹學報》，共計提要十九篇，其中三篇論及三個《文選》寫卷：P.2528《西京賦》、P.2527《答客難、解嘲》（以上李善注本）、P.2525《恩倖傳論─光武紀贊》（白文本）。吳縣蔣黼也同時見到該批寫卷的照片，然其撰寫的題記遲至一九一七年纔隨同羅振玉《鳴沙石室古籍叢殘》刊布[93]。《叢殘》影印敦煌出土《文選》寫卷四號，除劉師培已著錄的三號外，尚有 P.2542《王文憲集序》，並附羅振玉自撰題跋一篇。據羅氏所云，知蔣黼當年亦嘗親見 P.2542 殘卷，唯該卷「既無書題，又佚篇目，詒議不知亦為蕭《選》，故跋稱『《文選》殘卷三』，其實殘卷四也」。其後高步瀛撰著《文選李注義疏》（1929），也曾參考 P.2528《西京賦》李善注寫卷。

一九三四年，向達、王重民受北平圖書館派遣，分赴英、法兩國蒐集資料。王重民在法國期間，撰寫了一些敦煌寫卷提要，陸續寄回國內發表，後由北平圖書館彙集成兩輯《巴黎敦煌殘卷敘錄》（1936，1941）。其中《文選》敘錄三篇，涉及《文選音》寫卷一號：P.2833；又《文選》寫卷八號：P.2554《樂府十七首─樂府八首》、P.2493b《演連珠》、P.2645《運命論》、P.2658《劇秦美新、典引》、P.2707《三月三日曲水詩序（王融）》、P.2543《三月三日曲水詩序（王融）、王文憲集序》、P.3778《陽給事誄、陶徵士誄》、P.3345《褚淵碑文》。

上述敦煌寫本《文選》的研究成果全部收錄在一九五八年北京商務印書館出版的王重民《敦煌古籍敘錄》中（其中劉師培提要係節錄），此外又增加王氏自撰 S.3663《嘯賦》敘錄一篇，該敘錄曾發表於《國立北平圖書館季刊》新第 1 卷第 1 期（1939）。

---

93 羅氏《叢殘》收入黃永武主編《敦煌叢刊初集》第 8 冊。按蔣氏題記稱曾另撰校勘記，今未見。

　　稍後於王重民，日本學者神田喜一郎一九三五年春遊學巴黎，回
國後將所拍攝的敦煌文書照片印成《敦煌秘籍留真》一書發行，有關
《文選》者為 P.2658《劇秦美新、典引》、P.3345《褚淵碑文》、P.2833
《文選音》各一葉，後至一九四七年臺灣大學出版《敦煌秘籍留真新
編》時始完整影印。而在王重民之前，日本學者狩野直喜發表在《支
那學》第 5 卷第 1 號（1929）的《唐鈔本〈文選〉殘卷跋》一文，詳細
介紹了蘇聯所藏 Φ.242 佚名《文選注》殘卷（《補亡詩一上責躬應詔詩
表》），大概是孟列夫主編《俄藏敦煌漢文寫卷敘錄》出版前俄藏敦煌
寫本《文選》的唯一研究成果。

　　王重民之前的敦煌本《文選》寫卷研究，其內容主要是定名、綴
合、抄寫時代的判定及異文校錄，而饒宗頤發表在《新亞學報》第 3 卷
第 1 期（1957 年 8 月）、第 2 期（1958 年 2 月）的《敦煌本文選斠證》
則是「第一篇對敦煌寫本《文選》進行全面介紹和深入研究的重要論
文」[94]。《斠證》著錄英、法所藏《文選》寫卷十六號（法藏十三號，
英藏三號，含 P.3480 雜寫），並對其中六號特別是兩件李善注本
（P.2528、P.2527）詳加校勘考證。饒氏自言「旅法京時，每日至國家圖
書館，館藏有關《文選》各寫卷，紬讀殆遍」[95]，蓋用功甚勤，故多有
不刊之論。其後港、臺的敦煌寫本《文選》研究漸趨式微，相關論著
僅黃志祥《唐寫本〈文選劉孝標辯命論〉斠理》（《書目季刊》第 21 卷
第 1 期，1987）等寥寥數篇而已。

　　二十世紀六、七〇年代，雖然當時世界上敦煌文獻四大藏家所藏

94　徐俊《書評：〈敦煌吐魯番本文選〉、〈敦煌本昭明文選研究〉、〈敦煌本文選注箋證〉、
　　〈文選版本研究〉》，《敦煌吐魯番研究》第 5 卷，第 368 頁。

95　饒宗頤《敦煌本文選斠證》（一），《新亞學報》第 3 卷第 1 期，1957 年 8 月，第 333
　　頁。

文書主體部分的目錄已全部公布,不過《文選》寫卷的研究乏人問津。一九六五年,日本學者岡村繁發表《關於細川家永青文庫藏〈敦煌本文選注〉》(《集刊東洋學》第 14 號),次年又發表《〈敦煌本文選注〉校釋》(《東北大學教養部紀要》第 4 號),對 Φ.242 外另一佚名《文選注》寫卷作了詳細的辨析考訂。後者又修訂為《永青文庫藏敦煌本〈文選注〉箋訂》上、下兩篇〔《久留米大學文學部紀要》第 3 號(1993)、第 11 號(1997),收入《岡村繁全集》第 2 卷《文選之研究》〕,由羅國威譯成中文,發表在王元化主編《學術集林》(繁體字本)卷 14、15,後又與羅國威《天津藝術博物館藏敦煌本〈文選注〉箋證》及《永青文庫藏敦煌本〈文選注〉補箋》一併彙集為《敦煌本〈文選注〉箋證》一書(成都:巴蜀書社,2000 年)。

到八〇年代,隨着英、中、法各國所藏敦煌文獻的縮微膠卷與《敦煌寶藏》的發行出版,敦煌學研究進入蓬勃發展的黃金時期。但相對於敦煌學其他門類研究成果疊出的情況,《文選》寫卷的研究成果幾無可述,唯李永寧《本所藏〈文選·運命論〉殘卷介紹》(《敦煌研究》創刊號,1983)及白化文《敦煌遺書中〈文選〉殘卷綜述》(趙福海等主編《昭明文選研究論文集》,長春:吉林文史出版社,1988 年)分別首次公布敦研 0356《運命論》、北新 1543(BD.15343)《辯亡論》(上篇)兩寫卷,並附簡單校勘記。

九〇年代是敦煌寫本《文選》研究的高峰期。伏俊連《敦煌賦校注》(蘭州:甘肅人民出版社,1994 年)及張錫厚《敦煌賦彙》(南京:江蘇古籍出版社,1996 年)都對敦煌遺書中的《文選》「賦」類寫卷作

了校錄。伏書多有精義，惜其不見饒宗頤《敦煌本文選斠證》[96]，尚有餘蘊待發。此後伏氏續作訂補，相關成果收入其敦煌學論文集《敦煌文學文獻叢稿》（北京：中華書局，2004 年）。

羅國威《敦煌本〈昭明文選〉研究》（哈爾濱：黑龍江教育出版社，1999 年）是「敦煌寫本《文選》的第一個比較全面的校錄本」[97]，全書分《敦煌本〈昭明文選〉校釋》、《敦煌本〈昭明文選〉研究》兩部分，附錄《文選音》錄文，共計校釋寫卷二十號（含 P.3480 雜寫，不計 P.2833《文選音》），此前公布的敦煌本《文選》寫卷基本收羅完備。不過徐俊曾指出該書的不足之處主要有三：（一）誤錄之例；（二）漏錄及闕字可補之例；（三）原卷文字有倒乙符號，間有未據改之例[98]。另外，S.9504《恨賦》殘卷張錫厚《敦煌賦彙》已作校錄，羅氏失收；又全書體例不劃一，凡饒宗頤《敦煌本文選斠證》涉及的寫卷「校釋」俱全，其餘則基本有「校」無「釋」，只校異同，不校是非。

傅剛《〈文選〉版本敘錄》（《國學研究》第 5 卷，北京：北京大學出版社，1998 年）雖非敦煌寫本《文選》研究的專文，不過傅氏熟精傳世《文選》版本，故其對十六號敦煌寫卷所作之敘錄頗有發明。一九九九年傅剛發表《永隆本〈西京賦〉非盡出李善本說》（《中華文史論叢》第六十輯，上海：上海古籍出版社，1999 年），謂 P.2528《西京賦》李善注寫卷（此賦李注留存三國東吳薛綜舊注）為合成本：「正

96　參見張錫厚《探幽發微佚篇薈萃——讀〈敦煌賦校注〉》，《西北師大學報》（社會科學版）第 33 卷第 1 期，1996 年 1 月，第 75 頁；張錫厚《書評：〈敦煌賦校注〉》，《敦煌吐魯番研究》第 1 卷，第 424 頁。

97　徐俊《書評：〈敦煌吐魯番本文選〉、〈敦煌本昭明文選研究〉、〈敦煌本文選注箋證〉、〈文選版本研究〉》，《敦煌吐魯番研究》第 5 卷，第 372 頁。

98　徐俊《書評：〈敦煌吐魯番本文選〉、〈敦煌本昭明文選研究〉、〈敦煌本文選注箋證〉、〈文選版本研究〉》，《敦煌吐魯番研究》第 5 卷，第 373-374 頁。

文及薛綜注抄的是薛本，然後再抄李善注。」傅氏《俄藏敦煌寫本
Φ242 號〈文選注〉發覆》（《文學遺產》2000 年第 4 期）則推翻了其在
《〈文選〉版本敘錄》中關於 Φ.242 寫卷佚名《文選注》（《補亡詩一上
責躬應詔詩表》）「依據於李善注」的觀點，以為該《文選注》產生在
李善注之前，並為李善作注所依據。傅剛的敦煌本《文選》研究成果
皆收入其《文選版本研究》（北京：北京大學出版社，2000 年）。

　　二〇〇〇年，饒宗頤《敦煌吐魯番本文選》由中華書局出版，共
收錄敦煌吐魯番寫本《文選》三十五件 [99]，每一寫卷均作簡單敘錄並附
完整圖版，這是《文選》寫卷整理史上具有劃時代意義的著作。該書
不僅寫卷蒐羅完備，而且「首次將人們較少關注的吐魯番寫本《文選》
與敦煌寫本並存，使今存唐及唐前《文選》寫本的面貌得以全面的展
示」[100]，而此前關於吐魯番寫本《文選》的研究基本為空白。後來李梅
《敦煌吐魯番寫本〈文選〉研究——從語言文獻角度的考察》（浙江大

99　此據徐俊《書評：〈敦煌吐魯番本文選〉、〈敦煌本昭明文選研究〉、〈敦煌本文選注
　　箋證〉、〈文選版本研究〉》的統計數據：「《敦煌吐魯番本文選》收錄敦煌寫本 31 號，
　　又吐魯番寫本 4 件，共計 35 件。」（《敦煌吐魯番研究》第 5 卷，第 369 頁）徐氏殆
　　計 Дx.02606＋Дx.02900《王文憲集序》為兩號（饒書據《俄藏》影印，寫卷編號則依
　　《孟目》為「L.2860」，實則該編號不含 Дx.02900），德國藏吐魯番寫卷 Ch.3693＋
　　Ch.3699＋Ch.2400＋Ch.3865《幽通賦》為一件（此當非《文選》寫本）。又，徐俊謂
　　Дx.01551《七命》殘卷與德藏吐魯番本 Ch.3164「筆跡相同」，Дx.01551 當為吐魯番寫
　　本。則饒書實收吐魯番寫卷八號（《幽通賦》按四號統計）、敦煌寫卷三十號（含
　　P.3480 雜寫等）。
100　徐俊《書評：〈敦煌吐魯番本文選〉、〈敦煌本昭明文選研究〉、〈敦煌本文選注箋證〉、
　　〈文選版本研究〉》，《敦煌吐魯番研究》第 5 卷，第 369 頁。

學 2003 年碩士學位論文）在饒書基礎上增補八號 [101]，《大谷文書集成》
第 4 卷（京都：法藏館，2010 年）公布兩號（大谷 10374 ＋大谷 11030
《七命》李善注），《俄藏》未定名寫卷中又可比定四號（Дх.17704《東
京賦》、Дх.10810 ＋ Дх.18967《洴馬督誄》[102]、Дх.07305v《七命》李善
注，至此，業已公布的敦煌吐魯番文書中的《文選》寫卷當已蒐羅殆
盡。

---

101 李氏列舉敦煌吐魯番寫本四十一件，謂其中為饒宗頤《敦煌吐魯番本文選》收錄者凡
　　三十五件，未收者六件：1）吐魯番阿斯塔那 230 號墓出土之《海賦》；2）Дх.18292
　　《江賦》；3）Дх.08011 ＋ Дх.08462《七命》；4）上野本《辯命論》；5）歷博本《五等
　　論》；6）津藝 107 ＋永青本《文選注》（Дх.18292、Дх.08011、Дх.08462 三號首次比定
　　其名）。關於饒書收錄的寫卷數量，李氏的統計方法與上揭徐俊文不同：將饒氏綴合
　　為一件的德藏吐魯番本《幽通賦》分成四件，不計《文選音》兩件（P.2833 ＋ S.8521）
　　及 P.3480 雜寫，L.2860 按一件統計，故實得三十四件，所謂「三十五」或承徐俊之
　　說。

102 此篇題傳世刻本《文選》皆作「馬洴督誄」，當據《文選集注》作「洴馬督誄」為正，
　　參見拙著《古抄本〈文選集注〉研究》，第 5 頁腳注①。

三

本書收錄敦煌寫卷三十四號[103]，吐魯番寫卷十號[104]，總計得敦煌吐魯番寫本《文選》四十四號，綴合為二十四件，分「白文本」「李善注本」「佚名注本」三類加以校錄。每類皆敦煌本居前，吐魯番本次後（末一類無吐魯番本），各寫卷按其首句出現的前後次序編排。詳細清單見下表（「綴合後序號」列標「※」號者為吐魯番本）：

序號	編號	所存篇目	綴合後序號
		白文本	
1	Дx.17704	張衡《東京賦》	一
2	Дx.01502	左思《吳都賦》	二
3	S.9504	江淹《恨賦》	三
4	S.3663	成公綏《嘯賦》	四
5	S.10179	陸機《樂府十七首》	五
6	P.2554	謝靈運《樂府一首》	
		鮑照《樂府八首》	
7	S.6150	楊修《答臨淄侯牋》	六

---

103 饒宗頤《敦煌吐魯番本文選》所收三十號中剔除 P.2833＋S.8521《文選音》（已收入許建平師所撰《敦煌經部文獻合集》第 9 冊）、P.4900《尚書序》（許建平師《敦煌經籍敘錄》已考定非《文選》寫本）、P.3480 雜寫，計四號；增補八號：Дx.17704《東京賦》、Дx.18292《江賦》、歷博本《五等論》、上野本《辯命論》、Дx.10810＋Дx.18967《汧馬督誄》、津藝 107＋永青本《文選注》。

104 饒宗頤《敦煌吐魯番本文選》所收八號中除去德藏《幽通賦》四號，增補歷博本《海賦》、大谷 10374＋大谷 11030＋Дx.08011＋Дx.07305v＋Дx.08462《七命》，計六號。

續表

序號	編號	所存篇目	綴合後序號
8	P.4884	顏延年《三月三日曲水詩序》	七
9	P.2707	王融《三月三日曲水詩序》	
10	P.2543	任昉《王文憲集序》	
11	P.2542		
12	P.3778	顏延年《陽給事誄》	
		顏延年《陶徵士誄》	
13	P.3345	王儉《褚淵碑文》	
14	Дх.02606	任昉《王文憲集序》	八
15	Дх.02900		
16	P.2658	揚雄《劇秦美新》	九
		班固《典引》	
17	P.5550a	干寶《晉紀總論》	一〇
18	P.2525	沈約《恩倖傳論》	一一
		班固《述高紀》	
		班固《述成紀》	
		班固《述韓英彭盧吳傳》	
		范曄《光武紀贊》	
19	P.5036	陸倕《石闕銘》	

序號	編號	所存篇目	綴合後序號
20	P.2645	李康《運命論》	一二
21	敦研 0356		
22	BD.15343	陸機《辯亡論》	
23	歷博本	陸機《五等論》	續表
24	上野本	劉峻《辯命論》	
25	P.2493b	陸機《演連珠》	一三
26	Дx.10810	潘岳《汧馬督誄》	一四
27	Дx.18967		
28	S.5736	顏延年《陽給事誄》	一五
29	歷博本	蕭統《文選序》	一六※
30	MIK III 520	揚雄《羽獵賦》	一七※
		揚雄《長楊賦》	
		潘岳《射雉賦》	
		班彪《北徵賦》	
		曹大家《東徵賦》	
		潘岳《西徵賦》	
31	歷博本	木華《海賦》	一八※
李善注本			
32	P.2528	張衡《西京賦》	一九
33	Дx.18292	郭璞《江賦》	二〇
34	P.2527	東方朔《答客難》	二一
		揚雄《解嘲》	

序號	編號	所存篇目	綴合後序號
35	大谷 10374	張協《七命》	二二※
36	大谷 11030		
37	Дх.08011		
38	Дх.01551		
39	Ch.3164		
40	Дх.07305v		
41	Дх.08462		
佚名注本			
42	Ф.242	束皙《補亡詩》	二三
		謝靈運《述祖德詩》	
		韋孟《諷諫》	
		張華《勵志詩》	
		曹植《上責躬應詔詩表》	
43	津藝 107	趙至《與嵇茂齊書》	二四
		丘遲《與陳伯之書》	
		劉峻《重答劉秣陵沼書》	
		劉歆《移書讓太常博士》	
		孔稚珪《北山移文》	
44	永青本	司馬相如《喻巴蜀檄》	
		陳琳《為袁紹檄豫州》	
		陳琳《檄吳將校部曲文》	
		鍾會《檄蜀文》	
		司馬相如《難蜀父老》	

（續表）

　　為能直觀體現敦煌吐魯番寫卷的完缺情況，若不同寫本內容有重疊（上表中八與七、一五與七），則分別校錄成篇，而非僅僅選取其中

一件作為底本，其餘則只作為參校本。唯校記採用互見形式以避繁瑣。

　　每件寫本均撰題解一篇，簡要說明底本及參校本、原本完缺情況、抄寫年代的判斷和前人著錄研究情況等，不作詳細的文物性的外觀資料描述。

　　錄文根據內容施加標點符號，除殘缺部分外，分段錄出（有必要保留原文行款者除外）。古代通行的異體字（如万、与、礼等）一律照原卷錄寫，並出校記加以說明。常見或易考明的俗字（如京、盖、曺等）如不影響考證，一般皆徑改作通用的規範字；鑒於俗寫「扌」旁與「木」旁、「巾」旁與「忄」旁、「礻」旁與「衤」旁以及「己」與「已」「巳」、「瓜」與「爪」、「曰」與「日」之類相混無別，一般徑據文意錄定，不一一出校。原卷缺字用「□」號表示，文字模糊不清或僅存殘迹者用「🞑」號表示，缺幾個字用幾個「□／🞑」號，並在其後加「（　）」號注明補足內容；或用「▭」號表示上截殘泐，「▭」號表示下截殘泐。校補原卷本身的脫字用「[ ]」號，並出校記加以說明。原卷旁注補字徑補於相應位置，倒字、衍文據乙正、刪字符號乙正或刪除，必要時出校記說明。重文符號一律改為相應的字，特殊情況需要標示重文符號時，統一用「＝」號。

　　本書校記以篇為單位以求相對獨立，故各篇校記不避重複。原卷篇幅較長、校記數量較多的寫本，為免讀者翻檢之勞，原文內容酌情分段並附綴相應校記，不採用校記統一置於全篇之末的方式。

　　本書充分尊重前修時彥的研究成果，除在題解中作總體說明外，比較重要的校勘意見均在校記中予以採納。

白文本

東京賦

【題解】

　　底卷編號為 Дx.17704，起張衡《東京賦》「秦負阻於二關，卒開項而受沛」之「受沛」，至「迴行道乎伊闕，邪徑捷乎轘轅」之「捷」，僅存四行，每行上下截均有殘泐。行款細密，書法不佳，抄寫時間應較晚。

　　傳世《文選》李善注本、五臣注本於「受沛」等諸句下皆加注釋，底卷則無，當是白文無注三十卷本。

　　今據《俄藏》錄文，以胡刻本《文選》為校本，校錄於後。

（前缺）
▨▨▨受沛。彼▨▨（偏據）〔1〕▨▨▨ ▨▨▨ ▨（靡）〔2〕地不營。土圭測影〔3〕，▨▨▨ ▨▨▨ ▨（背）〔4〕河，左伊右瀍〔5〕。西▨▨▨ ▨▨▨▨▨（伊闕）〔6〕，▨（枒）徑〔7〕捷▨▨▨
（後缺）

【校記】

〔1〕　偏據　「偏」字底卷殘損右下角，「據」字殘存左半「扌」旁，
　　　　茲據胡刻本校補。以下凡殘字據胡刻本補出者不復一一注明。

〔2〕　靡　自前行「據」至此底卷殘泐，胡刻本作「而規小豈如宅中
　　　　而圖大昔先王之經邑也掩觀九隩」。

〔3〕　影　胡刻本作「景」。「影」字五臣本同，為「景」之後起增旁
　　　　分化字。

〔4〕　背　自前行「影」至此底卷殘泐，胡刻本作「不縮不盈總風雨
　　　　之所交然後以建王城審曲面勢泝洛」。

〔5〕　左伊右瀍　胡刻本「瀍」作「澶」。「伊」謂伊水，「澶」謂澶水，
　　　　「瀍」蓋「湹」之形訛字，「湹」為「澶」字俗省。

〔6〕　伊闕　自前行「西」至此底卷殘泐，胡刻本作「阻九阿東門于
　　　　旋盟津達其後太谷通其前迴行道乎」。

〔7〕　枒俓　胡刻本作「邪徑」。敦煌吐魯番寫本彳、亻二旁混用，此
　　　　「俓」為「徑」字俗寫。其上一字底卷殘存右半「牙」旁，茲擬
　　　　補作「枒」。《龍龕手鏡》衣部平聲：「枒衺，二古文，邪、牙二
　　　　音。」[1]《集韻·麻韻》：「衺，或作邪，亦書作枒。」[2]「枒」「衺」
　　　　偏旁易位字，胡刻本「邪」則「衺」之通行假借字。

1　釋行均《龍龕手鏡》，第 103 頁。

2　《宋刻集韻》，第 60 頁。

吳都賦

【題解】

底卷編號為Дx.01502，起左思《吳都賦》「迎潮波而振緡」之「波」（「波」字傳世刻本作「水」），至「或踰《綠水》而《采菱》」之「采」，共二十四行，末行僅存「采」字右上角少許筆畫，故歷來著錄皆二十三行。

《孟目》1451號著錄底卷云：「〔吳都賦〕殘卷，38×26。部分手卷，首尾殘，上下邊沿殘。1紙，兩面均有經文。23行，每行16-17字。有硃筆圈點。紙色褐，畫行細，楷書。（7-8世紀）在敦煌寫卷中注釋很少。」[1]白化文《敦煌遺書中〈文選〉殘卷綜述》據以著錄[2]。伏俊連《敦煌賦校注·前言》亦列此卷，唯誤編號為「蘇1457」[3]。游志誠《敦煌古抄本文選五臣注研究》指出白化文著錄之L.1451寫卷「與

1　〔俄〕孟列夫主編《俄藏敦煌漢文寫卷敘錄》上冊，袁席箴、陳華平譯，第577頁。

2　趙福海等主編《昭明文選研究論文集》，第220頁。

3　伏俊連《敦煌賦校注》，《前言》第1頁。按伏氏未見該寫卷，故未作校錄。

伏俊連所著錄者同」，但因未親見白氏《綜述》，誤以為白文發表在伏氏《校注》之後，故有《吳都賦》乃《敦煌賦校注》「首見著錄」之說[4]。

　　底卷《吳都賦》另一面為《阿閦佛心陀羅尼神咒》，《孟目》以前者為寫卷正面，後者為背面。《俄藏》承之。施萍婷《俄藏敦煌文獻經眼錄之一》之說正相反[5]。按《阿閦佛心陀羅尼神咒》一面包括《陀羅尼》六行及題記九行，紙面左側留有大段空白，而《吳都賦》首尾俱殘，故當以《吳都賦》一面為正面。底卷殘存恰為一紙，當是從完整的《吳都賦》寫卷脫落之零葉，後人在其背面抄寫簡短的《阿閦佛心陀羅尼神咒》並附題記，而紙面尚有多餘。

　　底卷「緡」作「緡」，「民」字缺筆，《孟目》定為七至八世紀寫本（見上引）。石塚晴通《敦煌の加點本》謂底卷第四行「蛟蟧與對」之「對」字有硃筆點識四聲，將加點之時間定為七世紀末期[6]。

　　底卷「卒」「嚼」「操」三字下夾注反切，由於《孟目》僅言「注釋很少」而未作詳細說明，故白化文《敦煌遺書中〈文選〉殘卷綜述》曾懷疑其為李善注。反切乃抄寫時直接夾注於相應正文之下，非後來硃筆點讀者所加，不可考知是否出自「隋唐間為《選》學者之所著述」[7]。

　　李莉《敦煌本〈吳都賦〉校理》[8]（簡稱「李莉」）曾對底卷作過校錄。

4　臺灣中正大學中國文學系編《全國敦煌學研討會論文集》，第 149-150 頁。按游文《引用書目與期刊》一節未列白化文《敦煌遺書中〈文選〉殘卷綜述》。

5　《敦煌研究》1996 年第 2 期，第 82 頁。

6　池田溫主編《講座敦煌・五・敦煌漢文文獻》，第 252-253 頁。

7　參見王重民《敦煌古籍敘錄》，第 322 頁。

8　載伏俊璉《敦煌文學文獻叢稿》，第 242-246 頁。

今據《俄藏》所載彩色圖版錄文，以胡刻本《文選》為校本，校錄於後。

（前缺）

波而振緡[1]。想莽[2]實之復形，訪靈蕧[3]於鮫人。精衛銜石而遇繳，文鯑夜飛而觸綸。北山亡其翔翼，西海[4]失其遊鱗。雕題之士，鏤身之卒袒兀[5]，比飾虯龍，蛟螭[6]與對。簡其華質則亂費錦繢[7]，料其虓勇則雕悍狼戾[8]。相與眛[9]潛險，搜瓘奇。摸瑇瑁[10]，捫觜蠵[11]。剖巨蚌於迴淵[12]，濯明[13]月於漣漪。畢天下之至多[14]，訖無索而不臻。谿壑為之一罄[15]，川瀆為之中貧。哂澹臺之見謀，聊襲海而徇珧[16]。載漢女於後舟，追晉賈而同塵。汩乘流以砰宕，翼飄風之飀飀[17]；直衝濤而上瀨，常沛沛以悠悠。泛可休而飆歸[18]，揖天吳與楊侯[19]。

指包山而為期，集洞庭而淹留。數軍實乎桂林之菀[20]，饗戎旅乎落星之樓。置酒若淮泗，積餚[21]若山丘。飛輕軒而酌淥酃[22]，放雙醠[23]而賦珍羞。飲烽起，嚼慈喋鼓震[24]。士遺惓[25]，眾懷忻[26]。幸乎舘娃[27]之宮，張女樂而娛群臣。羅金石與絲〔竹〕[28]，若夫鈞天之下陳[29]。▨（發）東歌[30]，操▨（龜）高▨（南）音[31]。胤《陽阿》，詠《袜》《秠》[32]。荊豔楚儛[33]，吳愉越吟，□（翕）習容裔，靡靡愔愔。若此者，與夫唱和之▨▨（隆響），鐘磬之鏗耾[34]，有殷坻頹[35]於前，曲度難勝，皆與謠俗汁協，律呂相應。其奏樂也則木石潤色，其吐哀也則□（淒）風暴興[36]。惑[37]▨▨▨▨（采）[38]▨▨▨

（後缺）

【校記】

〔1〕　波而振緒　此為胡刻本「迎潮水而振緒」句中文,「潮水」二字
　　　　與五臣本及《藝文類聚》卷六一《居處部一》引《吳都賦》相
　　　　同[9];而《吳都賦》上文有「潮波汩起」句,胡刻本卷一二郭璞
　　　　《江賦》亦云「或泛濫於潮波」,「潮波」則皆合於底卷。李莉
　　　　云:「緒同緒。」按「緒」為「緒」之譌改字。

〔2〕　蓱　胡刻本作「萍」。明州本、叢刊本及陳八郎本、朝鮮本作
　　　　「蓱」。萍、蓱同物,故《干祿字書·平聲》:「萍蓱,上通下
　　　　正。」[10]底卷「蓱」當是「蓱」之俗訛字。

〔3〕　霉　胡刻本作「夔」。「霉」為「夔」之俗字,說見《干祿字書·
　　　　平聲》[11]。

〔4〕　「西海」下底卷原有「共」字,李莉以為衍文。按底卷「共」
　　　　字右側有硃筆「丶」形刪字符,茲徑刪正。

〔5〕　祖兀　底卷夾注音切。

〔6〕　螭　胡刻本作「螭」。李莉云:「按《龍龕手鑒》:『螭,俗;螭,
　　　　正。丑知反,無角龍也。』故『螭』為『螭』之俗字。」

〔7〕　毇費錦續　「毇」底卷原作「毄」,李莉云:「胡刻本作『毄』,
　　　　六臣本作『毇』。《文選李注義疏》曰:『案《說文》無毇字,而
　　　　見於《方言》十及《廣韻·六至》,音乙冀切。毄蓋誤字。』按:
　　　　《廣韻·志韻》:『毄,貪也。』周祖謨校勘記:『毄,當作毇。』
　　　　而『毄』無從查考,蓋俗寫誤字。」考《廣韻·志韻》之「毄」
　　　　字 P.2011 王仁昫《刊謬補缺切韻》作「毇」,故宮本《王韻》同;

9　歐陽詢《藝文類聚》,第 1108 頁。

10　施安昌《顏真卿書干祿字書》,第 31 頁。

11　施安昌《顏真卿書干祿字書》,第 17 頁。

至韻之「氊」字裴務齊正字本《刊謬補缺切韻》作「乿」[12]。上
揭三部韻書之「氊／乿」皆僅一見，均據《方言》訓為「貪」，
周祖謨校是也。《方言》「氊」郭璞注云「音懿」[13]，與《裴韻》
合；五臣音「意」，與《王韻》合；至李善音「於既切」，則反
切上下字並與《玉篇》及《博雅音》相同[14]。茲據改為「氊」。
「續」底卷原作「繢」，李莉云：「『續』，色彩鮮明；『繢』，持
綱紐也。據文意，當取『續』字。」按高步瀛《文選李注義疏》
云：「卒、對、續、戾，古音脂部。」[15]若作「繢」字則失韻，
乃「續」之形訛字，茲據胡刻本改正。

〔8〕　雕悍狼戾　胡刻本「雕」作「鵰」。「雕」小篆隸定字，「鵰」籀
　　　文隸定字。

〔9〕　眜　胡刻本作「眛」。李莉引高步瀛說云：「『眛』當作『眜』。
　　　胡紹煐曰：《說文·目部》『眛』『眜』兩見，並云『目不明也』。」
　　　按高步瀛引胡紹煐《文選箋證》又云：「善音『門撥切』，則字
　　　從本末之『末』，與劉（逵）讀異。竊疑『眜』當讀『莫佩切』
　　　音『妹』，與『冒』為疊韻。《漢書·司馬相如傳》『毒冒』，顏
　　　注：『冒音妹。』是『眜』『冒』音同。劉注『眜，冒也』，以疊
　　　韻為訓。眜之為冒，古義皆如是。」高氏申其說云：「《說文》
　　　段注據隱元年《公羊》、《穀梁傳》及此賦疑《說文》『眜』字為
　　　後人所增。王筠謂從『末』之『眜』當依《廣韻·十三末》作
　　　『目不正也』。如王說，則此賦正當作『眜』，莫佩切，如胡氏之

12　周祖謨《唐五代韻書集存》，第492、586頁。

13　華學誠《揚雄方言校釋匯證》，第657頁。

14　《宋本玉篇》，第399頁；王念孫《廣雅疏證》，第395頁。

15　高步瀛《文選李注義疏》，第1229頁。

說矣。」[16] 據李善音「門撥切」，則胡刻本李注引《說文》當作「眜（眜），目不明也」，從本末之「末」，而段玉裁據此注認為從午未之「未」的《說文》「眛」篆乃後人所增。不過六臣本李善注並無《說文》一條及「門撥切」之音，胡刻本（尤刻本）獨異，胡克家《文選考異》云：「此尤所添，最誤。『門撥切』一音乃尤并添。」其說是也，段氏所據實屬假證，高步瀛所揭王筠之說較善。俗書「末」「未」無別，故從「末」從「未」之字每多相亂，此依胡紹煐、高步瀛之說錄作「眜」。

〔10〕瑇瑁　胡刻本作「蠱蝐」。李莉云：「《龍龕手鑑》曰：『瑇，瑁也。或作蠱、蠬，二同。瑁，瑇也。』故『瑇瑁』同『蠱蝐』。」按玄應《一切經音義》卷一一《中阿含經》第八卷音義「瑇瑁」條注云：「今作『蠱蝐』二形，古文作『毒帽』二形，同。」[17]

〔11〕捫髻蟣　「蟣」底卷原作「携」，胡刻本作「蟜」。「蟜」為「蟣」字俗省，「携」則「攜」之俗字[18]，底卷蓋涉上「捫」類化而訛，茲徑改。

〔12〕迴淵　胡刻本作「回淵」。「回」「迴」古今字。李莉云：「渊同淵。」按「渊」「渕」手寫之變，皆「淵」之俗字，參見張涌泉師《敦煌俗字研究》[19]。

〔13〕明　胡刻本作「明」。「朙」「明」古異體字。

〔14〕畢天下之至多　胡刻本「多」作「異」。五臣張銑注云：「言盡天下至異之物，竟無求之不至者矣。」是所據本作「異」。「異」

16　高步瀛《文選李注義疏》，第1230頁。

17　徐時儀《一切經音義三種校本合刊》，第226頁。

18　參見《五經文字·手部》，《叢書集成初編》本，第6頁。

19　張涌泉《敦煌俗字研究》（第二版），第540-541頁。

照應上文「瓌奇」，若作「多」，似與下句「訖無索而不臻」詞意相複。

〔15〕谿壑為之一罄　「一」下底卷原有「路」字。此與下句「川瀆為之中貧」儷偶，「路」字誤衍，茲據胡刻本刪。胡刻本「罄」作「磬」。《說文‧石部》：「磬，樂石也。」缶部：「罄，器中空也。」「罄」篆段玉裁注云：「引申為凡盡之偁。古書『罄』『磬』多互相假借。」[20]郝懿行《爾雅義疏》云：「（磬）通作『罄』。《樂記》注：『罄當為磬。』左氏僖廿六年《傳》『室如懸罄』，《魯語》作『室如懸磬』。《淮南‧覽冥篇》『磬龜無腹』，高誘注：『磬，空也。』」[21]按胡刻本卷五四劉峻《辯命論》「珪璧斯磬」，日本藏上野本敦煌寫卷作「罄」，正與底卷相同，是「罄空」字古書多作「磬」，郝氏之說合乎古人用字習慣。

〔16〕徇珎　胡刻本作「徇珍」。劉逵注云：「徇，求也。」敦煌吐魯番寫本彳、亻二旁混用，此「徇」為「徇」字俗寫。「珎」為「珍」之俗字，說見《玉篇‧玉部》[22]。下凡「珎」字同。

〔17〕翼飄風之飂飂　胡刻本「飄」作「飃」，「飂飂」作「飀飀」。「飄」「飃」、「飂」「飀」皆偏旁易位字。

〔18〕飆歸　胡刻本作「凱歸」。劉逵注云：「凱，樂也。《左氏傳》曰：振旅，凱入于晉。」今本僖公二十八年《左傳》作「愷」[23]，「愷」「凱」皆「豈」之增旁分化字。《爾雅‧釋天》：「南風謂

20　段玉裁《說文解字注》，第 225 頁。
21　郝懿行《爾雅義疏》，第 125 頁。
22　《宋本玉篇》，第 17 頁。
23　《十三經注疏》，第 1826 頁。

之凱風。」²⁴ 陸德明《經典釋文》出「颽」字，注云：「口海反，又作凱。」²⁵「颽」當是「凱風」之「凱」的類化換旁俗字，《吳都賦》不當作「颽」。

〔19〕楊侯　胡刻本作「陽侯」。李善注云：「陽侯，〔已〕見《南都賦》。」胡刻本卷四左思《蜀都賦》「動陽侯」李注同。檢卷四張衡《南都賦》「陽侯澆兮掩鳧鷖」李注云：「《戰國策》曰：塞漏舟而輕陽侯之波，則舟覆矣。《淮南子》曰：武王伐紂，渡于孟津，陽侯之波逆流而擊之。高誘曰：陽侯，陽國侯也，溺死於水，其神能為大波。」皆作「陽侯」，底卷「楊」蓋誤字；《蜀都賦》、《吳都賦》作者相同，尤為明證。

〔20〕菀　胡刻本作「苑」。「菀」為「苑」之俗字，說詳《敦煌俗字研究》²⁶。

〔21〕餚　胡刻本作「肴」。李莉云：「『餚』同『肴』。」按「肴」「殽」古今字。

〔22〕淥酃　胡刻本作「綠酃」。李莉引高步瀛說云：「梁章鉅曰：『綠當作淥。』桂馥《札樸》卷四曰：『《西京雜記》鄒陽《酒賦》：其品類則沙洛淥酃。』」按胡刻本卷三五張協《七命》「乃有荊南烏程」句李善注引盛弘之《荊州記》云：「淥水出豫章康樂縣，其間烏程鄉有酒官，取水為酒，酒極甘美，與湘東酃湖酒年常獻之，世稱酃淥酒。」高步瀛所引桂馥《札樸》亦嘗引《荊州記》以證《吳都賦》當作「淥酃」²⁷，與底卷冥合，足見高明。

24　《十三經注疏》，第2608頁。

25　陸德明《經典釋文》，第419頁。

26　張涌泉《敦煌俗字研究》（第二版），第753頁。

27　高步瀛《文選李注義疏》，第1233頁；桂馥《札樸》，第129頁。

〔23〕 放雙轙　胡刻本「放」作「方」。五臣李周翰注云：「方，並也。」
　　　　此據《說文》，方部：「方，併船也。」檢《荀子・子道》：「及
　　　　其至江之津也，不放舟、不避風則不可涉也。」楊倞注云：「放
　　　　讀為方。《國語》曰『方舟設泭』，韋昭曰：『方，竝也。編木為
　　　　泭。』」[28]《荀子》「放」字與底卷相合，唯此賦謂併馬車耳。朱
　　　　駿聲《說文通訓定聲》謂《荀子》「放」為「方」之假借字[29]。

〔24〕 嚼慈唉皷震　「慈唉」為底卷夾注音切，「唉」為「笑」之增旁
　　　　俗字。「震」底卷原作「晨」。按「震」與上句「飲烽起」之「起」
　　　　對文義近，「晨」形近而訛，茲據胡刻本改正。胡刻本「嚼皷」
　　　　作「釂鼓」。「皷」為「鼓」之俗字，說詳《敦煌俗字研究》[30]。
　　　　李莉云：「據文意，此處當作『釂』。」按李善注云：「釂鼓，〔已〕
　　　　見《西京賦》。」檢胡刻本卷二張衡《西京賦》：「既釂鳴鐘。」
　　　　李注引《說文》云：「釂，飲酒盡也。」而《說文・口部》：「噍，
　　　　齧也。嚼，噍或从爵。」「釂」「嚼」不同字，故李莉謂《吳都賦》
　　　　當作「釂」，底卷「嚼」為假借字。不過「嚼」字文獻多用為
　　　　「釂」，桂馥《說文解字義證》「釂」篆下云：「又通作『嚼』。《史
　　　　記・遊俠列傳》：『與人飲，使之嚼。』徐廣：『音子妙反，盡酒
　　　　也。』《漢書》作『釂』，顏注：『盡酒曰釂。』《說苑》：『魏文
　　　　侯與大夫飲酒，使公乘不仁為觴政，曰：飲不嚼者，浮以大
　　　　白。文侯飲而不盡爵，公乘不仁舉白浮君。』《續漢書・五行
　　　　志》：『嚼復嚼者，京都飲酒相強之詞也。』」[31]考大徐本《說文・

28　王先謙《荀子集解》，第 532 頁。
29　朱駿聲《說文通訓定聲》，第 926 頁。
30　張涌泉《敦煌俗字研究》（第二版），第 928 頁。
31　桂馥《說文解字義證》，第 1315 頁。

酉部》：「醨，酒盡也。从酉，嚼省聲。」[32]「嚼省聲」正文獻用字歷史之反映，「醨」蓋所謂「後起本字」。又上引徐廣「嚼」字音「子妙反」與《廣韻》「醨」字音「子肖切」相同，精紐笑韻，底卷「慈笑」為從紐笑韻，聲紐與《廣韻》「醨」不同而合於所注「嚼」字本音。

〔25〕 士遺惓　「士」底卷原作「工」。按「士」與下句「眾懷忻」之「眾」對文義近，「工」乃形訛字，茲據胡刻本改。胡刻本「惓」作「倦」。「惓」為「倦」之後出換旁字。

〔26〕 眾懷忻　胡刻本「忻」作「欣」。李莉云：「《玉篇・心部》：『忻，喜也。』故『忻』同『欣』。」按《說文・心部》『忻，闓也』段注云：「闓者，開也。『忻』謂心之開發，與欠部『欣』謂笑喜也異義，《廣韻》合為一字，今義非古義也。」[33]而王力《同源字典》云：「欣、忻實同一詞。」[34]六臣本作「忻」，與底卷合，無校語出李善、五臣異同，是所據《文選》諸本皆作「忻」，胡刻本「欣」字或非《吳都賦》原文。

〔27〕 舘娃　「娃」底卷原作「瘂」，疑即「痤」之形訛字，而「痤」殆「娃」之增旁俗字，茲徑據胡刻本作「娃」。胡刻本「舘」作「館」。《干祿字書・去聲》：「舘館，上俗下正。」[35]

〔28〕 竹　底卷原脫，茲據胡刻本補。

〔29〕 若夫鈞天之下陳　「鈞」底卷原誤作「鈞」，茲據胡刻本改，俗

32　許慎撰，徐鉉校定《說文解字》，第 312 頁。小徐本《說文》作「從酉，爵聲」（徐鍇《說文解字繫傳》，第 283 頁）。

33　段玉裁《說文解字注》，第 503 頁。

34　王力《同源字典》，第 89 頁。

35　施安昌《顏真卿書干祿字書》，第 52 頁。

寫「勺」旁多誤作「勺」。胡刻本無「夫」字。按上文「幸乎舘娃之宮，張女樂而娛群臣」前句六字，後句七字，則此「羅金石與絲竹，若夫鈞天之下陳」宜有「夫」字。

〔30〕發東歌　「發」底卷殘存上半大部，胡刻本作「登」。六臣本作「發」，與底卷合，校語云「善本作登」。按《楚辭·招魂》云「發《揚荷》些」[36]，《淮南子·人間》云「發《陽阿》」[37]，文例與此賦「發東歌」正同，「登」當是「發」之形訛字，非李善、五臣之異，六臣本校語據所見而言也。

〔31〕操麄高南音　「麄高」為底卷夾注音切。「麄」略顯模糊，似「鹿」字。考「操」字《廣韻》有「七刀切」一音，茲錄文為「麄」，「麄高」「七刀」並清紐豪韻。「南」字底卷殘損下半，茲據胡刻本校補。以下凡殘字、缺字、模糊不清之字據胡刻本補出者不復一一注明。

〔32〕秼秅　胡刻本作「眛任」。胡刻本卷一班固《東都賦》：「四夷間奏，德廣所及。《僸》《侏》《兜離》，罔不具集。」李善注云：「《孝經鉤命決》曰：東夷之樂曰《侏》，南夷之樂曰《任》，西夷之樂曰《株離》，北夷之樂曰《僸》。毛萇《詩傳》曰：東夷之樂曰《眛》，南夷之樂曰《任》，西夷之樂曰《朱離》，北夷之樂曰《禁》。然說樂是一，而字並不同，蓋古音有輕重也。」《周禮·春官·鞮鞻氏職》「鞮鞻氏掌四夷之樂與其聲歌」鄭玄注云：「四夷之樂，東方曰《眛》，南方曰《任》，西方曰《株離》，北方曰《禁》。《詩》云『以雅以南』是也。」[38]與李注所引毛傳

36　洪興祖《楚辭補注》，第 209 頁。

37　劉文典《淮南鴻烈集解》，第 619 頁。

38　《十三經注疏》，第 802 頁。

略同。其他諸書所云尚多歧異，如南方之樂又名《南》，故孫詒
讓《周禮正義》引俞正燮說云：「《眛》、《任》等皆四夷本名，
名從主人，單字還音，故諸書有異。」[39] 然則底卷「秣秖」與胡
刻本「韎任」聲類皆相同，均可作為四夷樂名之記音字。唯「秖
」字他書未見，似「任」字涉「秣」類化而訛。

〔33〕 儛　胡刻本作「舞」。李莉云：「『儛』同『舞』。」按《干祿字
書・上聲》：「儛舞，上俗下正。」[40]

〔34〕 鐘磬之鏗耾　胡刻本「磬」作「鼓」，「鍾」上有「動」字。考
詳《緒論》。

〔35〕 坻頹　胡刻本作「坻頹」。「坻」「坻」之異考詳《緒論》。《龍
龕手鏡》頁部平聲：「頹，俗；頹，正。」[41]

〔36〕 興　底卷原誤作「與」，茲據胡刻本改正。

〔37〕 惑　胡刻本作「或」。此「惑」字當作「或」，參見下條。

〔38〕 底卷末行僅殘存一字右上角，胡刻本作「采」，六臣本作「採」。
「采」「採」古今字，茲據胡刻本校補作「采」。其上底卷殘泐，
胡刻本作「超延露而駕辯或踰綠水而」，可知上行末「惑」字當
作「或」為正。

39　孫詒讓《周禮正義》，第1920頁。

40　施安昌《顏真卿書干祿字書》，第37頁。

41　釋行均《龍龕手鏡》，第482頁。

恨　賦

【題解】

　　底卷編號為 S.9504，起江淹《恨賦》開端「試望平原，蔓草縈骨，拱木斂魂」之「魂」，至「終蕪絕兮異域」句，共十下半行，最後四行下截亦有殘泐，末行僅存「域」字右半少許筆畫。

　　《榮目》著錄底卷云：「《文選》。尾上殘，存 9 行。白文無注本，僅存江淹《恨賦》片斷。字體工整，但不甚佳，有硃筆句讀、訂正，有界欄。〔18.7×16.8cm〕」[1]《榮目》未計末行「域」字，故僅得九行。

　　《恨賦》「人生到此」句底卷作「民生到此」，殆抄手習於「民」字諱改為「人」的想法而奮筆回改，殊不知《恨賦》本作「人生」，並不作「民生」。但「民」又作避諱字形，此與吐魯番阿斯塔那 363 號墓文書《鄭玄注〈論語〉》（即卜天壽抄本）將《為政》「子張問十代可知」之「代」回改為「世」字缺筆「**世**」的做法類似[2]。

1　榮新江《英國圖書館藏敦煌漢文非佛教文獻殘卷目錄（S.6981-13624）》，第 135 頁。

2　參見許建平師《BD14681〈尚書〉殘卷考辨》，《敦煌文獻叢考》，第 26 頁。按《為政》本作「世」，「代」為諱改字。

　　底卷多有訛字，書法也屬敦煌吐魯番寫本《文選》之最劣者，似學童所抄，而「硃筆句讀、訂正」則出其業師之手。

　　張錫厚《敦煌賦彙》（簡稱「張錫厚」）曾對底卷作過校錄。

　　今據 IDP（國際敦煌項目）網站的彩色照片錄文，以胡刻本《文選》為校本，校錄於後。

（前缺）

＿＿＿魂〔1〕。民生〔2〕到此，天道寧論！於是＿＿＿伏〔3〕恨而死。借如秦帝案劍〔4〕，諸＿＿＿為〔5〕城，紫淵為池。雄圖〔6〕既溢，＿＿＿▨（海）〔7〕右以送日，一旦魂斷〔8〕，宮車晚＿＿＿▨（暮）〔9〕心動，昧旦神興。別艷姬与〔10〕＿＿＿▨（來）填膺〔11〕。千秌万歲〔12〕，為▨（怨）難＿＿＿擊〔13〕柱，吊〔14〕影慙魂。情往〔15〕上郡，□（心）＿＿＿▨（露）〔16〕溢至，握手何言？若夫▨（明）＿＿＿＿＿＿▨忽〔17〕起，白日〔18〕西匿。蟗〔19〕▨（鴈）＿＿＿＿＿▨（域）〔20〕＿＿＿

（後缺）

【校記】

〔1〕　魂　此為《恨賦》開端「試望平原，蔓草縈骨，拱木斂魂」句中文，據底卷行款，此係賦文首行，其前一行當抄篇題「恨賦一首」及作者名「江文通」。唯底卷上截殘泐，篇題行今已不存一字。

〔2〕　民生　胡刻本作「人生」。五臣本作「人生」，《江文通集》同[3]。此殆抄手習於「民」字諱改為「人」的想法而奮筆回改，其實

3　胡之驥《江文通集彙注》，第7頁。

非《恨賦》原文。

〔3〕　「伏」上底卷殘泐，胡刻本作「僕本恨人心驚不已直念古者」。

〔4〕　借如秦帝案劍　胡刻本「借」作「至」，「案」作「按」。《江文通集》作「假」[4]，「假」「借」同義。《恨賦》下文有「至如李君降北」「至乃敬通見抵」等句，依底卷「借如」則與彼等諸句皆不重複。「案」「按」二字古多通用。

〔5〕　「為」上底卷殘泐，胡刻本作「侯西馳削平天下同文共規華山」。

〔6〕　啚　胡刻本作「圖」。《干祿字書·平聲》：「啚圖，上俗下正。」[5]

〔7〕　海　底卷殘存右下角少許筆畫，茲據胡刻本校補。以下凡殘字、缺字據胡刻本補出者不復一一注明。「海」上底卷殘泐，胡刻本作「武力未畢方架黿鼉以為梁巡」。

〔8〕　斷　胡刻本作「斷」。《干祿字書·上聲》：「斷斷，上俗下正。」[6]

〔9〕　暮　底卷殘存左下角，其上殘泐，胡刻本作「出若乃趙王既虜遷於房陵薄」。

〔10〕　別艷姬与　胡刻本「艷」作「豔」，「与」作「與」。《玉篇·色部》：「艷，俗豔字。」豐部：「豔，俗作艷。」[7]「与」「與」二字古混用無別，敦煌吐魯番寫本往往用「与」字，後世刊本則多改作「與」。

〔11〕　來填膺　「來」上底卷殘泐，胡刻本作「美女喪金輿及玉乘置酒欲飲悲」。「填」底卷原作「槙」，張錫厚云：「『填』原作

4　胡之驥《江文通集彙注》，第7頁。

5　施安昌《顏真卿書干祿字書》，第19頁。

6　施安昌《顏真卿書干祿字書》，第39頁。

7　《宋本玉篇》，第81、305頁。

『槙』，從《文選》本。」茲據胡刻本改正。

〔12〕 千秌万歲　「秌」底卷原作「𥝊」，後以硃筆校改為「秌」字。
胡刻本作「秋」，「秌」為「秋」之古文，說見《廣韻・尤韻》[8]。
「万」底卷原作「刀」，後以硃筆於上端加「丆」校改為「万」
字。胡刻本作「萬」。《玉篇・方部》：「万，俗萬字。十千也。」[9]

〔13〕 「擊」上底卷殘泐，胡刻本作「勝至如李君降北名辱身冤拔
劍」。

〔14〕 吊　胡刻本作「弔」。《干祿字書・去聲》：「吊弔，上俗下正。」[10]

〔15〕 往　底卷原作「住」，張錫厚云：「『住』形近致誤。」茲據胡刻
本改正，五臣本及《江文通集》亦皆作「往」[11]。

〔16〕 露　底卷殘存下端少許筆畫，似原作訛字，後加硃筆校改，尚
可辨識「路」之下半。其上殘泐，胡刻本作「留鴈門裂帛繫書
誓還漢恩朝」。

〔17〕 忽　自前行「明」至此底卷殘泐，胡刻本作「妃去時仰天太息
紫臺稍遠關山無極搖風」。

〔18〕 白日　底卷原作「自日」，張錫厚云：「『自』形近致誤。」茲據
胡刻本改正。

〔19〕 壟　胡刻本作「隴」。《說文・阜部》：「隴，天水大阪也。」土
部：「壟，丘壟也。」「壟」「壟」偏旁易位字。此賦「隴鴈少飛」

8　《宋本廣韻》，第 184 頁。

9　《宋本玉篇》，第 342 頁。

10　施安昌《顏真卿書干祿字書》，第 53 頁。

11　胡之驥《江文通集彙注》，第 8 頁。

與「岱雲寡色」對文[12]，「岱」為山名，則當以作「隴」為本字，「壠」為假借字，故張錫厚徑據《文選》改底卷「壠」字為「隴」。

〔20〕 域　底卷殘存右端少許筆畫，右下角有硃筆句讀。自前行「鴈」字至此底卷殘泐，胡刻本作「少飛代雲寡色望君王兮何期終蕪絕兮異」。

12　「岱」字胡刻本作「代」（參見下條），李善注引《漢書》「凡望雲氣，勃碣海代之間氣皆黑」。胡克家《文選考異》云：「袁本、茶陵本（賦文）『代』作『岱』。陳云：『代』，『岱』誤，注同。今案二本不著校語，袁本善注中字作『代』，茶陵本亦作『岱』。今《漢書・天文志》是『岱』字。」按李善引《天文志》為注，知李注本《恨賦》當本作「岱」，與五臣注本無異，故合併六臣時不出校語注二本異同，胡刻本賦文、李注「代」字均後人所改。《江文通集》亦作「岱」，中華書局整理本據《文選》改為「代」（胡之驥《江文通集彙注》，第10頁），殊無必要。

嘯　賦

【題解】

　　底卷編號為 S.3663，起成公綏《嘯賦》「良自然之至音」之「自」，至篇末「音聲之至極」句，尾題「文選卷第九」，共三十七行。

　　底卷「世」「虎」不諱，王重民因此判為「唐以前寫本」[1]。姜亮夫亦據「書體、紙質諸端」，確定為先唐寫本[2]。按底卷第三十四行「鐘期弃琴」，「弃」不作「棄」，許建平師《敦煌經籍敘錄》云：「從普遍意義上來說，改『棄』作『弃』，為避太宗之諱。」[3]不過底卷有用古文隸定字之例，如第十二行之「復」，第十三行之「剿」，第十七、三十行之「沴」，第二十五行之「金」，第六、十一行之「弘」等。底卷之

1　王重民《嘯賦》「敘錄」原載《國立北平圖書館季刊》新第 1 卷第 1 期，1939 年 3 月；此據王重民《敦煌古籍敘錄》，第 322 頁。
2　姜亮夫《莫高窟年表》，第 166 頁。
3　許建平《敦煌經籍敘錄》，第 228 頁。

「弃」，或為「棄」之古文，非避諱也。《翟目》定為七世紀寫本[4]，近是。

　　底卷旁注反切四十三條（其中一條有釋義，第二十二行「漱」字注云「盪口，搜又反」，《說文·水部》：「漱，盪口也。」），又有硃筆句讀及點識四聲。旁注反切與正文筆跡不同，故王重民謂反切「蓋是後人所加」，並推測其來歷云：「疑本於隋唐間為《選》學者之所著述。」[5]饒宗頤《敦煌本文選斠證》（二）亦稱底卷音注「于隋唐《文選》反切舊音，大有裨助」[6]。關於音注的音系特徵，張金泉通過與《文選》李善注、五臣注及《廣韻》之比勘，謂「其音頗合《廣韻》」[7]。按成公綏《嘯賦》載《晉書》本傳，底卷音注似與《晉書音義》頗有淵源[8]。

　　底卷尾題後有雜寫四行，尋其筆跡，當是點讀者所加（參見上注）。卷背黏貼一長方形紙條，抄「撼揞」二字音義：「撼揞，下子感反，手動；上胡感反，動。」二字音義與 S.2071《切韻箋注》完全相同，然與正面《嘯賦》毫無關涉（《嘯賦》全文未見「撼揞」二字），其用意不詳，饒宗頤《敦煌吐魯番本文選》云：「潘重規疑如《說文音

4　〔英〕翟理斯《英國博物館藏敦煌漢文寫本註記目錄》，此據黃永武主編《敦煌叢刊初集》第 1 冊，第 243 頁。

5　王重民《敦煌古籍敘錄》，第 322 頁。按王氏又云：「卷末有硃筆云『鄭承為景點訖』，點讀當即出此鄭君手。又按凡音反切者，則無點讀（僅「屬」「均」兩字例外），則反切亦當為此鄭君所迻入。」（底卷「撿」字旁注反切「力冉」，亦加硃筆點讀為上聲，非僅「屬」「均」兩例）石塚晴通《敦煌の加點本》根據點讀判定殘卷抄寫時間為「八世紀初期」（《講座敦煌·5·敦煌漢文文獻》，第 232 頁，又第 258 頁）。

6　《新亞學報》第 3 卷第 2 期，1958 年 2 月，第 320 頁。按上引王重民所謂「鄭承為景點訖」之「承」字底卷作「⿰」，饒宗頤以為「似『敬』字，Giles 新編目錄（引者按：即《翟目》）指為『家』字，不似」，近是。

7　張金泉、許建平《敦煌音義匯考》，第 474 頁。

8　參見《晉書》第 10 冊，第 3285 頁。

隱》之例。」⁹蓋不可從。

　　饒宗頤《敦煌本文選斠證》（二）¹⁰（簡稱「饒宗頤」）、伏俊連《敦煌賦校注》（簡稱「伏俊連」）、羅國威《敦煌本〈昭明文選〉研究》（簡稱「羅國威」）都曾對底卷作過校勘。

　　今據 IDP（國際敦煌項目）網站的彩色照片錄文，以胡刻本《文選》為校本，校錄於後。上舉「復」「剿」「沔」「金」「弘」諸字均照原卷錄文，特此說明。

（前缺）

自然之至音，非絲竹之所擬。是故聲不假器，用不借物。近取諸身，役[1]心御氣。動脣有曲，發口成音。觸類感物，因歌隨吟。大而不洿安都[2]，細而不沉[3]。清激切於竽禹俱[4]笙，優潤和於瑟琴[5]。玄妙足以通神悟靈，精微足以窮幽測深。收《激楚》之哀荒，節《北里》之奢淫。濟洪災於炎旱，反亢苦浪陽於重蔭[6]。唱弘[7]萬變，曲用無方。和樂怡懌，悲傷摧藏。時幽散而將絕，中矯厲而慨慷。徐婉於遠約而優游[8]，紛繁鶩而激揚[9]。情既思而能反，心雖哀而不傷。揔八音之至和，固極樂而無荒。

　　若乃登高臺以臨遠，披文軒而騁望。嘳仰抃皮變而杭首[10]，嘈在勞長弘而懰力幽亮[11]。或舒肆而自反，或徘徊而[12]放。或冉弱而柔橈而小[13]，或澎普彭濞普秘而犇壯[14]。橫鬱嗚而滔土勞涸胡各[15]，瀏繚來鳥胱他鳥而清昶勅亮[16]。逸氣奮涌[17]，繽紛交錯。烈烈飆揚[18]，啾子由啾嚮作[19]。奏胡馬之長思，向寒風乎北朔。又似鳴鴈[20]之將鶵，

9　饒宗頤《敦煌吐魯番本文選》，《敘錄》第 2 頁。

10　《新亞學報》第 3 卷第 2 期，1958 年 2 月，第 320-323 頁。

群[21]鳴號乎沙漠。故能因形創聲，隨事造曲。應物無窮[22]，機發嚮速。怫扶勿鬱衝汋[23]，參七感譚徒感雲屬之慾[24]。若離若合，將絕復續。飛廉皷於幽隧隨翠反[25]，猛虎應於中谷。南箕動於穹丘弓倉[26]，清飈振乎喬木。散滯積而播揚，蕩埃藹之溷胡本濁[27]。變陰陽之至和，移淫風之穢俗。

若乃遊崇崗，陵景山。臨巖側，望流川。坐盤石，漱盪口，搜又反[28]清泉。藉嗟夜反，又慈夜臯蘭之猗於綺靡[29]，蔭脩竹之蟬蜎伊緣[30]。乃吟詠而發歎[31]，聲駱驛而嚮連。舒畜思之悱芳尾憤[32]，奮久結之繾綿[33]。心滌庭歷[34]蕩而無累，志離俗而飄然。若夫假象金[35]革，擬則陶匏。眾聲繁奏，若笳若簫。硼普萌碬朗棠[36]震隱，訇火宏磕苦蓋聊老陶嘈[37]。發徵則隆冬熙喜眉蒸之升[38]，騁羽則嚴霜夏彫[39]，動商則秋霖春降，奏角則谷風鳴條。音均均，古韻字，一如字[40]不恒，曲無定制。行而不留[41]，止而不滯。隨口吻亡粉[42]而發揚，假芳氣而遠逝。音要妙而汩響，聲激古歷矅庭歷[43]而清厲。信自然之極麗，羌殊尤而絕世。越《韶》《夏》與《咸池》，何徒取異乎鄭衛？

于時綿駒結舌而喪精，王豹杜口而失色；虞公輟聲而止歌，甯子撽力冉手[44]而歎息；鐘期弃琴[45]而改聽，尼父[46]忘味而不食；百獸率儛而抃皮變足[47]，鳳皇來儀而拊芳武[48]翼。乃知長嘯之奇妙，此音聲之至極[49]。
文選卷第九[50]

【校記】

〔1〕 伇 胡刻本作「役」。《說文·殳部》：「古文役从人。」不過底卷彳、亻二旁混用不分，「伇」或為「役」字俗寫。

〔2〕 安都 底卷旁注音。

〔3〕 沉 胡刻本作「沈」。伏俊連云：「沉同沈，見《玉篇》。」按《玉篇·水部》以「沉」為「沈」之俗字[11]。

〔4〕 禹俱 底卷旁注音。

〔5〕 瑟琴 底卷原作「琴瑟」，饒宗頤云：「『琴瑟』二字誤倒。」伏俊連云：「作『琴瑟』則不叶韻。」茲據胡刻本乙正。

〔6〕 反亢苦浪陽於重蔭 「苦浪」為底卷旁注音。伏俊連云：「《廣韻》：『亢，古浪切。』」按：『古』為見紐，『苦』為溪紐，為牙音近紐字。」按「亢」字《廣韻》苦浪、古郎二切，伏氏誤檢。胡刻本「蔭」作「陰」。伏俊連云：「蔭為本字，陰為借字。」按「陰」「蔭」古今字。《說文·雲部》：「䨩，雲覆日也。会，古文或省。」徐灝《說文解字注箋》云：「会之所覆曰蔭，古衹作『陰』。《釋名》曰：『陰，蔭也。』」[12]

〔7〕 弘 胡刻本作「引」。伏俊連云：「弘同引。《玉篇》：『弘，挽弓也。』《廣韻》：弘，與引同。」羅國威云：「弘，『引』之別體。」按《說文解字詁林》「引」篆下丁福保案語云：「《慧琳音義》三卷六頁『引』注引《說文》『古文從人作弘』，蓋古本有重文，《廣韻》本之。今二徐本奪，宜補。」[13]于省吾《釋從天從大從人的一些古文字》云：「弘即引之初文。」[14]下凡「弘」字同。

〔8〕 徐婉於遠約而優游 「於遠」為底卷旁注音。胡刻本「徐」作「徐」。伏俊連云：「《說文》：『徐，緩也。』《字彙》：『徐，與

---

11 《宋本玉篇》，第347頁。

12 《續修四庫全書》第226冊，第469頁。

13 丁福保《說文解字詁林》，第12511頁。

14 《古文字研究》第15輯，第186頁。

徐同。緩也。』敦煌寫本中，彳或作亻，亻或作彳，常混淆使
用。」

〔9〕　紛繁騖而激揚　胡刻本「騖」作「鶩」。伏俊連云：「騖為本字，
鶩為借字。朱駿聲《說文通訓定聲·孚部》：『鶩，假借為騖。』
《穆天子傳》卷一：『天子西征，鶩行至於陽紆之山。』郭璞注：
『鶩猶馳也。』《南齊書·文學傳論》：『少卿離辭，五言才骨，
難與爭鶩。』皆『鶩』借為『騖』之證。」按「騖」「鶩」二字
古書分別甚嚴，相互假借之例極少，底卷「鶩」不妨徑視為
「騖」之形訛字。

〔10〕　嘈仰拚皮變而杭首　「皮變」為底卷旁注音。胡刻本「拚」作
「抃」，「杭」作「抗」。饒宗頤云：「《玉篇》云『抃同拚』。」
伏俊連云：「拚為本字，抃為或體。《集韻·綫韻》：『拚，《說
文》：拊手也。或从卞。』清雷浚《說文外編》卷十二云：『抃
為拚之俗。』又按《說文》：『抗，扞也。或从木。』故潘亦雋《通
正》曰：『抗、杭古為一字。』」

〔11〕　嘈在勞長弘而憀力幽亮　「在勞」「力幽」皆底卷旁注音。《廣韻·
尤韻》力求切小韻收「憀」，與底卷「力幽」韻有尤、幽之異。
王力《南北朝詩人用韻考》云：「關於尤、侯、幽三韻，全南北
朝詩人是一致的，三韻完全沒有分用的痕迹。尤、侯大約只是
有無介音的分別，尤與幽恐怕就完全無別了。」[15]是底卷以幽切
尤，乃實際語音之反映。

〔12〕　復　胡刻本作「復」。「復」小篆隸定字，「復」為隸變字。

〔13〕　柔橈而小　「而小」為底卷旁注音。胡刻本「橈」作「撓」。伏

15　《王力語言學論文集》，第24頁。

俊連云：「『柔橈』字當作『橈』，『撓』為借字。朱駿聲《說文
通訓定聲・小部》：『撓，假借為橈。』《文選・上林賦》『柔橈
曼曼』，《嘯賦》下李注引作『柔撓』，是『橈』『撓』通作之證。」
按《廣韻》「橈」有二音：一平聲宵韻如招切，楫也；一去聲效
韻奴教切，木曲[16]。皆與底卷「而小」不合。「撓」字《廣韻》
亦有二音：一平聲豪韻呼毛切，攪也；一上聲巧韻奴巧切，撓
亂[17]。亦與底卷不符。五臣本《嘯賦》作「柔擾」，《廣韻》「擾」
音而沼切，正與底卷「而小」切音無殊。今謂底卷「而小」實
依「撓」字注音，破讀為「擾」。考《漢書・王莽傳》「撓亂國家」
顏師古注云「撓，擾也，音火高反」[18]，S.2071《切韻箋注》平
聲豪韻呼高反小韻「撓」字注云「擾」，二家音義並同，「撓」
之訓「擾」，本諸許慎《說文》。《切韻箋注》又以「撓」為「嫪」
之異體字，上聲巧韻「嫪」字注云：「擾亂，奴〔巧〕反。又作
撓。」至 P.2011 王仁昫《刊謬補缺切韻》則「撓」字列為巧韻之
字頭（《廣韻》承之），注云：「攪。又乃教、如紹二反。」末音
「如紹」正合於底卷「而小」。疑「撓」字原本僅平聲豪韻「呼
高反」一音，《漢書・鼂錯傳》「則匈奴之眾易撓亂也」顏注云
「撓，音火高反，其字從手。一曰橈，音女教反，其字從木」[19]，
可資參證；「而小反」者，因「撓」「擾」二字義通而讀「撓」
為「擾」也。《晉書音義》出《嘯賦》「柔撓」，注云「而小反」[20]，

16　《宋本廣韻》，第 128、396 頁。

17　《宋本廣韻》，第 136、279 頁。

18　《漢書》第 12 冊，第 4066 頁。

19　《漢書》第 8 冊，第 2281 頁。

20　《晉書》第 10 冊，第 3285 頁。以下凡引《晉書音義》有關《嘯賦》條目，不復一一
　　出注。

反切上下字皆與底卷相同。饒宗頤云：「此卷从手、从木之字多不分。」蓋謂底卷「橈」為「撓」之俗寫，其說是也。

〔14〕 或澎普彭濞普秘而犇壯　「普彭」「普秘」皆底卷旁注音。胡刻本「犇」作「奔」。伏俊連云：「按『犇』字不見於《說文》。《集韻》：『奔，古作犇。』是則『犇』為『奔』之古字。」又云：「濞，普秘。《廣韻》：『濞，匹詣切。』『匹』『普』皆滂紐，『詣』在《廣韻》去聲霽韻，『秘』在《廣韻》去聲至韻，古音亦不同。」按「濞」字《廣韻》匹詣、匹備二切，後者與底卷「普秘」聲韻皆同，伏氏失檢。《晉書音義》：「澎濞，上普彭反，下普秘反。」與底卷完全相同。

〔15〕 橫鬱嗚而滔土勞涸胡各　「土勞」「胡各」皆底卷旁注音。胡刻本「嗚」作「鳴」。六臣本作「嗚」，與底卷合，校語云「善本作鳴字」；《晉書》成公綏本傳載《嘯賦》亦作「嗚」[21]。胡紹煐《文選箋證》云：「作『嗚』是也。『鬱』『嗚』雙聲，『嗚』與『於』同，倒言之亦曰『於鬱』。『鬱嗚』亦作『鬱伊』，又作『鬱邑』。『嗚』『伊』『於』『邑』並語之轉。《淮南·覽冥訓》『孟嘗君曾欷歔唈』，『欷唈』亦『嗚鬱』。」[22]按胡氏之說是也，「鬱嗚」為雙聲聯綿詞，與下句疊韻聯綿詞「繚朓」正相對。胡刻本「鳴」當是形訛字，非李善、五臣之異。

〔16〕 洌繚來鳥朓他鳥而清昶勑亮　「來鳥」「他鳥」「勑亮」皆底卷旁注音。胡刻本「洌」作「冽」，「繚朓」作「飄眇」。《說文·水部》：「𣲩，水清也。」隸定為「洌」，稍訛作「洌」，隸變通作

21　《晉書》第 8 冊，第 2374 頁。以下凡引《晉書》所載《嘯賦》，不復一一出注。

22　胡紹煐《文選箋證》，第 504-505 頁。

「洌」。邵瑛《說文解字羣經正字》「洌」字下云：「今經典往往
從仌作『冽』。《說文》無『冽』字，正字蓋統作『洌』。《六書
正譌》云：『洌，俗作冽從仌，非。』《佩觿》並列二字，以『洌』
為水清、『冽』為水寒，恐非諦。」[23]伏俊連云：「胡克家《文選
考異》曰：『袁本、茶陵本飄眇作繚眺，注同。案：《晉書》作
繚眺，尤改恐誤。』繚，來鳥。《廣韻》：『繚，落蕭切。』同聲
而韻有平上之分。眺，他鳥。《廣韻》：『眺，土了切。』切音同。
又按：今本李善注云『眇，他鳥反』，此正為『眺』字之切音
（《廣韻》：『眇，亡沼切。』），善注中之『眇』字，當是後人所
改，然則李善原本，固作『眺』不作『眇』，胡氏校是也。」按
底卷實作「脁」不作「眺」，伏氏所引《廣韻》「土了切」正「脁」
字之音，「眺」則去聲「他弔切」。又「繚」字《廣韻》落蕭、
盧鳥、力小三切，「盧鳥」與底卷「來鳥」聲韻皆同，伏氏失
檢。伏氏又云：「昶，勅亮。《廣韻》：『昶，丑兩切。』同為徹
紐，韻有上去之分。按：此正羅常培所說唐五代西北方音濁上
變去也。」按「昶」字《廣韻》丑亮、丑兩二切，前者合於底卷
「勅亮」，伏氏亦失檢。

〔17〕涌　胡刻本作「湧」。伏俊璉《敦煌本〈嘯賦〉校正》云：「《說
　　　文》有『涌』無『湧』，『涌』『湧』古今字。」[24]

〔18〕烈烈颲揚　胡刻本作「列列颲揚」。饒宗頤云：「許巽行《文選
　　　筆記》云：『列與烈通，《毛詩傳》曰：烈，列也。』」伏俊連
　　　云：「當以『烈烈』為正字。《說文》：『烈，火猛也。』『列，

分解也。』『列』假借為『烈』。」按聯綿詞無定字，不必質言「烈烈」為正字，「列列」則為假借字。《龍龕手鏡》風部平聲：「颮，俗；飇，今；颿，正。布遙反，狂風也。」[25] 下凡「颿」字同。

〔19〕 啾子由啾嚮作　「子由」為底卷旁注音。胡刻本「嚮」作「響」。張錫厚云：「響通嚮。」按「響」本字，「嚮」則為「向」之後起增旁字，或借為「響」。慧琳《一切經音義》卷四《大般若波羅密多經》第三六九卷音義「谷響」條注云：「經從向作嚮，非。」[26] 下凡「嚮」字同。

〔20〕 鳴鴈　胡刻本作「鴻鴈」。五臣本及《晉書》並作「鴻鴈」。《嘯賦》下句云「群鳴號乎沙漠」，似此不當復云「鳴鴈」，「鳴」應是「鴻」之形訛字。

〔21〕 群　胡刻本作「羣」。「羣」「群」古異體字。

〔22〕 竆　胡刻本作「窮」。邵瑛《說文解字羣經正字》「竆」字下云：「今經典作『窮』，蓋『躳』字《說文》或體作『躬』，經典『窮』字從或體『躬』也。」[27]

〔23〕 佛扶勿鬱衕沇　「扶勿」為底卷旁注音。胡刻本「衕」作「衝」，「沇」作「流」。伏俊連云：「衕同衝。《說文》：『衕，通道也。從行，童聲。』邵瑛《羣經正字》：『今經典作衝。』為流之古文。《玉篇》：『沇，古文流。』」下凡「沇」字同。

〔24〕 參七感譚徒感雲屬之慾　「七感」「徒感」「之慾」皆底卷旁注音，賦文「屬」字又加硃筆點讀為入聲。「七感」「徒感」二音考詳

25　釋行均《龍龕手鏡》，第125頁。

26　徐時儀《一切經音義三種校本合刊》，第569頁。

27　《續修四庫全書》第211冊，第198頁。

《緒論》。

〔25〕 飛廉鼓於幽隧隨翠反　「隨翠反」為底卷旁注音。胡刻本「鼓」作「鼓」。「鼓」為「鼓」之俗字，說詳張涌泉師《敦煌俗字研究》[28]。

〔26〕 南箕動於穹丘弓倉　「丘弓」為底卷旁注音。胡刻本「倉」作「蒼」。伏俊連云：「倉為蒼之假借字。」按「倉」「蒼」古今字。

〔27〕 溷胡本濁　「胡本」為底卷旁注音。「溷」字《廣韻‧慁韻》「胡困切」，與底卷「胡本」聲調去、上有異。《說文‧水部》「混，豐流也」段注云：「今俗讀戶衮、胡困二切，訓為水濁、訓為雜亂，此用混為溷也。《說文》混、溷義別。」[29]「戶衮」「胡本」切音相同。五臣「溷」音「混」，以假借字注本字也。

〔28〕 漱盪口搜又反　「盪口搜又反」為底卷旁注。伏俊連云：「《說文》曰：『漱，盪口也。』『盪口』釋『漱』字之義，『搜又』為『漱』字之切音。」

〔29〕 藉嗟夜反又慈夜皐蘭之猗於綺靡　「嗟夜反又慈夜」「於綺」皆底卷旁注音。伏俊連云：「『嗟』為精紐，『慈』為從紐。《廣韻》：『藉，慈夜切。』」按「嗟夜反」者，「借」字之音也。《說文‧人部》「借，假也」段注云：「古多用藉為借。」[30]不過《嘯賦》「藉」義為薦藉，一般讀從紐「慈夜反」，底卷以「嗟夜反」為首音，似欠妥當。「皐蘭」底卷原作「蘭皐」。「皐蘭」與下句「修竹」對仗更為工整，而「蘭皐之猗靡」殊不詞，底卷誤倒，茲據胡刻本乙正。《晉書》亦作「皐蘭」。

28　張涌泉《敦煌俗字研究》（第二版），第928頁。
29　段玉裁《說文解字注》，第546頁。
30　段玉裁《說文解字注》，第389頁。

〔30〕 伊緣 底卷旁注音。

〔31〕 乃吟詠而發歎 胡刻本「歎」作「散」。伏俊連云：「『散』當
為『歎』之字形近致訛。吟詠發歎，意思相連，既呼前文，又
應下句，是也。」按《晉書》作「歎」，與底卷相合。然五臣呂
向注云「發散，謂發散其志」，是五臣本作「散」，合於《藝文
類聚》卷一九《人部三》所引[31]。

〔32〕 舒畜思之悱芳尾憤 「芳尾」為底卷旁注音。胡刻本「畜」作
「蓄」。伏俊連云：「《說文》：『蓄，積也。』『畜，田畜也。』
則『蓄思』字本當為『蓄』，作『畜』乃借字。」按「畜」「蓄」
古今字。《說文》「畜」篆段注云：「『田畜』謂力田之積蓄也，
『畜』與『蓄』義略同：『畜』从田，其源也；『蓄』从艸，其委
也。」[32]

〔33〕 緾綿 胡刻本作「纏緜」。「緾」為「纏」之俗字，說見《敦煌
俗字研究》[33]。《說文》有「緜」無「綿」，「綿」為後起別體。
下凡「綿」字同。

〔34〕 庭歷 底卷旁注音。

〔35〕 金 胡刻本作「金」。「金」小篆隸定字，「金」為隸變字。《集
韻·侵韻》：「金，古作金。」[34]

〔36〕 硼普萌碗朗棠 「普萌」「朗棠」皆底卷旁注音。伏俊連云：
「『硼』字《廣韻》失載，《集韻》作『披庚切』，皆滂紐耕（庚）
韻。李善注作『芳宏切』，敷紐耕韻。敷古讀滂。」按底卷「普

---

31 歐陽詢《藝文類聚》，第354頁。

32 段玉裁《說文解字注》，第697頁。

33 張涌泉《敦煌俗字研究》（第二版），第783頁。

34 《宋刻集韻》，第81頁。

白文本 嘯 賦 | 35

萌」為滂紐耕韻，而李善音輕重脣尚未分化，是底卷「磞」字音與李善無殊。《晉書音義》「普萌反」，反切上下字並同。五臣音「烹」，合於伏氏所引《集韻》「披庚切」，與底卷韻有庚、耕之異。

〔37〕訇火宏磕苦蓋聊老陶嘈　「火宏」「苦蓋」「老陶」皆底卷旁注音。胡刻本「聊嘈」作「唧嘈」。李善注：「唧，音勞。嘈，音曹。」《晉書音義》：「唧嘈，勞、曹二音。」底卷「老陶」即「勞」字之音，而與《廣韻》「聊」字本音不合。讀「聊」為「勞」者，以「聊嘈」為疊韻聯綿詞也。「唧」即「聊」涉下「嘈」字類化增旁。五臣本作「唧」，則涉上「磕」字類化。

〔38〕熙喜眉蒸之升　「喜眉」「之升」皆底卷旁注音。「熙」字《廣韻》許其切，曉紐之韻，底卷「喜眉」為曉紐脂韻，聲同韻異。王力《漢語語音史》云：「支脂之分立，就是南北朝的韻部。江淹以後，脂之已混用；隋唐時代，連支也和脂之混用了。」[35]

〔39〕嚴霜夏彫　胡刻本「彫」作「凋」。「凋」本字，「彫」假借字。徐灝《說文解字注箋》「凋」篆下云：「霜雪至而艸木凋，故從仌。通作彫、雕。」[36]

〔40〕均均古韻字一如字　「均古韻字一如字」為底卷旁注。李善注云：「均，古韻字也。」與底卷前一說相同。底卷又加硃筆點讀賦文「均」為去聲，亦破讀為「韻」。六臣本即作「韻」，校語云「善本作均」。

〔41〕行而不留　胡刻本「留」作「流」。「行而不流」出襄公二十九

---

35 王力《漢語語音史》，第152頁。
36 《續修四庫全書》第226冊，第462頁。

年《左傳》，故饒宗頤、伏俊連、羅國威皆據以謂底卷「留」為
訛字。按「流」「留」同音，古籍往往通用。胡刻本卷一八嵇康
《琴賦》「留而不滯」，李善注引《左傳》「行而不流」及《淮南子》
「流而不滯」，即「流」「留」通用之例；卷一七王褒《洞簫賦》
云「或留而不行，或行而不留」，亦與底卷相合。然則諸氏之說
不可遽從也。

〔42〕亡粉　底卷旁注音。

〔43〕激古歷㴑庭歷　「古歷」「庭歷」皆底卷旁注音。伏俊連云：
「『㴑』字《廣韻》失載，《集韻》：『㴑，亭歷切。』皆定紐錫
韻。」按李善注云：「㴑，音翟。」《晉書音義》：「㴑，音狄。」
並與底卷相合。

〔44〕撿力冉手　「力冉」為底卷旁注音，又加硃筆點讀賦文「撿」為
上聲。「撿」字伏俊連錄文作「檢」，與胡刻本相同，伏氏云：
「『檢』本『撿』之形誤，撿，拱手也。撿手即今言斂手。李注
徵引（《史記·春申君列傳》）即曰『韓必斂手』，《文選考異》
曰：『袁本、茶陵本斂作撿。案：今《春申君傳》作斂，蓋善所
據作撿也。撿、斂古字通。』『撿』『斂』正『力冉切』也。」
按敦煌吐魯番寫卷扌、木二旁混用無別，茲徑錄作「撿」。《漢
書·食貨志》引《孟子》「狗彘食人之食不知斂」[37]，今本《孟子》
作「檢」[38]，亦「撿」之俗訛字。

〔45〕鐘期弃琴　胡刻本「鐘」作「鍾」，「弃」作「棄」。張錫厚云：
「『鐘』形近致誤。『弃』即『棄』之俗寫。」按「鐘」「鍾」二

37　《漢書》第 4 冊，第 1186 頁。

38　《十三經注疏》，第 2666 頁。

字古多混用不分。「弃」《說文》以為古文「棄」字，唐代因避
太宗李世民的嫌諱，多從古文作「弃」，說詳《敦煌俗字研
究》[39]。

〔46〕尼父　胡刻本作「孔父」。伏俊連云：「漢魏人稱孔子常用『尼
　　　父』，六朝以降，始『尼父』『孔父』並行。」

〔47〕百獸率儛而抃皮變足　「皮變」為底卷旁注音。胡刻本「儛」
　　　作「舞」。《干祿字書・上聲》：「儛舞，上俗下正。」[40]

〔48〕芳武　底卷旁注音。

〔49〕此音聲之至極　胡刻本「此」作「蓋亦」。伏俊連云：「『蓋亦』
　　　含有推測之義，作『此』語氣肯定有力，作為結束句，懸崖勒
　　　馬，戛然而止。故原本當作『此』。《晉書》卷 92 引此賦正作
　　　『此』。」

〔50〕文選卷第九　胡刻本作「文選卷第十八」。李善分蕭統《文選》
　　　一卷為二，李注本卷第十八相當於蕭《選》卷第九後半卷。

39　張涌泉《敦煌俗字研究》（第二版），第 480 頁。
40　施安昌《顏真卿書干祿字書》，第 37 頁。

樂府十七首──樂府八首

【題解】

　　底卷編號為 S.10179（底一）＋P.2554（底二）。

　　底一起陸機《樂府十七首·吳趨行》「文德熙淳懿」句，至《塘上行》「不惜微軀退，但懼蒼蠅前」之「不」，共十下半行，末行殘泐尤為嚴重，完整文字僅存一「不」。

　　《英藏》無定名，榮新江《〈英藏敦煌文獻〉寫本定名商補》比定為蕭統《文選》殘卷：「白文無注，字體楷書極佳。存陸世（士）衡《樂府十七首》中的《吳趨行》尾部及《塘上行》，上部均殘。」[1]

　　底二起陸機《樂府十七首·短歌行》「蘭以秋芳」之「以」，至鮑照《樂府八首·白頭吟》「鳧鵠遠成美，薪芻前見陵」之「鳧」，共六十九行，首、末各三行下截殘泐。

　　《伯目》著錄底二云：「華文。《文選》。字佳，惜已殘損。樂府中

─────────

1　《文史》2000 年第 3 輯，第 126 頁。

有謝靈運《會吟行》及鮑明遠數首。」[2]王重民《巴黎敦煌殘卷敘錄》
著錄云:「存六十五行,為謝靈運《樂府》一首,鮑明遠《樂府》五首
又半,在今李善注本卷第二十八。」[3]王氏未計卷首陸機《短歌行》四
行,故僅得謝靈運《樂府》以下凡六十五行。而《王目》、《施目》並
言底二「存六十六行,凡謝靈運《樂府》一首、鮑明遠《樂府》五
首」[4],則誤也。饒宗頤《敦煌本文選斠證》(一)著錄底二云:「謝靈
運《樂府》一首,鮑明遠《樂府》五首。存六十五行,起『以秋芳來
日苦短』句。」[5]饒氏嘗目驗原卷,故所言起句不誤,唯篇目、行數承
用王重民《巴黎敦煌殘卷敘錄》之說,殊不知王氏所言「六十五行」
並未包括陸機《短歌行》四行。其後羅國威統計得六十八行[6],傅剛得
七十一行[7],皆非是。

　　榮新江《〈英藏敦煌文獻〉寫本定名商補》「據寫本形式、字體」
將底一與底二綴合成一卷,並指出底卷陸機《樂府十七首》各詩排列
順序不同於傳世李善注本而與六臣本相合,「可證唐人寫本原本如
此」[8]。兩卷綴合後共七十九行,殘存陸機《樂府十七首》之三首、謝
靈運《樂府一首》及鮑照《樂府八首》之六首。

　　底二「澦」作「![字]」,王重民《敦煌古籍敘錄》認為並非避諱缺筆

2　〔法〕伯希和《巴黎圖書館敦煌寫本書目》,陸翔譯,《國立北平圖書館館刊》第7
　　卷6號;此據書目文獻出版社影印本第7冊,第5741頁。

3　此據黃永武主編《敦煌叢刊初集》第9冊,第306頁。

4　《敦煌遺書總目索引》,第267頁;《敦煌遺書總目索引新編》,第242頁。

5　《新亞學報》第3卷第1期,1957年8月,第334頁。

6　羅國威《敦煌本〈昭明文選〉研究》,第167頁。

7　傅剛《〈文選〉版本敘錄》,《國學研究》第5卷,第187頁。

8　《文史》2000年第3輯,第126-127頁。

9。不過王氏因誤判底二與 P.2525《恩倖傳論—光武紀贊》、P.2493b《演連珠》同為一書而有此論，蓋 P.2493b「淵」字不避，而「虎因淵而避，絕無未諱淵先諱虎之理」。徐俊《書評：〈敦煌吐魯番本文選〉、〈敦煌本昭明文選研究〉、〈敦煌本文選注箋證〉、〈文選版本研究〉》指出：「三卷行款字體略有差異，P.2554、P.2493 字體圓潤，P.2525 字體方棱。P.2554 行十四字，P.2525、P.2493 行十六字，對照具體字的典型結體也多有差異（如「寡」「權」等），是否原為一書，尚有疑問。」10 按底二「世」字概作俗寫形「世」，而 P.2493b、P.2525 則直書本形；底二、P.2493b 每紙二十二行，P.2525 每紙僅二十一行，又後二卷字體明顯不同。上揭三個寫卷決非同一部《文選》寫本，王重民之說不可遽從，「澒」之從「膚」蓋避諱缺筆也。又底二「民」字不諱（第五十八行「昬」），楷書工麗，定其為初唐寫本，當無疑義。

　　饒宗頤《敦煌本文選斠證》（二）11（簡稱「饒宗頤」）、羅國威《敦煌本〈昭明文選〉研究》（簡稱「羅國威」）都曾對底二作過簡單校勘。

　　今據 IDP（國際敦煌項目）網站的彩色照片錄文，以胡刻本《文選》為校本，校錄於後。

（前缺）

▅▅▅▨▨▨（文德）熙淳□（懿）〔1〕，▅▅▅▅濟〔2〕，流化自滂沱〔3〕。□□□□□□□（淑美難窮紀，商搉）為此歌。

▅▅▅（塘上行五言）〔4〕

□□□□□□□□（江蘺生幽渚，微芳不）足宣。被蒙風雲□□□□

9　王重民《敦煌古籍敘錄》，第 316 頁。

10　《敦煌吐魯番研究》第 5 卷，第 381 頁。

11　《新亞學報》第 3 卷第 2 期，1958 年 2 月，第 324-328 頁。

□□□（會，移居華池邊。發）藻玉臺下，□□□□□□（垂影滄浪泉。沾潤）既已▨（渥），結根奧且□□□□□▨（堅。四節逝不處，華繁）難久鮮。淑氣与[5]□□□□□□□（時殞，餘芳隨風捐）。天道有遷易，人理＿＿＿▨（衰）[6]□□（避妍）。不

（中缺）

以秋芳[7]。來日苦短，▨（去）□□□□□（日苦長。今我不）樂，蟋蟀在房。樂以□□□□□□（會興，悲以別章。豈）日無感，憂為子忘。我□□□□□□（酒既旨，我肴既臧）。短歌可詠[8]，長夜無荒。

樂府一首五言[9]

會吟行　謝靈運[10]

　　六引緩清唱，三調佇繁音。迥莚[11]皆靜寂，咸共聆《會吟》。《會吟》自有初，請從文命敷。敷績壺冀始，刊木至江汜。列宿炳天文，負海橫地理。連峯覓千刃[12]，背流各百里。澎池溉粳稻，輕雲曖松杞。兩京愧佳麗，三都豈能似？曾臺指中天[13]，高墉積崇雉。飛鸇躍廣塗[14]，鵁首戲清沚。津呈窈窕容[15]，路曜便娟子。自來弥世代[16]，賢達不可紀。句踐善癈[17]興，越叟識行止。范[18]出江湖，梅福入城市。東方就旅逸，梁鴻去桑梓。牽綴書土風，辭殫意未已[19]。

樂府八首五言[20]

東武吟　鮑明遠[21]

　　主人且勿諠，賤子歌一言。僕本寒鄉士，出身蒙漢恩。始隨張校尉，占募到河源。後逐李輕車，追虜窮塞垣。密途亘万里[22]，寧歲猶

七奔。肌力盡鞏^[23]甲，心思歷涼溫。將軍既下世，部曲亦罕存。時事一朝異，孤績誰復論？少壯辭家去，窮老還入門。要鎌刈葵藿^[24]，倚杖牧雞。昔如鞲上鷹，今似檻中猨。徒結千載恨，空負百年冤^[25]。棄^[26]席思君幄，疲馬戀君軒。願垂晉主惠，不愧田子魂。

出自薊北門行^[27]

　　羽檄起邊亭，烽火入咸陽。徵騎屯廣武，分兵救朔方。嚴秋筋竿勁^[28]，虜陣精且強。天子案劒怒^[29]，使者遙相望。鴈行緣石逕，魚貫渡^[30]飛梁。簫鼓流漢思，旌甲被胡霜。疾風衝塞起，沙礫自飄揚。馬毛縮如蝟，角弓不可張。時危見臣節，世亂^[31]識忠良。投軀報明主，身死為國殤。

結客少年場^[32]行

　　驄^[33]馬金絡頭，錦帶佩吳鈎。失意杯酒間，白刃起相讎。追兵一旦至，負劒遠行遊。去鄉卅^[34]載，復得還舊丘。升高臨四關^[35]，表裏望皇州。九衢^[36]平若水，雙闕似雲浮。扶宮羅將相，夾道列王侯。日中市朝滿，車馬如川流^[37]。擊鍾陳鼎食，方駕自相求。今我獨何為，埳壈懷百憂？

東門行

　　傷禽惡絃^[38]驚，倦客惡離聲。離聲斷^[39]客情，賓御皆涕零。涕零心斷絕，將去復還訣。一息不相知，何況異鄉別？遙遙征駕遠，杳杳落日晚。居人掩閨臥，行子夜中飯。野風吹秋木，行子心腸^[40]斷。食梅常苦酸，衣葛常苦寒。絲竹徒滿座^[41]，憂人不解顏。長歌欲自慰，彌起長恨端。

苦熱行

赤坂[42]橫西阻，火山赫南威。身熱頭且痛，鳥墮[43]魂來歸。湯泉發雲潭，焦烟[44]起石圻。日月有恒昏[45]，雨露未嘗晞。丹虵[46]踰百尺，玄蜂盈十圍。含砂[47]射流影，吹蠱病行暉[48]。鄣氣晝薰體[49]，菵露夜霑衣[50]。飢猨莫下食，晨禽不敢飛。毒涇尚多死，渡瀘寧具腓？生軀陷死地[51]，昌志登禍機。戈船榮既薄，伏波賞亦微。君輕君尚惜[52]，士重安可希[53]？

白頭吟

直如珠絲繩[54]，清如玉壺氷[55]。何慼宿昔意，猜恨坐相仍。人情賤恩舊，▨□□□□（世議逐衰興）。豪髮一為瑕[56]，丘山不可勝。□□□□□（食苗實碩鼠），點白信蒼蠅[57]。▨（梟）□□□□（後缺）

【校記】

〔1〕　文德熙淳懿　「文」字底一殘存左端少許筆畫，「德」字殘損右上角「梁」，茲均據胡刻本校補。「淳」下底一殘泐一字，茲據胡刻本補「懿」。以下凡殘字、缺字據胡刻本補出者不復一一注明。

〔2〕　濟　底一原作重文符號，其上殘泐，據胡刻本為「武功侔山河禮讓何濟濟」二句十字，茲將重文符號還原為「濟」字，並擬補一「□□□」號。

〔3〕　沲　胡刻本作「沱」。「沲」為「沱」之俗字，說見《玉篇·水

部》[12]。

〔4〕　底一此行下截空白，上截殘泐，據例當抄詩題。此前一行「為
此歌」為陸機《樂府十七首‧吳趨行》末句最後三字，後一行
「足宣」云云為同一組詩《塘上行》開端「江蘺生幽渚，微芳不
足宣」句中文，二詩之間胡刻本尚有《短歌行》、《日出東南隅
行》、《前緩聲歌》三首詩，《吳趨行》往上逆數則為《悲哉行》、
《長歌行》、《長安有狹邪行》諸詩，考胡克家《文選考異》「日
出東南隅行」條云：「袁本、茶陵本此首第十，《長安有狹邪行》
第十一，《前緩聲歌》第十二，《長歌行》第十三，《吳趨行》第
十四，《塘上行》第十五，《悲哉行》第十六，《短歌行》第十
七。案：此亦（李）善、五臣次序不同而失著校語。」榮新江
《〈英藏敦煌文獻〉寫本定名商補》云：「P.2554 首詩為《短歌
行》，在《塘上行》後，與今本不同。按，《文選》刻本系統中
的袁本、茶陵本順序正好是《吳趨行》、《塘上行》、《短歌行》，
可證唐人寫本原本如此。」[13] 按榮氏所謂「今本」指李善注本系
統之胡刻本，而六臣本諸詩編排次序則據五臣注本，故合於底
卷白文無注本，此蕭統《文選》原貌也。然則此行上截殘泐者
可據胡刻本、六臣本擬補「塘上行五言」。

〔5〕　与　胡刻本作「與」。「与」「與」二字古混用無別，敦煌吐魯
番寫本往往用「与」字，後世刊本則多改作「與」。

〔6〕　衰　底一殘存右下角一撇一捺，其上殘泐，胡刻本作「無常全
男懂智傾愚女愛」。

12　《宋本玉篇》，第 342 頁。

13　《文史》2000 年第 3 輯，第 126-127 頁。

〔7〕　以秋芳　底二起於此。

〔8〕　短歌可詠　胡刻本「可」作「有」。「可」字六臣本同，校語云
　　　「善本作有字」。按下句云「長夜無荒」，「有」字似涉「無」而
　　　改，非陸機詩原文，六臣本校語據所見而言也。

〔9〕　樂府一首五言　「五言」二小字胡刻本標注於小標題「會吟行」
　　　之下。按底二下文鮑照《樂府八首》及胡刻本卷二七曹植《樂
　　　府四首》等均於篇題「樂府八首」「樂府四首」之下標注「五言」
　　　二字，與此相合，所謂「篇題」又列於各卷卷首子目。而胡刻
　　　本卷二七曹丕《樂府二首》篇題下不出注而於小標題《燕歌行》
　　　及《善哉行》下分別標注「七言」「四言」者，因篇題下無法統
　　　一出注。陸機《樂府十七首》亦然，其中《猛虎行》為雜言詩，
　　　《短歌行》為四言詩，故十七首詩小標題下各自出注，如《塘上
　　　行》，其下標注「五言」二字（參見校記〔4〕）。此謝靈運詩僅
　　　一首，「五言」二字據《文選》體例固當標注於篇題「樂府一首」
　　　之下，底二是也。而傳世刻本多經後人校改，此類體例往往不
　　　甚嚴謹。

〔10〕　會吟行謝靈運　此為小標題及作者名，底二獨立成行，篇題「樂
　　　府一首五言」亦獨立成行。胡刻本則小標題徑接於篇題之下而
　　　不跳行，蓋後人為節省版面而擅改。唯作者名「謝靈運」似當
　　　綴於前行「樂府一首」之下，參見校記〔21〕。

〔11〕　迾莚　胡刻本作「列筵」。敦煌吐魯番寫本竹、艸二旁混用，此
　　　「莚」為「筵」字俗寫。五臣呂延濟注云：「列筵，謂四座也。」
　　　而「迾」訓為遮，不合詩意，當是「列」字涉「筵」類化增旁。
　　　《藝文類聚》卷四二《樂部二》、《樂府詩集》卷六四載此《會吟

行》詩皆作「列」[14]。

〔12〕連峯竟千仞　胡刻本「竟」作「競」,「仞」作「仞」。羅國威云：
「乃別體。仞與仞通,《鹽鐵論·詔聖》『嚴墻三仞,樓季難之』,
即仞、仞相通之例。」按「竟」為「競」之俗字,參見張涌泉師
《敦煌俗字研究》[15]。「仞」字古多作「仞」,王筠《說文解字句
讀》「仞」篆注云：「《眾經音義》曰：『仞,今皆作『仞』,非
也。』案『仞』乃省形存聲字,亦不為誤。」[16]

〔13〕曾臺指中天　胡刻本「曾」作「層」。羅國威云：「曾與層通,
宋玉《高唐賦》：『道互折而曾累。』」按「層」為「曾」之增旁
分化字,徐灝《說文解字注箋》「曾」篆下云：「增加與層絫古
竝作『曾』。」[17]

〔14〕飛鷰躍廣塗　胡刻本「鷰」作「燕」,「塗」作「途」。「鷰」為
燕子之「燕」的增旁繁化字。「途」「塗」古今字。

〔15〕津呈窈窕容　胡刻本「津」作「肆」。李善注云：「《周禮》曰：
立市為其肆。鄭玄曰：陳物處也。」五臣呂向注云：「肆,布
也。」所據本並作「肆」。王重民《敦煌古籍敘錄》云：「肆容
不得言窈窕,善注引《周禮》並鄭玄注,訓『肆』為陳列物處,
則因誤本而誤釋之。」[18]饒宗頤云：「高步瀛謂《周禮》無此鄭
注,則所謂善注已大有可疑。至寫卷之『津』字,用承上句『清
沚』,以下句『路』字承前句『廣途』,脉絡頗清,惜無他本可

14　歐陽詢《藝文類聚》,第757頁；《樂府詩集》,第935頁。按《類聚》引此詩標題作
　　「吳會行」。

15　張涌泉《敦煌俗字研究》（第二版）,第680頁。

16　王筠《說文解字句讀》,第292頁。

17　《續修四庫全書》第225冊,第216頁。

18　王重民《敦煌古籍敘錄》,第317頁。

證。」

〔16〕 弥世代　胡刻本作「彌年代」。「弥」為「彌」之俗字，敦煌吐
魯番寫本多作「弥」。下凡「弥」字同。饒宗頤云：「『世』字
與五臣本同，不避唐諱。」按《樂府詩集》亦作「世」[19]，「年」
蓋諱改字。

〔17〕 癈　胡刻本作「廢」。敦煌吐魯番寫本广、疒二旁混用，此「癈」
為「廢」字俗寫。

〔18〕 蠧　胡刻本作「蠹」。《集韻・薺韻》：「蠧，《說文》：『蟲齧木
中也。』或省。」[20] 所謂「或省」者，省一「虫」也。

〔19〕 辝殫意未已　胡刻本「辝」作「辭」。「辭說」字敦煌吐魯番寫
本多作「辞」或「辝」，《干祿字書・平聲》：「辝辤辭，上中竝
辝讓；下辭說，今作辝，俗作辞，非也。」[21] 是唐時「辝」已成
為「辭」之俗字，而「辝」又為「辝」之訛變俗字。下凡「辝」
字同。

〔20〕 樂府八首五言　胡刻本無「五言」二小字標注。饒宗頤云：「寫
卷總題如此，日本藏古寫本《文選集注》卷第五十六與此同
式。」按鮑照《樂府八首》第一、二兩首詩《東武吟》、《出自
薊北門行》之小標題下胡刻本皆小字標注「五言」，其餘六首則
無。第三首詩小標題「結客少年場行」條胡克家《文選考異》
云：「茶陵本此下有『五言』二字，以後六首同，是也。袁本全
無者非。」按胡氏之說非也，饒氏所揭《文選集注》可證。參見
校記〔9〕。

19　《樂府詩集》，第935頁。

20　《宋刻集韻》，第99頁。

21　施安昌《顏真卿書干祿字書》，第16頁。

〔21〕 東武吟鮑眀遠　此為小標題及作者名，底二獨立成行，篇題「樂
　　　府八首五言」亦獨立成行，胡刻本則小標題徑接於篇題之下而不
　　　跳行，蓋後人為節省版面而擅改。饒宗頤云：「胡刻本似是總
　　　題、子題、姓字三項同行，但因子題注文佔却位置，故姓字延
　　　伸在次行。」不過作者名「鮑眀遠」似當綴於篇題（即饒氏所謂
　　　「總題」，列於本卷卷首子目）「樂府八首」之下，《文選集注》
　　　及陳八郎本、朝鮮本皆可證。此上謝靈運《樂府》詩之作者名
　　　上揭兩個五臣本也並非綴於小標題「會吟行」之下（《集注》殘
　　　佚），其例正同。胡刻本「眀」作「明」。「眀」「明」古異體字。
　　　下凡「眀」字同。

〔22〕 密途亘万里　胡刻本「途」作「塗」，「万」作「萬」。「途」「塗」
　　　古今字。《玉篇·方部》：「万，俗萬字。十千也。」[22]

〔23〕 鞌　胡刻本作「鞍」。「鞌」「鞍」偏旁易位字。

〔24〕 要鎌刈葵藿　胡刻本「要」作「腰」。饒宗頤云：「《集注》引《音
　　　決》『要，一招反』，末云『今案：《音決》腰為要也』，是寫卷
　　　與《音決》同。」按「腰」為「要」後起增旁分化字，通作
　　　「腰」。

〔25〕 冤　胡刻本作「怨」。饒宗頤云：「《集注》引《音決》云：『怨，
　　　於元反；或為冤，非。』知寫卷祖本遠在《音決》之前。」按
　　　「寃」為「冤」字俗寫，而「怨」「冤」二字古多通用，如《論
　　　語·憲問》「抑亦先覺者，是賢乎」孔安國注「或時反怨人」，
　　　《釋文》：「反怨，紆萬反，又於袁反。本或作冤。」[23]《楚辭·

22　《宋本玉篇》，第342頁。

23　陸德明《經典釋文》，第352頁。

七諫・謬諫》「心怵惕而煩冤兮」,「冤」一作「怨」[24]。皆其例。考玄應《一切經音義》卷二二《瑜伽師地論》第八十八卷音義:「冤結,古文寃、惌二形,今作怨,同,於元反。」[25]「於元反」與《音決》反切上下字皆同,合於陸德明又音「於袁反」。《音決》謂作「寃」者非是,不可遽從。

〔26〕棄　胡刻本作「弃」。「弃」《說文》以為古文「棄」字,唐代因避太宗李世民的嫌諱,多從古文作「弃」,說詳《敦煌俗字研究》[26]。

〔27〕出自薊北門行　胡刻本「薊」作「薊」,「行」下小字標注「五言」。饒宗頤云:「『薊』字同《集注》,《魏司空王誦墓誌》以『薊』為『薊』。」按「薊」為「薊」之俗字,說見《玉篇・艸部》[27]。「五言」二字不當有,底二是也,參見校記〔20〕〔9〕。

〔28〕嚴秋筋竿勁　胡刻本「竿」作「竿」。饒宗頤云:「《集注》云『今案:《音決》竿為竿也』,是寫卷與《音決》同。」按箭竿字漢人通作「幹」,《周禮・夏官・敘官》「槁人」鄭司農注「箭幹謂之槁」,《儀禮・鄉射禮》「堂前三笴」鄭玄注「笴,矢幹也」[28],皆其例。孫詒讓《周禮正義》云:「『幹』即『榦』之隸變。榦本為楨榦,叚借為弓材之名。」[29]胡刻本「竿」亦假借字,底二「竿」則「幹」之後起增旁字。

24　洪興祖《楚辭補注》,第 353 頁。

25　《中華大藏經》第 57 冊,第 365 頁。

26　張涌泉《敦煌俗字研究》(第二版),第 480 頁。

27　《宋本玉篇》,第 248 頁。

28　《十三經注疏》,第 832、997 頁。

29　孫詒讓《周禮正義》,第 3119 頁。

〔29〕天子案劍怒　胡刻本「案」作「按」。「案」「按」二字古多通用。

〔30〕渡　胡刻本作「度」。「度」「渡」古今字。

〔31〕乱　胡刻本作「亂」。羅國威云：「『乱』乃俗體。」按《干祿字書‧去聲》：「乱亂，上俗下正。」[30]

〔32〕塲　胡刻本作「場」。「塲」為「場」之後起別體。

〔33〕聡　胡刻本作「驄」。「聡」字《文選集注》同，「聡」「驄」「聰」篆文隸變之異[31]。

〔34〕卅　胡刻本作「三十」。「卅」為「三十」之合文，敦煌吐魯番寫本多作「卅」。

〔35〕關　底二原作「開」，蓋「開」字手寫訛體，「開」則「關」之俗字，說見《干祿字書‧平聲》[32]，《文選集注》正作「開」。茲徑據胡刻本錄作「關」。

〔36〕九衢　胡刻本作「九塗」。「衢」字《藝文類聚》卷四一《樂部一》、《樂府詩集》卷六六載此《結客少年場行》詩同[33]，「衢」「塗」義近。

〔37〕車馬如川流　胡刻本「如」作「若」。「如」「若」義同。不過上文「九衢平若水」作「若」，似此句宜變文作「如」。

〔38〕絃　胡刻本作「弦」。《說文》無「絃」字，「絃」為「弦」之後起別體。

〔39〕断　胡刻本作「斷」。《干祿字書‧上聲》：「断斷，上俗下正。」[34]

30　施安昌《顏真卿書干祿字書》，第52頁。

31　參見張涌泉師《敦煌俗字研究》（第二版），第621頁。

32　施安昌《顏真卿書干祿字書》，第24頁。

33　歐陽詢《藝文類聚》，第739頁；《樂府詩集》，第948頁。

34　施安昌《顏真卿書干祿字書》，第39頁。

　　　　下凡「斷」字同。

〔40〕　腸　胡刻本作「膓」。《正字通・肉部》：「膓，俗腸字。」[35]

〔41〕　座　胡刻本作「坐」。「坐」「座」古今字。

〔42〕　坂　胡刻本作「阪」。羅國威云：「『坂』乃別體。」按「坂」為
　　　　「阪」之後起換旁字，《干祿字書・上聲》：「坂阪，上通下正。」[36]
　　　　《文選集注》亦作「坂」。

〔43〕　墮胡刻本作「壥」。「墮」為「墮」字俗寫，「壥」蓋「墮」之後
　　　　出俗字，《篇海類編・地理類・土部》：「壥，詳墮，音義並
　　　　同。」[37] 胡刻本李善注亦作「墮」。

〔44〕　烟　胡刻本作「煙」。《說文・火部》：「煙，火气也。从火，垔
　　　　聲。烟，或从因。」

〔45〕　昬　胡刻本作「昏」。「昬」「昏」異體字。

〔46〕　虵　胡刻本作「蛇」。羅國威云：「『虵』乃別體。」按《新加九
　　　　經字樣・虫部》：「蛇，今俗作虵。」[38]

〔47〕　砂　胡刻本作「沙」。《玉篇・石部》：「砂，俗沙字。」[39]

〔48〕　吹蠱病行暉　胡刻本「病」作「痛」。李梅《敦煌吐魯番寫本〈文
　　　　選〉研究》云：「『病』字是。『病』義為重病；『痛』義為疼痛，
　　　　疾病、創傷等引起的難受的感覺。尤刻本李善注引顧野王《輿
　　　　地誌》曰：『江南數郡有畜蠱者，主人行之以殺人，行食飲中，
　　　　人不覺也。其家絕滅者，則飛遊妄走，中之則斃。』人既『不

35　《續修四庫全書》第 235 冊，第 313 頁。

36　施安昌《顏真卿書干祿字書》，第 39 頁。

37　《續修四庫全書》第 229 冊，第 625 頁。

38　《叢書集成初編》本，第 25 頁。

39　《宋本玉篇》，第 415 頁。

覺」，則不應有疼痛的感覺，作『痛』非；而『中之則斃』恰謂蠱蟲足以造成致命的後果，因此作『病』是。『病』與『痛』在意思上雖有一定的連繫，然而在使用中仍有區別。」[40] 按《文選集注》據李善注本作「病」，傳世六臣本校語云「善本作痛字」，據所見而言也。《藝文類聚》卷四一《樂部一》、《樂府詩集》卷六五載此《苦熱行》詩皆作「病」[41]。

〔49〕薰體胡刻本作「熏體」。《說文·中部》：「熏，火煙上出也。」艸部：「薰，香艸也。」則「熏」本字，「薰」假借字。《玉篇·身部》：「躰體，並俗體字。」[42]

〔50〕菌露夜霑衣　「菌」底二原作「芮」，饒宗頤錄文作「芮」。按「芮」字實從「內」，「內」乃「冈」手寫變體，而「罔」字古作「网」，亦省作「冈」，是「芮」即「菌」之俗字，茲據胡刻本錄作「菌」。胡刻本「霑」作「沾」。「霑」字五臣本同。《說文·雨部》：「霑，雨也。」水部：「沾，水出壺關，東入淇。」是「霑」本字，「沾」假借字。

〔51〕生軀陷死地　胡刻本「陷」作「蹈」。饒宗頤云：「《集注》作『陷』，注云『今案：五家、陸善經本陷作蹈也』。」按此詩言將士征戰之苦，君王賞賜之微，作「陷」義長；「蹈」則含主動意味，難見身不由己之意。

〔52〕君輕君尚惜　胡刻本「君輕」作「財輕」。「君輕」二字《文選集注》、《藝文類聚》同。此詩「君輕」與「士重」對文，胡刻本「財」字當是後人據李善注引《韓詩外傳》「夫財者君所輕，

40　浙江大學 2003 年碩士學校論文，第 10 頁。

41　歐陽詢《藝文類聚》，第 740 頁；《樂府詩集》，第 937 頁。

42　《宋本玉篇》，第 63 頁。

死者士所重」臆改。五臣本及《樂府詩集》並作「爵輕」，五臣
呂向注云：「小臣計倪對越王句踐曰：『爵祿君之輕也，性命士
之重也。』此言君所輕者尚惜不與，士所重者安可望乎？」然則
五臣原本極可能也作「君輕」，「爵」字乃後人據注文「爵祿」
校改。

〔53〕 帝　胡刻本作「希」。「帝」為「希」之俗字，說見《敦煌俗字
研究》[43]。上文「晞」字底二實亦從「帝」旁。

〔54〕 直如珠絲繩　胡刻本「珠」作「朱」。《文選集注》作「朱」，李
善注云：「朱絲，朱絃也。《禮記》〔曰〕：《清廟》之瑟，朱絃
而疏越。」五臣李周翰注云：「朱絲繩，瑟之朱絃也。」《藝文
類聚》卷四一《樂部一》、《樂府詩集》卷四一載此《白頭吟》
詩並作「朱」[44]，底二「珠」疑為訛字，涉下句「清如玉壺冰」
之「玉」而改。

〔55〕 氷　胡刻本作「冰」。「氷」為「冰」之俗字，《干祿字書・平
聲》：「氷冰，上通下正。」[45]

〔56〕 豪髮一為瑕　胡刻本「豪」作「毫」。《說文》有「豪」無「毫」，
「豪」篆徐鉉注云：「今俗別作毫，非是。」[46]

〔57〕 點白信蒼蠅　胡刻本「點」作「玷」。「點」字《文選集注》、《樂
府詩集》並同；六臣本《文選》亦作「點」，校語云「善本作玷
字」。《毛詩・大雅・抑》「白圭之玷，尚可磨也」，毛傳云：

43　張涌泉《敦煌俗字研究》（第二版），第 401 頁。

44　歐陽詢《藝文類聚》，第 740 頁；《樂府詩集》，第 600 頁。按《類聚》引此詩標題作
　　「白頭行」。

45　施安昌《顏真卿書干祿字書》，第 33 頁。

46　許慎撰，徐鉉校定《說文解字》，第 197 頁。

「玷，缺也。」馬瑞辰《毛詩傳箋通釋》云：「玷，《說文》引作『刮』，云：『刮，缺也。』義本毛傳。玷又通作點，《文選》束皙《補亡詩》『鮮侔晨葩，莫之點辱』，李善注引《孝經鉤命決》曰：『名毀行廢，玷辱先人。』是點即玷也。袁宏《三國名臣贊》『如彼白珪，質無塵玷』，玷即為『點污』之點。《三家詩》蓋有作『點』訓『污』者，為袁彥伯所本，故曰『質無塵玷』。李善不見《三家詩》全文，故但引《毛詩》釋之耳。《說文》：『點，小黑也。』《廣雅》：『點，污也。』《三家詩》以『玷』為『點』之假借，與毛傳訓『缺』字同而義異。」[47]是以「點污」字作「點」，「玷辱」字作「玷」，而袁宏《三國名臣贊》「質無塵玷」為「點」之假借字。此《白頭吟》詩李善注云「蒼蠅之為蟲汙白使黑」，如馬氏之說，是依「點」字施注，胡刻本「玷」字蓋後人習於《毛詩》「白圭之玷」而臆改，「玷」「點」非李善、五臣之異。

47　馬瑞辰《毛詩傳箋通釋》，第 951 頁。

答臨淄侯牋

【題解】

　　底卷編號為 S.6150，起楊修《答臨淄侯牋》「是以對鵲而辭」之「而」，至「伏想執事，不知其然」之「想」，殘存二上半行僅十六字。行有界欄，行款疏朗，書法工整。

　　《翟目》、《劉目》皆未定名 [1]，饒宗頤《敦煌本文選斠證》（一）首先比定為《文選・答臨淄侯牋》殘片 [2]。羅國威《敦煌本〈昭明文選〉研究》云：「『歸憎其貌者也』句下各本並有注，此敦煌本無注，當是無注本。」[3]《翟目》定為七世紀寫本，所據蓋殘片之行款書法。

　　饒宗頤《敦煌本文選斠證》（二）[4]（簡稱「饒宗頤」）、羅國威《敦

1　〔英〕翟理斯《英國博物館藏敦煌漢文寫本注記目錄》，此據黃永武主編《敦煌叢刊初集》第 1 冊，第 245 頁；《敦煌遺書總目索引》，第 236 頁。

2　《新亞學報》第 3 卷第 1 期，1957 年 8 月，第 334 頁。

3　羅國威《敦煌本〈昭明文選〉研究》，第 178 頁。按羅說蓋襲自饒宗頤，饒氏《敦煌本文選斠證》（二）云：「『伏想』之上無注文，當是無注本。」（《新亞學報》第 3 卷第 2 期，1958 年 2 月，第 328 頁）

4　《新亞學報》第 3 卷第 2 期，1958 年 2 月，第 328 頁。

煌本〈昭明文選〉研究》（簡稱「羅國威」）都曾對底卷作過校錄。

　　今據《英藏》錄文，以胡刻本《文選》為校本，校錄於後。

（前缺）

而辝〔1〕，作《暑賦》弥日而〔2〕□□□歸憎其兒者也〔3〕。伏想

（後缺）

【校記】

〔1〕　辝　胡刻本作「辭」。《干祿字書・平聲》：「辝辤辭，上中竝辝
　　　　讓；下辝說，今作辝。」5 此處為「辝讓」字，而唐時「辝」往
　　　　往又用為「辭」之俗字，後世則「辝讓」「辭說」字並作「辭」。

〔2〕　作暑賦弥日而　胡刻本「弥」作「彌」。羅國威云：「敦煌本『弥』
　　　　乃俗體。」「而」下底卷殘泐，胡刻本作「不獻見西施之容」。

〔3〕　歸憎其兒者也　胡刻本「憎」作「增」，「兒」作「貌」。胡克家
　　　　《文選考異》云：「袁本、茶陵本『增』作『憎』，是也。」饒宗
　　　　頤云：「『憎』字胡刻作『增』，誤。」按《文選集注》作「憎」，
　　　　《三國志・魏書・陳思王傳》裴松之注引楊修此牋同6，「增」
　　　　為形訛字。據《說文》，「兒」小篆隸定字，「貌」籀文隸定字。

5　施安昌《顏真卿書干祿字書》，第 16 頁。

6　《三國志》第 2 冊，第 560 頁。

三月三日曲水詩序（顏延年）

—— 王文憲集序、陽給事誄、陶徵士誄、褚淵碑文

【題解】

　　底卷由兩部分組成：底一編號為 P.4884（底一甲）＋P.2707（底一乙）＋P.2543（底一丙）＋P.2542（底一丁），底二編號為 P.3778（底二甲）＋P.3345（底二乙）。

　　底一甲起顏延年《三月三日曲水詩序》「币筵稟和，闓堂依德」之「和」，至王融《三月三日曲水詩序》「亦有饗云，固不與萬民共也」之「民」，共十行，第一行下截殘泐，末三行上截亦有殘泐。行有界欄，書法娟秀。

　　《王目》著錄底一甲云：「《文選》（殘片。存十行，第五行為「三月三日曲水詩序一首」）。與 2707、2543 號為同卷。」[1]

　　底一乙起王融《三月三日曲水詩序》「亦有饗云，固不與萬民共也」之「共」，至「猶且具明廢寢，昃晷忘飧，念負重於春冰，懷御奔於秋

1　《敦煌遺書總目索引》，第 309 頁。

駕」之「念」，共十行，末行僅存「曇忘飡念」四字右半殘畫，故歷來著錄多不計此行，至第九行「澤普汎而無」止。

《伯目》著錄底一乙云：「華文。殘《文選》。甚短，字佳。（錄句如下：「昭章，雲漢麗明，牢籠天地，彈壓山川。」）背為僧人頌讚文。」[2] 按：頗疑伯希和其實並未比定底一乙為蕭統《文選》寫卷，「文選」乃泛指，似不必加專名號（參見《劇秦美新、典引》「題解」）。

底一甲與底一乙正好前後銜接，中間並無一字之缺。

底一丙起王融《三月三日曲水詩序》「用能免羣生於湯火，納百姓于休和」句，至任昉《王文憲集序》「故呂虔歸其佩刀，郭璞誓以淮水」之「呂」，共五十四行，末行下截殘泐。《伯目》比定為「《文選》殘文」[3]。

底一丁起任昉《王文憲集序》「若乃金版玉匱之書，海上名山之旨」之「之旨」，至「攻乎異端，歸之正義」之「歸之」，共八十行，末行上截殘泐。

該卷是我國學人最早見到的敦煌寫卷之一，羅振玉於 1917 年影印出版《鳴沙石室古籍叢殘》時撰題跋云：「石室本《文選》四卷，其一張平子《西京賦》（引者按：P.2528），其二東方曼倩《答客難》及揚子雲《解嘲》（引者按：P.2527），二篇皆李善注。其三《王文憲文集序》，其四起《恩倖傳論》訖《光武紀贊》（引者按：P.2525，尾題「文選卷苐廿五」），皆無注。亡友蔣伯斧諮議於善注二卷已為考證，而無注之

2　〔法〕伯希和《巴黎圖書館敦煌寫本書目》，陸翔譯，《國立北平圖書館館刊》第 7 卷第 6 號；此據書目文獻出版社影印本第 7 冊，第 5753 頁。按王融《曲水詩序》原文作「昭章雲漢，暉麗日月」，陸氏翻譯《伯目》時蓋抄脫「暉」字，又誤認「日月」二字為「明」，遂失其句讀。

3　〔法〕伯希和《巴黎圖書館敦煌寫本書目》，陸翔譯，《國立北平圖書館館刊》第 7 卷第 6 號；此據書目文獻出版社影印本第 7 冊，第 5740 頁。

第二十五卷但稱之為『昭明舊第』，而未言其得失。《王文憲文集序》既無書題，又佚篇目，諓議不知亦為蕭《選》，故跋稱『《文選》殘卷三』，其實殘卷四也。」[4]《伯目》著錄為「《文選》殘文」[5]。

　　底二甲起顏延年《陽給事誄》「上下力屈，受陷劾寇」之「下」，至顏延年《陶徵士誄》篇題及作者名，共三十五行，第一行上截殘泐，第二行前四字殘損右半。

　　底二乙起王儉《褚淵碑文》「誠由太祖之威風，抑亦仁公之翼佐」之「由」，至篇末「久而彌新，用而不竭」句，空一行書尾題「文選卷第廿九」，共五十五行，第一行上截殘泐。

　　王重民曾目驗底一乙、底一丙、底二甲、底二乙四個寫卷，《巴黎敦煌殘卷敘錄》云：「此四卷筆跡相同，潢色無異，蓋原為一書，裂為數截。又有『二五四二』一卷，為《王文憲文集序》殘簡，上接乙卷（引者按：底一丙），亦為同書，羅振玉已印入《古籍叢殘》。羅君以卷內『哀字缺筆作哀』，定為隋代寫本，舉證雖未必確，然統觀此四卷，『淵』字『民』字並不避，則為唐以前寫本無疑也。」[6]又《王目》於P.2542號下按語云：「2543、2707、3345、3778 等卷，並與此卷為同一寫本。」[7]於 P.4884 號下按語云：「與2707、2543 號為同卷。」（見上引）是王重民已考定底一甲、底一乙、底一丙、底一丁、底二甲、底二乙

4　載羅振玉《鳴沙石室古籍叢殘》，收入黃永武主編《敦煌叢刊初集》第 8 冊，第 690 頁。按「王文憲文集序」誤衍後「文」字。又蔣黼題跋《文選》寫卷的時間為宣統二年（1910）。

5　〔法〕伯希和《巴黎圖書館敦煌寫本書目》，陸翔譯，《國立北平圖書館館刊》第 7 卷第 6 號；此據書目文獻出版社影印本第 7 冊，第 5740 頁。

6　此據黃永武主編《敦煌叢刊初集》第 9 冊，第 312 頁。

7　《敦煌遺書總目索引》，第 266 頁。

同為一書[8]。唯底一、底二當分屬不同卷軸（參見下文），故今特意加以區分。底一綴合後共一百五十四行，底二綴合後共九十行。

　　至於上引羅振玉「隋代寫本」之說，陳垣《史諱舉例》以為避諱缺筆始自李唐，羅氏之說不可遽從：「《雪堂校刊群書敘錄》……跋敦煌本《文選》云：『《王文憲集序》內衷字缺筆為哀，為隋代寫本，尤可珍。』是須先考定唐以前有無缺筆之例為主，似不能以六朝別體或一時訛誤之字，為避諱之證也。」[9]

　　關於寫卷背面，底二乙背無內容，底二甲背《法藏》定名為《1.社邑文書2.佛經題記》，底一丁背為《釋門文範》，底一丙背為《發願文》，底一乙背為《願文》，底一甲背為《禮懺文》。按後四者書法、行款並同，文字方向皆與正面一致，無疑為同一人所抄，尋其內容當是「文範」一類。而底二甲背僅有數行文字，與底一丁等四卷內容不類，筆跡不同，文字方向也與其正面相反。顏延年《三月三日曲水詩序》迄任昉《王文憲集序》載蕭統三十卷本《文選》卷二三，顏延年《陽給事誄》迄王儉《褚淵碑文》載卷二九，根據寫卷背面不同的抄寫內容，並考慮寫卷長度因素，可以推定《文選》三十卷本的每一卷即裝幀為卷子本一軸。

　　羅國威《敦煌本〈昭明文選〉研究》（簡稱「羅國威」）曾對底一、底二作過校錄。

　　今據 IDP（國際敦煌項目）網站的彩色照片錄文，以胡刻本《文選》為校本，並參以 Дх.02606＋Дх.02900《王文憲集序》及 S.5736《陽

8　徐俊《書評：〈敦煌吐魯番本文選〉、〈敦煌本昭明文選研究〉、〈敦煌本文選注箋證〉、〈文選版本研究〉》首先明確指出此六卷同為一書，唯末二卷順序誤倒作「P.3345＋P.3778」（《敦煌吐魯番研究》第5卷，第380頁）。

9　陳垣《史諱舉例》，第7-8頁。

給事誄》寫卷，校錄於後。

（前缺）

和，闔堂衣▨（德）[1]。▨▨（情榮）[2]□□□駔，聖儀載佇。悵鈞臺之未臨，慨酆宮之不懸[3]。方[4]排鳳闕以高遊，開爵園而廣宴。並命在位，展詩發志，則▨（夫）誦美有章，陳信無愧者歟？

三月三日曲水詩序一首　王元長

　　臣聞出豫為象，鈞天之樂張焉；時粲[5]既位，御氣之駕翔焉。是以得一奉宸，逍遙襄城之埒[6]；□□□▨（之）[7]阿。然窅眇寂寥，其□□□▨（龍）[8]，載驅璿臺之上；穆□□□▨（饗）[9]云，固不與萬民共也[10]。

　　▨（我）大齊之握機創曆[11]，誕命建家。接礼[12]▨（貳）宮，考庸太室。幽明獻期，雷風通嚮[13]。昭華之珌[14]既徙，延喜之玉攸歸。革宋受天，保生萬國。度邑靜鹿丘之歎，遷鼎息大坰之慙。紹清和於帝猷，聯顯懿於王表。駿發開其遠祥，定爾▨（固）其洪業[15]。皇帝體膺上聖，運鍾下武。冠五▨（行）之秀氣，邁三代之英風。昭章雲漢，暉麗日月。牢[16]籠天地，彈壓山川。設神理以景俗，敷文化以柔遠。澤普汎[17]而無□□▨▨▨▨（曶忘飡，念）[18]

（中缺）

　　用能免群生於湯火[19]，納百姓于休和。草萊樂業，守屏稱事。引鏡皆明[20]目，臨池無洗耳。沉[21]冥之怨既缺，薦軸之疾已消。興廉舉孝，歲時於外府；署行議秊[22]，日夕于中旬。協律摠章之司，序倫正俗[23]；崇文成均之職[24]，導德齊礼。挈壺宣夜，辯氣朔於靈臺；書笏珥彤，紀言事於仙室。襄帷斷裳，危冠空履之吏；影搖武猛，扛鼎

揭旗之士。勤恤民隱，糾逖王慝。[25]集隼於高墉，繳大風於長隧。不
仁者遠，惟道斯行。讒蒡蔑聞，攘爭捭息[26]。希[27]鳴桴於砥路，鞠
茂草於員[28]扉。耆年闕市井之遊[29]，稚齒豐車馬之好。宮隣[30]昭
泰，荒憬清夷。悔食[31]來王，左言入侍。離身反踵之君，髽首貫胷之
長，屈膝厥角，請受纓縻。文鉞碧砮之琛，奇幹菁茅之賦[32]，紾牛露
犬之玩，瑓黃茲白之駟，盈衍儲邸[33]，充刃[34]郊虞。甌犢[35]相尋，
軺譯無曠。一尉候於西東，合車書於南北。暢轂埋轔轔之轍，綏旌[36]
卷悠悠之旆。四方無拂，五戎不距。偃革弭軒[37]，銷金罷刃。天瑞
降，地符昇[38]。澤馬來，器車出。紫脫華，朱英秀。佞[39]枝植，曆
草孳。雲潤星輝[40]，風揚月至。江海▨（呈）象，龜龍載文。方握河
沉璧，封山紀石。邁三五而不追，躡八九之遙迹。功既成矣，世既貞
矣，信可以優游暇[41]豫，作樂崇德者歟？

　　于時青鳥司開[42]，條風發歲。粵上斯巳，惟暮之春。同律克和，
樹草自樂。禊飲之日在茲，諷儛[43]之情咸蕩。去肅表乎時訓，行慶動
於天矚。載懷平圃，乃睠芳林。芳林園者，福地奧區之湊，丹陵若水
之舊。殷殷均乎姚澤，膴膴尚於周原。狹豐邑之未宏，陋譙居之猶
褊。求和中而經處[44]，揆景緯以裁基。飛觀神行，虛檐雲構。離房乍
設，層樓間起。負朝陽而抗殿，跨靈沼而浮榮。鏡文虹於綺疏，浸蘭
泉於玉砌。幽幽叢薄，袟袟斯干[45]。曲拂邐迴，潺湲逕[46]復。新萍
[47]泛沚，華桐發岫。雜夭采乎柔荑[48]，亂嚶聲於錦羽[49]。禁軒承
[50]，清宮俟宴。綱帷宿置[51]，帟幕霄懸[52]。既而滅宿澄霞，登光辯
色[53]。式道執殳，展軨效[54]駕。徐鑾警節，朙鐘暢音[55]。七萃連
鑣，九游[56]齊軌。建旗拂蜺[57]，揚葭振木。魚甲煙聚，貝胄星離
[58]。重英曲瑤之飾，絕景遺風之騎，昭灼甄部，駉駿函列。虎視龍
超，雷駭電逝。轟轟隱隱，紛紛軫軫，羌難得而稱計。

尔乃迴輿駐畢[59]，岳鎮淵停[60]。睟容有穆，賓儀式序。授几肆
筵，因流波而成次；蕙肴芳醴，任激水而推移。葆佾[61]陳階，金鉦在
席。戚奏《翹》儛，簫動《邠》詩。召鳴鳥于弇州，追泠倫於嶰谷[62]。
發參差於王子，傳妙靡於帝江。正歌有闋，羽觴[63]無筭。上敷景福之
賜[64]，下獻南山之壽。信凱宴於在藻[65]，知和樂於食苹。桑榆之陰
不居，草露之滋方渥。有詔曰：今日嘉會，咸可賦詩。凡卅[66]有五
人，其辭云尔[67]。

【校記】

〔1〕　閭堂衣德　「德」字底一甲殘損右下角，茲據胡刻本校補。以
　　　　下凡殘字、缺字據胡刻本補出者不復一一注明。「衣」字胡刻本
　　　　作「依」。五臣本、《文選集注》並作「依」。「閭堂依德」與上
　　　　句「帀筵稟和」對文，五臣劉良注云：「言群臣帀席滿堂，皆受
　　　　天子和平之樂，依天子仁惠之德也。」底一甲「衣」當是「依」
　　　　之壞字。《藝文類聚》卷四《歲時中》引顏延年《三月三日曲水
　　　　詩序》亦作「依」[10]。

〔2〕　「情榘」二字底一甲皆殘存左半，胡刻本「榘」作「盤」。五臣
　　　　本、《文選集注》及《藝文類聚》並作「盤」，「盤」「榘」皆「般」
　　　　之後起分別文。「情榘」下底一甲殘泐，胡刻本作「景遽歡洽日
　　　　斜金駕揔」。

〔3〕　懸　胡刻本作「縣」。羅國威云：「『縣』與『懸』通。」按「縣」
　　　　「懸」古今字。

10　歐陽詢《藝文類聚》，第72頁。以下凡引《藝文類聚》所載顏延年《三月三日曲水詩
　　序》，不復一一出注。

〔4〕　方　胡刻本作「方且」。五臣本、《文選集注》及《藝文類聚》均作「方且」，底一甲疑脫訛。

〔5〕　桀　胡刻本作「乘」。《五經文字・舛部》：「桀乘，上《說文》，下隸省。」[11]下凡「桀」字同。

〔6〕　逍遙襄城之埜　胡刻本「埜」作「域」。李梅《敦煌吐魯番寫本〈文選〉研究》云：「考《說文》：埜，古文野，郊外也。刻本李善注曰：『《莊子》曰：黃帝將見大隗于具茨之山，至襄城之野。』則作『埜』為長。」[12]按五臣本作「域」，李周翰注云：「言黃帝問道至于襄城之野也。域，野也。」即本諸李善注。《文選集注》據李善注本亦作「域」，《藝文類聚》卷四《歲時中》引王融《三月三日曲水詩序》同[13]。王融未必全用《莊子》原文，下句「悵望姑射之阿」可資比勘。而李注引《莊子》似但釋「襄城」，李梅之說尚可商榷。底一甲「埜」為此行最後一字，緊臨其下地腳處原書一「域」字，後以雌黃塗去，或校改時誤塗。

〔7〕　之　底一甲殘存下半，其上殘泐，胡刻本作「體元則大悵望姑射」。

〔8〕　龍　底一甲殘存右下角少許筆畫，其上殘泐，胡刻本作「獨適者已至如夏后兩」。

〔9〕　饗　底一甲殘存右下角少許筆畫，其上殘泐，胡刻本作「滿八駿如舞瑤水之陰亦有」。

〔10〕共也　底一乙起於此。

11　《叢書集成初編》本，第81頁。

12　浙江大學 2003 年碩士學位論文，第 12 頁。

13　歐陽詢《藝文類聚》，第 72 頁。以下凡引《藝文類聚》所載王融《三月三日曲水詩序》，不復一一出注。

〔11〕 我大齊之握機創曆　「我」字底一乙殘損右半，王重民所攝舊
照片尚完整無缺[14]。下凡此不復一一出校。胡刻本「曆」作
「歷」。「歷」「曆」古今字。下凡「曆」字同。

〔12〕 礼　胡刻本作「禮」。「礼」字《說文》以為古文「禮」，敦煌吐
魯番寫本多用「礼」，後世刊本則多改作「禮」。下凡「礼」字
同。

〔13〕 雷風通嚮　胡刻本「嚮」作「饗」。羅國威云：「《集注》作
『響』。案：作『嚮』是，『響』與『嚮』通。」按羅氏以為不當
從胡刻本作「饗」，是也，《文館詞林》卷四五九李百藥《洛州
都督竇軌碑銘》云「固雷風通響，成其化者玄功」[15]，可資比
勘。唯「聲響」字當據《文選集注》作「響」，「嚮」則「向」
之後起增旁字，或借為「響」。慧琳《一切經音義》卷四《大般
若經》第三六九卷音義「谷響」條注云：「經從向作嚮，非。」[16]

〔14〕 珎　胡刻本作「珍」。「珎」為「珍」之俗字，說見《玉篇·玉
部》[17]。

〔15〕 定爾固其洪業　「爾」底一乙原作「璽」。五臣本、《文選集
注》、《藝文類聚》並作「爾」，李善注引《毛詩》云「天保定爾，
亦孔之固」，五臣呂向注同，是底一乙「璽」為訛字，茲據胡刻
本改。

〔16〕 牢　胡刻本作「牢」。《干祿字書·平聲》：「牢牢，上俗下正。」[18]

14　李德範《敦煌西域文獻舊照片合校》，第123頁。
15　羅國威《日藏弘仁本文館詞林校證》，第197頁。
16　徐時儀《一切經音義三種校本合刊》，第569頁。
17　《宋本玉篇》，第17頁。
18　施安昌《顏真卿書干祿字書》，第27頁。

〔17〕 汜　胡刻本作「氾」。敦煌吐魯番寫本、巳二旁相亂，「汜」為「氾」之俗訛字。五臣本、《文選集注》作「泛」。王力《同源字典》云：「汜、泛、氾實同一詞。」[19]

〔18〕 曷忘飡念　「曷忘」二字底一乙皆殘存右下角，「念」字殘存右半，茲據胡刻本校補。「飡」字殘存右半「食」，胡刻本作「餐」，茲據《文選集注》校補。「飡」為「餐」之俗字，《說文·食部》：「飡，餐或从水。」《廣韻·寒韻》：「飡，俗作飡。」[20]「曷」上底一乙殘泐，胡刻本作「私法含弘而不殺猶且具明廢寢」，五臣本、《文選集注》並同，不過字數過多，與底一乙行款不合，茲不敢據補。或底一乙原有脫文，後校補於行間，今已殘泐，不可得見矣。或「猶且」無「且」字。

〔19〕 用能免群生於湯火　底一丙起於此。胡刻本「群」作「羣」。「羣」「群」古異體字。

〔20〕 朙　胡刻本作「明」。「朙」「明」古異體字。下凡「朙」字同。

〔21〕 沉　胡刻本作「沈」。「沉」為「沈」之俗字，說見《玉篇·水部》[21]。下凡「沉」字同。

〔22〕 秊　胡刻本作「年」。「秊」小篆隸定字，「年」為隸變字。下凡「秊」字同。

〔23〕 序倫正俗　胡刻本「序」作「厚」。胡刻本李善注引《毛詩序》云：「先王以是厚人倫，美教化，移風俗。」所引《毛詩序》與傳本無殊[22]。《毛詩序》又收載於《文選》，胡刻本亦作「厚人

19　王力《同源字典》，第622頁。
20　《宋本廣韻》，第101頁。
21　《宋本玉篇》，第347頁。
22　《十三經注疏》，第270頁。

倫」，胡克家《文選考異》云：「厚當作序。袁本有校語云『厚
善作序』；茶陵本作『厚』，無校語。考《釋文》云：『厚，音后；
本或作序，非。』此亦兩行，善自作『序』，唯袁所見得之。又
案《求通親親表》『敘人倫』引此當亦是『序』；今作『厚』，非。
王元長《曲水詩序》『厚倫』注引此則作『厚』。乃所謂與《文選》
不同，各隨所用而引之之例也。」胡氏謂《文選》所收《毛詩序》
當作「序人倫」，極是，所揭曹植《求通親親表》「敘人倫」一
條尤屬巨眼，奎章閣本彼注引《毛詩序》正作「序」。《文選集
注》所載王融《曲水詩序》正文同底一丙作「序倫正俗」，李注
引《毛詩序》亦作「序」，與上揭胡刻本不同而合於奎章閣本《求
通親親表》李注。李善引書「各依所據本」，固無胡氏所云「各
隨所用而引之之例」[23]。《曲水詩序》五臣呂向注云：「倫，次
也。言各有次序以正風俗也。」亦可證此序原文本作「序」字，
胡刻本「厚」當是後人據傳本《毛詩序》校改。「序」「厚」二
字俗寫形近，故易互訛。

〔24〕　軄　胡刻本作「職」。《玉篇·身部》：「軄，俗職字。」[24]下凡
　　　　「軄」字同。

〔25〕　躲　胡刻本作「射」。羅國威云：「『躲』乃別體。」按《說文·
　　　　矢部》：「躲，弓弩發於身而中於遠也。从矢，从身。射，篆文
　　　　从寸。」《文選集注》載《音決》云「躲，音石」，與底一丙合。

〔26〕　攘爭揜息　胡刻本「揜」作「掩」。「揜」字《文選集注》、《藝
　　　　文類聚》同。羅國威云：「『揜』乃別體。」按《說文·手部》：

23　參見拙文《李善引書「各依所據本」注例考論》，《文史》2010年第4輯，第83-91頁。

24　《宋本玉篇》，第63頁。

「揜，自關以東謂取曰揜。一曰覆也。」「掩，斂也，小上曰
掩。」則「掩」正字，「揜」假借字。王力《同源字典》則謂「揜」
「掩」同詞[25]。

〔27〕 希　胡刻本作「稀」。《說文・禾部》：「稀，疏也。从禾，希聲。」
徐鍇注云：「當言『從禾、爻、巾』，無『聲』字，後人加之。
爻者希疏之義，與爽同意；巾亦是其希象。至『莃』與『晞』
皆從稀省，何以知之？《說文》巾部、爻部竝無『希』字，以
是知之。」[26] 段玉裁注云：「許書無『希』字，而希聲字多有，
與由聲字正同，不得云無『希』字、『由』字也。許時奪之，今
不得其說解耳。」[27] 按出土秦漢文字有「希」，段氏之說可從，
「希」「稀」當是古今字。古籍多作「希」，《集韻・微韻》：「稀，
《說文》：『疏也。』通作希。」[28]

〔28〕 員　胡刻本作「圓」。「員」字《文選集注》同。羅國威云：
「『員』與『圓』通。」按「員」「圓」古今字。

〔29〕 遊　胡刻本作「游」。「游」「遊」古今字。下凡「游」「遊」之
別不復出校。

〔30〕 隣　胡刻本作「鄰」。《廣韻・真韻》：「鄰，俗作隣。」[29]

〔31〕 悔食　胡刻本作「侮食」。五臣本、《文選集注》、《藝文類聚》
並作「侮食」。《集注》載李善注云：「《周書》曰：東越侮食。」
又載陸善經注云：「《周書》曰：東越侮食。謂其人食言不信

25　王力《同源字典》，第623頁。

26　徐鍇《說文解字繫傳》，第141頁。

27　段玉裁《說文解字注》，第321頁。

28　《宋刻集韻》，第18頁。

29　《宋本廣韻》，第83頁。

也。」玩陸注之意，似所引《周書》作「悔食」，與李注不同。
然則陸氏所據王融《曲水詩序》蓋作「悔食」，適與底一丙相合
也。

〔32〕　奇幹菁茅之賦胡刻本「菁茅」作「善芳」。《文選集注》作「善
　　　　芳」，李善注云：「《周書》曰：成王時奇幹善芳，善芳者，頭
　　　　若雄雞，佩之令人不昧。孔晁曰：奇幹亦北狄。善芳者，鳥
　　　　名。不昧，不忘也。」羅國威云：「據李善注，作『善芳』是。
　　　　《集注》於李善注『不昧，不忘也』之後，有校語云：『（缺二
　　　　三字）菁茅當為芳（旁添：字之誤也善芳），鳥名。今言之賦則
　　　　鳥，非賦物，菁茅□□二途尚疑，請俟明者也。』下接『《音
　　　　決》：鉞音越』，其排列次序，相當於『《鈔》曰』所處之位置，
　　　　因有殘佚，無法遽斷其為李善注或《鈔》注。由此可見，《集注》
　　　　之編纂者所見之本，亦有作『菁茅』者也。」按羅氏所謂「缺二
　　　　三字」者實僅缺兩字，且下一字「曰」尚依稀可辨，所殘泐者
　　　　但一「鈔」；所謂「旁添」實為校補之脫文。唯《集注》「當為」
　　　　下當脫一「善」字，「二途」上殘泐者疑為「善芳」二字。蓋《文
　　　　選鈔》所據王融《曲水詩序》作「菁茅」，與底一丙合；而其注
　　　　中兩說並載，「『菁茅』當為『善芳』，字之誤也」徑直斷言，「善
　　　　芳，鳥名。今言『之賦』，則鳥非賦物。菁茅、善芳二途尚疑，
　　　　請俟明者也」則尚存疑問也（羅國威引《文選鈔》句讀有誤）。
　　　　五臣本亦作「善芳」，劉良注云：「善芳，遠國異鳥名。」蓋即
　　　　本諸李善注。

〔33〕　邸　底一丙原作「邱」。《龍龕手鏡》邑部上聲載「邸」之俗字

　　　　或作「邱」[30]，「邱」「邱」手寫變體，茲徑據胡刻本錄作「邸」。

〔34〕 充刃　胡刻本作「充仞」。五臣本作「充牣」，《文選集注》所載
　　　　《鈔》、《音決》並同。據《說文》，「牣」本字，「刃」「仞」皆
　　　　假借字。

〔35〕 匭牘　胡刻本作「匭牘」。《文選集注》作「牘」，李善注引《儀
　　　　禮・聘禮》「賈人啓櫝取圭」，則「牘」「匭」皆謂匣匱，「牘」
　　　　即「櫝」或「匱」之假借字，底一丙「牘」則「牘」之形訛字。
　　　　五臣本「匭牘」作「軌躅」，張銑注云：「軌躅，行跡也。」《文
　　　　選集注》載《鈔》云：「軌，車跡。躅，牛跡也。」其說似無不
　　　　通。不過據李善注所引《晉中興書》「貢篚相尋，連舟載路」，
　　　　「貢篚相尋」與王融《曲水詩序》「匭牘相尋」文句相近，「軌躅」
　　　　似非此序原文。至於《音決》作「匭躅」者，尤不足為訓。

〔36〕 旌　胡刻本作「斿」。羅國威云：「『斿』乃別體。」按《五經文
　　　　字・部》：「旌，從生，作斿訛。」[31] 而「旌」則「旌」之俗字，
　　　　六朝碑刻、敦煌吐魯番寫本往往作「旌」。

〔37〕 偃革辯軒　胡刻本「辯」作「辭」。《說文・辛部》：「辭，訟也。」
　　　　「辯，不受也。从辛，从受。辤，籀文辯从台。」是「辯」本
　　　　字，「辭」假借字。

〔38〕 昇　胡刻本作「升」。「升」「昇」古今字。《廣韻・蒸韻》：「昇，
　　　　日上。本亦作升，俗加日。」[32]

〔39〕 佞　胡刻本作「佞」。「佞」為「佞」之訛變俗字，說見張涌泉

30　釋行均《龍龕手鏡》，第 455 頁。

31　《叢書集成初編》本，第 79 頁。

32　《宋本廣韻》，第 179 頁。

師《敦煌俗字研究》[33]。

〔40〕　輝　胡刻本作「暉」。「輝」為「暉」之後起換旁字。

〔41〕　暇　胡刻本作「暇」。《廣韻・禡韻》：「暇，閑也。俗作暇。」[34]

〔42〕　于時青鳥司開　「開」底一丙原作「關」，「門」內部分上端曾加雌黃塗抹。考李善注引《左氏傳》云：「郯子曰：青鳥氏，司啓者也。」「司啓」「司開」同義。五臣李周翰注云：「司開，謂主生也。言春氣主生萬物也。」是王融《曲水詩序》當作「司開」，茲據胡刻本徑錄作「開」。《藝文類聚》亦作「開」。

〔43〕　諷儛　胡刻本作「風舞」。李善注引《論語》云：「風乎舞雩，詠而歸。」王融《曲水詩序》蓋本作「風」，「諷」為假借字。《干祿字書・上聲》：「儛舞，上俗下正。」[35]下凡「儛」字同。

〔44〕　求和中而經處　胡刻本「和中」作「中和」。李善注云：「《周禮》曰：以土圭之法正日影，日至之影尺有五寸謂之地中，陰陽之所和。」則「和中」義長，謂陰陽所和之地中也。《文選集注》正作「和中」，與底一丙合。

〔45〕　袸袸斯干　胡刻本「袸袸」作「秩秩」。「袸」可視為「秩」之俗字，敦煌吐魯番寫卷禾旁字常寫作礻旁。下凡「袸」字同。「斯」底一丙為雌黃塗抹痕迹之上以小字改定者。胡克家《文選考異》云：「袁本『斯干』下有校語『善作清干』；茶陵本無校語。案：袁所見誤也。」按《文選集注》作「清干」，正合於袁本所見，明州本、奎章閣本並同。「清干」與上句「叢薄」對仗更為工整，殆王融《曲水詩序》原文，胡氏之說非也。底一丙

33　張涌泉《敦煌俗字研究》（第二版），第278頁。

34　《宋本廣韻》，第402頁。

35　施安昌《顏真卿書干祿字書》，第37頁。

似本作「清干」，後據《詩・小雅・斯干》「秩秩斯干」成句塗去「清」而改為「斯」。

〔46〕　俓　胡刻本作「徑」。羅國威云：「『俓』與『徑』通。」按敦煌吐魯番寫本亻、彳二旁混用，「俓」即「徑」字俗寫。

〔47〕　萍　胡刻本作「蓱」。羅國威云：「『蓱』乃別體。」按萍、蓱同物，故《干祿字書・平聲》云：「萍蓱，上通下正。」[36]

〔48〕　雜夭采乎柔荑　胡刻本「乎」作「於」。「乎」字《文選集注》同，與下句「亂嚶聲於綿羽」之「於」不相重複。

〔49〕　錦羽　胡刻本作「緜羽」。「錦」字六臣本同，校語云「善本作緜字」。《文選集注》據李善注本正作「緜」，「緜」即「緜」之後起別體。考李注云：「《毛詩》曰：桃之夭夭，灼灼其華。又曰：手如柔荑。又曰：鳥鳴嚶嚶。《韓詩》曰：綿蠻黃鳥。薛君曰：綿蠻，文兒也。」是王融《曲水詩序》此二句「綿羽」等皆出《詩》，李注之所以先引《毛詩》後又更端轉引《韓詩》「綿蠻黃鳥」者，因毛傳「綿蠻，小鳥貌」不及《韓詩章句》「綿蠻，文兒」妥貼。底一丙「錦」字左半金旁曾加雌黃塗抹，或已校改為「緜」字。參見校記〔42〕。

〔50〕　夲　胡刻本作「幸」。羅國威云：「『夲』乃別體。」按《說文・夭部》：「夲，吉而免凶也。从屰，从夭。」隸定為「夲」，或作「夲」，後世通作「幸」。

〔51〕　綱帷宿置　胡刻本「綱」作「緹」。王重民《敦煌古籍敍錄》云：「善注引《南都賦》曰『朱帷連綱』，是善本原作『綱』。」[37]按

36　施安昌《顏真卿書干祿字書》，第31頁。

37　王重民《敦煌古籍敍錄》，第320頁。

《文選集注》據李善注本作「綱」，李注又引《說文》「綱，帷紘繩也」，王說是也。唯《集注》載《音決》云「緹，大兮反」，五臣李周翰云「緹，丹黃色也」，皆作「緹」，《藝文類聚》亦同。考王融《曲水詩序》「綱帷」與下句「帟幕」對文，李周翰注云：「帟，平帳也。」則「緹」固非此序原文。「綱」字俗訛或作「綎」「綎」[38]，與「緹」形近致訛。

〔52〕帟幕霄懸　胡刻本「霄」作「宵」。五臣本作「宵」，李周翰注云：「宿置、宵懸，皆謂夜預設之至明也。」按《說文·雨部》：「霄，雨霰為霄。」宀部：「宵，夜也。」是「宵」本字，「霄」假借字。唯二字古多通用，故《干祿字書》特意加以區別，云：「宵霄，上夜，下雲霄。」[39]

〔53〕登光辯色　胡刻本「辯」作「辨」。「辨」本字，「辯」假借字。二字古多通用。

〔54〕效　胡刻本作「効」。《玉篇·力部》：「効，俗效字。」[40]下凡「效」「効」之別不復出校。

〔55〕明鐘暢音　胡刻本「鐘」作「鍾」。「鐘」本字，「鍾」假借字。二字古多混用不分。

〔56〕游　胡刻本作「斿」。《說文·部》：「游，旌旗之流也。」段玉裁注云：「此字省作『斿』，俗作『旒』。」[41]錢大昕《經典文字考異》云：「斿，即游之省。」[42]

38　參見張涌泉師《敦煌俗字研究》（第二版），第776頁。

39　施安昌《顏真卿書干祿字書》，第26-27頁。

40　《宋本玉篇》，第149頁。

41　段玉裁《說文解字注》，第311頁。

42　《嘉定錢大昕全集》第1冊，第76頁。

〔57〕建旗拂蜺　胡刻本「蜺」作「霓」。「蜺」字《文選集注》同。
羅國威云:「『蜺』乃別體。」按《說文·虫部》:「蜺,寒蜩也。」
雨部:「霓,屈虹,青赤或白色,陰气也。」則「拂蜺」本字當
作「霓」,「蜺」為假借字。不過古籍「虹霓」字多用「蜺」,故
《干祿字書》云:「蜺霓,上俗下正。」[43]《楚辭·離騷》「帥雲
霓而來御」洪興祖補注云:「霓,通作蜺。」[44]

〔58〕星離　胡刻本作「星羅」。李梅《敦煌吐魯番寫本〈文選〉研究》
云:「『星離』是,謂如星辰一般分散開來,『離』與上文『聚』
意義正好相反,若用『羅』則不相對應。『星離』一詞常見,郭
璞《江賦》『黿布餘糧,星離沙鏡』,鮑照《舞鶴賦》『忽星離而
雲罷,整神容而自持』,是其例。」[45]按「離」字《文選集注》
同,所載《鈔》正引《江賦》「星離沙鏡」為注。六臣本「離」
下校語云「善本作羅字」,據所見而言,其實《文選》各本原皆
當作「離」。

〔59〕尔乃迴輿駐罕　胡刻本「尔」作「爾」,「罕」作「罕」。「尔」
為「尒」手寫變體;《說文》「尒」「爾」字別,但從古代文獻的
實際使用情況來看,二字多混用不分,說見《敦煌俗字研
究》[46]。下凡「尔」字同。《文選集注》作「罕」,所載李善注引
司馬相如《上林賦》「載雲罕」,《文選鈔》亦云「罕,謂畢罕
也」。《藝文類聚》作「早」,則涉「罕」字俗寫「罕」而訛。然
則底一丙「畢」雖無不通(《鈔》「畢」即「畢」之分別文),與

43　施安昌《顏真卿書干祿字書》,第20頁。
44　洪興祖《楚辭補注》,第29頁。
45　浙江大學2003年碩士學位論文,第13頁。
46　張涌泉《敦煌俗字研究》(第二版),第250頁。

諸本皆不相合也。

〔60〕　岳鎮淵停　胡刻本「岳」作「嶽」,「停」作「淳」。「岳」古文,
　　　「嶽」篆文。《說文・高部》:「亭,民所安定也。」「停」「淳」
　　　皆「亭」之後起分化字。《爾雅・釋山》「山上有水,埒」郭璞
　　　注「有停泉」,《釋文》出「淳」字,注云:「音亭,亦作停,
　　　同。」[47]

〔61〕　佾　胡刻本作「佾」。《龍龕手鏡》人部入聲:「佾,俗;佾,
　　　正。音逸。佾,舞列也。」[48]按「佾」「佾」皆不載於《說文》,
　　　王筠《說文解字句讀》謂「佾」即肉部之「肎」[49]。然則「佾」
　　　為「肎」之後起增旁字,「佾」當是「佾」之俗字,《龍龕》誤。

〔62〕　追泠倫於嶰谷　胡刻本「泠」作「伶」。羅國威云:「作『泠』
　　　是,各本誤。」李梅《敦煌吐魯番寫本〈文選〉研究》云:「考
　　　《左傳・成公九年》:『召而弔之,再拜稽首,問其族,對曰:泠
　　　人也。』注:『泠人,樂官。』孔穎達疏:『《呂氏春秋》稱黃帝
　　　使泠倫自大夏之西,崑崙之陰,取竹斷兩節而吹之,以為黃鍾
　　　之宮。』據此,應據寫本作『泠倫』,傳世刻本『泠』字因『倫』
　　　字而類化作單人旁。」[50]按《五經文字・水部》:「泠,歷丁反,
　　　樂官。或作伶,訛。伶音來定反。」[51]胡刻本《文選》卷五五陸
　　　機《演連珠》「而無伶倫之察」,P.2493b 寫卷亦作「泠倫」。

47　陸德明《經典釋文》,第 422 頁。

48　釋行均《龍龕手鏡》,第 38 頁。

49　王筠《說文解字句讀》,第 145 頁。

50　浙江大學 2003 年碩士學位論文,第 9 頁。

51　《叢書集成初編》本,第 57 頁。

〔63〕　鶬　胡刻本作「鶬」。《廣韻·陽韻》：「鶬，俗作鶬。」[52]

〔64〕　上敷景福之賜　胡刻本「敷」作「陳」。五臣本、《文選集注》、《藝文類聚》並作「陳」，「陳」「敷」義同。

〔65〕　信凱宴於在藻　胡刻本「宴於」作「讌之」。「宴於」《文選集注》、《藝文類聚》同，五臣本作「讌之」。《說文·宀部》：「宴，安也。」段注云：「引申為宴饗，經典多叚『燕』為之。」[53]「讌」則燕饗之「燕」的增旁化分字。《詩·小雅·魚藻》云「魚在在藻，有頒其首。王在在鎬，凱樂飲酒」，即「信凱宴於在藻」句之出典；《小雅·鹿鳴》云「呦呦鹿鳴，食野之苹」，又云「鼓瑟鼓琴，和樂且湛」，即《曲水詩序》下句「知和樂於食苹」之出典。上下二句句法相同，「在藻」「食苹」皆指代《詩》篇，「在藻」上「於」字不當避複改為「之」，否則應云「信在藻之凱宴」。

〔66〕　卌　胡刻本作「四十」。「卌」為「四十」之合文，敦煌吐魯番寫本多作「卌」。下凡「卌」字同。

〔67〕　其辤云尔　胡刻本「辤」作「辭」。「辭」本字，「辤」假借字，參見校記〔37〕。底卷「辤讓」「辭說」字皆作「辤」，下凡「辭」「辤」之別不復一一出校。

王文憲集序一首　任彥昇

公諱儉，字仲寶，琅邪臨沂人也。其先自秦至宋，國史家諜詳焉。晉中興以來，六世名德，為海內冠冕[68]。古語云：仁人之利，天

52　《宋本廣韻》，第 152 頁。

53　段玉裁《說文解字注》，第 339 頁。

道運▨▨▨（行。故呂）▭▭

（中缺）

之旨[69]，沉鬱澹雅之思，離堅合異之談，莫不揔制清衷，遞為心極。斯固通人之所苞[70]，非虛明之絕境。不可竆[71]者，其唯神用者乎[72]？自咸洛不守，憲章中輟，賀生達禮之宗，蔡公儒林之亞，闕典未補，大俙[73]茲日。至若齒危髮秀之老，含經味道之生，莫不北面人宗，自同資敬。性託夷遠，少屏塵雜，自非可以弘獎風流，增益標勝，未嘗留心。艼歲而孤，叔父司空簡穆公早所器異。季始志學，家門禮訓皆折衷[74]於公。孝友之性，豈伊橋梓；夷雅之體，無待韋弦。汝郁之幼挺淳至，黃琬之早標聰察，曾何足尚？季六歲，襲封豫寧侯。拜日，家人以公尚幼，弗之先告。既襲珪組，對揚王命，因便感咽，若不自勝。

　　初，宋明帝居蕃，與公母武康公主素不協。及即位，有詔毀發[75]舊塋，投棄棺柩。公以死固請，誓不遵奉，表啓酸切，義感人神。太宗聞而悲之，遂無以奪也。初拜秘書郎，遷太子舍人，以選尚公主，拜駙馬都尉。元徽初，遷秘書丞。於是採[76]公曾之《中經》，刊弘度之四部，依劉歆《七略》撰《七志》[77]。蓋嘗賦詩云：稷离[78]匡虞夏，伊呂翼商周。自是始有應務之迹[79]，生民屬心矣。時司徒袁粲[80]有高世之度，脫落風塵[81]。見公弱齡，便望風推服，歎曰：衣冠礼樂盡在是矣[82]。時位亞台司，公年始弱冠，季勢不侔，公與之抗禮。因贈粲詩，要以歲暮之期，申以止足之誡[83]。粲荅詩云[84]：老夫亦何寄，之子照清襟。服闋，拜司徒右長史。出為義興太守，風化之美，奏課為最。還除給事黃門侍郎，旬日遷尚書吏部郎參選。昔毛玠之清公[85]，李重之識會，兼之者公也。俄遷侍中，以愍侯始終之職，固辤不拜，補太尉右長史。時聖武定業，肇基王命，寤寐風雲，寔資人傑

〔86〕。是以宸居膺列宿之表，圖緯著王佐之符。俄遷左長史。齊臺建〔87〕，以公為尚書右僕射，領吏部，時秊廿〔88〕八。宋末艱虞，百王澆季。禮紊舊宗，樂傾恒軌。自朝章國紀，典彝物，奏議符策〔89〕，文辤表記，素意所不蓄，前古所未行，皆取定俄頃，神無滯用。

太祖受命，以佐命之功封南昌縣開國公，食邑二千戶。建元二秊〔90〕，遷尚書左僕射，領選如故。自營部分司，盧欽兼掌，譽望所歸，允集茲日。尋表解選，詔加侍中，又授太子詹事，侍中、僕射如故。固辤侍中，改授散騎常侍，餘如故。太祖崩，遺詔以公為侍中、尚書令、鎮軍將軍〔91〕。永明元年，進号〔92〕衛將軍。二秊，以本官領丹楊〔93〕尹。六輔殊風，五方異俗，公不謀聲訓，而楚夏移情，故能使解劒拜仇，歸田息訟。前郡尹溫太真、劉真長，或功銘鼎彝，或德標素尚，臭味風雲，千載無爽。親加弔祭，表厲孤遺〔94〕，遠協神期，用彰世祀。時簡穆公薨，以撫養之恩，特深恒慕，表求解職，有詔不許。國學初興，華夷慕義。經師人表，允茲望實〔95〕，復以本官領國子祭酒。三秊，解丹楊尹，領太子少傅，餘悉如故。留服捐駒〔96〕，前良取則；臥轍棄子，後予胥怨。皇太子不矜天資〔97〕，俯同人範，師友之義，穆若金蘭。又領本州大中正，頃之解職。四秊，以本号開府儀同三司，餘悉如故。謙光愈遠，大典未申。六年，又申前命。七秊，固辤選任〔98〕，帝所重違，詔加中書監，猶參掌選事。長輿追專車之恨，公曾甘鳳池之失。夫奔競〔99〕之塗，有自來矣。以難知之性，協易失之▨▨（情，必）使無訟，事深弘誘。公提衡惟允，一紀于茲。拔奇取異，興微繼絕。望側階而容賢，候景風而式典。春秋卌〔100〕有八，七秊五月三日，薨于建康官舍。皇朝軫慟，儲鉉傷情，有識銜悲，行路掩泣，豈直春者不相、工女寢機而已哉！故以痛深衣冠，悲纏〔101〕教義；豈非功深砥礪，道邁舟航，沒世遺愛，古之益友？追贈太尉，侍

中、中書監如故；給節，加羽葆鼓〔102〕吹，增班劍為六十人〔103〕；諡曰文憲，禮也。

　　公在物斯厚，居身以約。翫好〔104〕絕於耳目，布素表於造次。室無姬姜，門多長者。立言必雅，未嘗顯其所長；持論從容，未嘗言人所短。弘長風流，許與氣類。雖單門後進，必加善誘，勗以丹霄之價，弘以青冥之期。公銓品人倫，各盡其用。居厚〔者〕不矜其多，處薄〔者〕不怨其少〔105〕。竆涯而反，盈量知歸。皇朝以治定製礼，功成改樂〔106〕，思我民譽，▨（緝）熙帝圖。雖張曹爭論於漢朝，荀摯〔107〕競爽於晉世，無以仰摸淵旨，取則後昆。每荒服請罪，遠夷慕義，宣威授指，寔寄宏略。理積則神▨（無）忤往，事感則悅情斯來。無是己之心，事隔〔於〕容詔〔108〕；罕愛憎之情，理絕於毀譽。造理常若可干，臨事每不可奪。□□□□▨▨（約己不以廉物，弘）量不▨（以）容非。攻乎異端，歸之

（後缺）

【校記】

〔68〕　為海內冠冕　胡刻本無「為」字。六臣本有「為」，與底一丙合，校語云「善本無為字」。

〔69〕　之旨　底一丁起於此。

〔70〕　苞　胡刻本作「包」。羅國威云：「『苞』與『包』通。」按「包」「苞」古今字。

〔71〕　竆　胡刻本作「窮」。邵瑛《說文解字羣經正字》「竆」字下云：「今經典作『窮』，蓋『躬』字《說文》或體作『躳』，經典『窮』

字從或體『躬』也。」[54]下凡「竆」字同。

〔72〕 「其唯神用者乎」下胡刻本有「然檢鏡所歸人倫以表雲屋天構匠者何」十六字，其中「以」六臣本作「異」，校語云「善本作以字」，「何」作「何工」，校語云「善本無工字」。羅國威云：「敦煌本脫十七字，當補也。」按十七字者，含「工」也。考李善、五臣皆不注「然檢鏡所歸」以下四句，似《文選》本無此十七字，與底一丁合，羅說不可遽從。

〔73〕 俻　胡刻本作「備」。「俻」為「備」之俗字，《干祿字書·去聲》：「俻備，上俗中通下正。」[55]下凡「俻」字同。

〔74〕 衷　底一丁原作「哀」，陳垣《史諱舉例》云：「（羅振玉）《雪堂校刊群書敘錄》……跋敦煌本《文選》云：『《王文憲集序》內衷字缺筆為哀，為隋代寫本，尤可珍。』是須先考定唐以前有無缺筆之例為主，似不能以六朝別體或一時訛誤之字，為避諱之證也。」（見「題解」）按同卷上文「莫不揔制清衷」，「衷」不作「哀」；此「哀」當是形訛字，茲據胡刻本改。

〔75〕 毀發　胡刻本作「廢毀」。「毀發」二字六臣本同，「發」下校語云「善本作廢字」。北宋監本正作「毀廢」，「廢毀」或尤袤所乙。李善注引蕭子顯《齊書》云：「宋明帝以俻嫡母武康公主同太初巫蠱事，不可以為婦姑，欲開冢離塋。」「開」「發」義近，較「廢」為勝。《南齊書·武帝紀》載永明二年詔云：「京師二縣，或有久墳毀發，可隨宜掩埋。」[56]「毀發」正與底一丁相同。

〔76〕 採　胡刻本作「采」。「采」「採」古今字。

54　《續修四庫全書》第 211 冊，第 198 頁。

55　施安昌《顏真卿書干祿字書》，第 46 頁。

56　《南齊書》第 1 冊，第 49 頁。

〔77〕 依劉歆七略撰七志　胡刻本「撰」上有「更」字。《南齊書》王
　　　 儉本傳作「依《七略》撰《七志》四十卷」[57]，無「更」字，合
　　　 於底一丁，可資比勘。

〔78〕 卨　胡刻本作「契」。羅國威云：「『卨』與『契』通也。」按《說
　　　 文·内部》：「卨，蟲也。从厹，象形。讀與偰同。」王筠《說
　　　 文釋例》云：「人部『偰』下云：『堯司徒，殷之先。』《尚書》
　　　 作『契』，『偰』之省借。《漢書》作『卨』，蓋正字也。孳育浸
　　　 多，始作『偰』以為專字耳。」[58]

〔79〕 迹　胡刻本作「跡」。「迹」「跡」異體字。

〔80〕 粲　胡刻本作「粲」。《干禄字書·去聲》：「粲，上俗下正。」[59]
　　　 下凡「粲」字同。

〔81〕 風塵　胡刻本作「塵俗」。「風塵」二字六臣本同，校語云「善
　　　 本作塵俗」。《藝文類聚》卷五五《雜文部一》引任昉《王文憲
　　　 集序》亦作「風塵」[60]。此「風塵」「塵俗」義同。

〔82〕 衣冠礼樂盡在是矣　胡刻本無「盡」字。六臣本有「盡」，與底
　　　 一丁合，校語云「善本無盡字」。《藝文類聚》亦有「盡」字，
　　　 李善注本無者似傳寫脱訛。

〔83〕 申以止足之誡　「止」字底一丁原脱，後以淡墨小字補一
　　　 「指」。李善注引《老子》云：「知足不辱，知止不殆。」「指」
　　　 為音訛字，茲據胡刻本改正。五臣本、《藝文類聚》並作「止」。

57　《南齊書》第 1 冊，第 433 頁。
58　王筠《說文釋例》，第 272 頁。
59　施安昌《顏真卿書干禄字書》，第 52 頁。
60　歐陽詢《藝文類聚》，第 997 頁。以下凡引《藝文類聚》所載《王文憲集序》，不復
　　一一出注。

胡刻本「誡」作「戒」。六臣本「戒」下校語云「善本從言」，是胡刻本「戒」字乃誤據傳世五臣本校改。《藝文類聚》亦作「誡」。「戒」「誡」古今字。

〔84〕云　胡刻本作「曰」。「云」字六臣本同，校語云「善本作曰字」。

〔85〕清公　胡刻本作「公清」。「清公」二字六臣本同，校語云「善本作公清字」。李善注引《魏志》云：「毛玠字孝先，陳留人也，少為縣吏，以公清稱。」「公清」二字今本《三國志》毛玠本傳作「清公」，陳壽評語亦云「毛玠清公素履」[61]，然則胡刻本「公清」疑後人所改，六臣本校語據所見而言也。

〔86〕寔資人傑　胡刻本「寔」作「實」。羅國威云：「『寔』與『實』通。」

〔87〕齊臺建　胡刻本「建」作「初建」。六臣本「初」作「既」，校語云「善本作初字」。《藝文類聚》亦云「既建」。底一丁或誤脫一字。

〔88〕廿　胡刻本作「二十」。「廿」為「二十」之合文，敦煌吐魯番寫本多作「廿」。下凡「廿」字同。

〔89〕筞　胡刻本作「策」。「筞」為「策」之隸變俗字，說見《敦煌俗字研究》[62]。下凡「筞」字同。

〔90〕二季　「二」底一丁原作「三」，羅國威云：「《南齊書‧王儉傳》：『建元元年，改封南昌縣公，食邑二千戶。明年，轉左僕射，領選如故。』又《南史‧王曇傳》附儉傳，亦作建元二年。是儉建元二年轉左僕射也，敦煌本訛。」茲據胡刻本改正。

61　《三國志》第2冊，第374、390頁。

62　張涌泉《敦煌俗字研究》（第二版），第726頁。

〔91〕鎮軍將軍　胡刻本作「鎮國將軍」。「軍」字六臣本同，校語云「善本作國字」。羅國威云：「《南齊書·王儉傳》：『上崩，遺詔以儉為侍中、尚書令、鎮軍將軍。』是敦煌本作『鎮軍』是也。」

〔92〕号　胡刻本作「號」。「号」「號」古今字，敦煌吐魯番寫本多作「号」。下凡「号」字同。

〔93〕丹楊　胡刻本作「丹陽」。羅國威云：「『丹楊』之『楊』，《金石錄》、《隸釋》善本均從木，敦煌本作『楊』是也。」按《說文·欠部》「歙，丹陽有歙縣」段注云：「『陽』當作『楊』，字之誤也。《（漢書）地理志》、《（續漢書）郡國志》丹楊郡歙縣，今江南徽州府歙縣、休寧縣，皆其地也。」[63] 下凡「丹楊」同。

〔94〕表薦孤遺　胡刻本「薦」作「薦」。《干祿字書·去聲》：「薦薦，上本獬薦字，獨邪獸也，音丈買反，相承別用『豸』字，以薦舉字作『薦』，亦通。」[64]邵瑛《說文解字羣經正字》「薦」字下云：「《五經文字》云：『薦，丈解反，相承以為薦進字，非。』」按『經典相承以為薦進字』，如《易·豫·象傳》『殷薦之上帝』《釋文》『薦，本或作薦』是也。如張參言，則以薦為薦，古本固多有之。據《說文》乃解薦獸，與『薦』迥異。」[65]

〔95〕允茲望實　胡刻本「允茲」作「允資」。「允茲」五臣本同，典出《尚書·說命中》「允茲克明」，茲，此也。胡刻本卷四〇沈約《奏彈王源》「允茲簡裁」，東魏《祖子碩妻元阿耶墓誌》「允茲

63　段玉裁《說文解字注》，第413頁。

64　施安昌《顏真卿書干祿字書》，第53頁。

65　《續修四庫全書》第211冊，第255頁。

四德」[66]，江淹《蕭冠軍進號征虜詔》「允茲聲望」[67]，文例並同。胡刻本「資」為音訛字。

〔96〕 留服捐駒　胡刻本「留」作「挂」。羅國威云：「《三國志·魏書·裴潛傳》注引《魏略》云：『潛為兗州時，嘗作一胡牀，及其去也，留以掛柱。』《世說新語·任誕》：『祖車騎過江時，公私薄儉，無好服玩。』稱玩賞之物為『服玩』。五臣本『挂服捐駒』句下注云：『凡所用物必皆呼為服。』是『服玩』又稱『服』也。此句之『服』指『胡牀』，作『留』作『挂』並通。」按五臣李周翰注正引裴潛事，即本諸上揭裴松之所引《魏略》。不過「留」「捐」二字之義更為接近。李善引王隱《晉書》注「捐駒」云：「王遜字劭伯，為上洛太守，遜在郡有私馬生駒、私牛生犢，悉留以付郡，云是為郡所產，以還官也。」「留以付郡」與《魏略》「留以掛柱」皆云「留」，而《王文憲集序》用王遜典既作「捐駒」，則用裴潛典宜作「留服」，傳本《文選》「挂」字似後人所改。

〔97〕 天資　胡刻本作「天姿」。

〔98〕 固辭選任　胡刻本「辤」作「辭」，Дх.02606寫卷作「辝」。「辤」「辝」本字，「辭」假借字，參見校記〔37〕。

〔99〕 竸　胡刻本作「競」；Дх.02606寫卷此處殘泐，其末行「荀摯竸爽於晉世」亦作「竸」。「竸」為「競」之隸變增筆字，說見《敦煌俗字研究》[68]。下凡「竸」字同。

〔100〕 卅　Дх.02606寫卷同，胡刻本作「三十」。「卅」為「三十」之

66　北京圖書館金石組編《北京圖書館藏中國歷代石刻搨本彙編》第6冊，第74頁。

67　胡之驥《江文通集彙注》，第325頁。

68　張涌泉《敦煌俗字研究》（第二版），第680頁。

合文，敦煌吐魯番寫本多作「卅」。下凡「卅」字同。

〔101〕 緅　Дx.02606 寫卷同，胡刻本作「纜」。羅國威云：「『緅』乃俗體。」下凡「緅」字同。

〔102〕 皷　胡刻本作「鼓」。《干祿字書·上聲》：「皷鼓，上俗下正。」[69] 下凡「皷」字同。

〔103〕 增班劒為六十人　胡刻本無「為」字；Дx.02606 寫卷僅存半個字，尚可判定即「為」之殘。六臣本有「為」字，校語云「善本無為字」。按李善注本無「為」者蓋傳寫脫訛，底二乙王儉《褚淵碑文》云：「追贈太宰，侍中、錄尚書、公如故；給節，羽葆皷吹，增班劒為六十人；謚曰文簡，礼也。」可資比勘。

〔104〕 翫好　Дx.02606 寫卷同，胡刻本作「玩好」。羅國威云：「『翫』乃別體。」按《說文·玉部》：「玩，弄也。」習部：「翫，習猒也。」是「玩」本字，「翫」假借字。五臣本、《藝文類聚》並作「玩」。

〔105〕 居厚者不矜其多處薄者不怨其少　二「者」字底一丁原脫，茲據Дx.02606 寫卷及胡刻本校補。胡刻本「矜」作「矜」。古籍凡「矜」字皆「矜」之訛，說詳《說文·矛部》「矜」篆段玉裁注[70]。上文「皇太子不矜天資」胡刻本尚不作「矜」。

〔106〕 功成改樂　Дx.02606 寫卷同，胡刻本「改」作「作」。六臣本作「改」，校語云「善本作作字」。考李善注引《禮記》云「王者功成作樂，治定製禮」，胡刻本正文「作」疑後人據注文而改。

69　施安昌《顏真卿書干祿字書》，第 37 頁。

70　段玉裁《說文解字注》，第 720 頁。

〔107〕　荀摯　「摯」字底一丁原作「蟄」。「荀」指荀顗，「摯」指摯
　　　　虞，「蟄」為形訛字，茲據 Дх.02606 寫卷及胡刻本改正。

〔108〕　事隔於容謟　「隔」字底一丁原作「革」（殘損下端豎劃）。此
　　　　與下句「理絕於毀譽」儷偶，「隔」「絕」對文義同，底一丁
　　　　「革」當是音訛字，茲據胡刻本改，五臣本亦可證。「於」字底
　　　　一丁原脫，茲據胡刻本補；Дх.02900 寫卷「事」字殘存左上角
　　　　少許筆畫，「謟」字殘損右上角，其間據行款殘泐三字，蓋亦
　　　　本有「於」字。胡刻本「謟」作「諂」。五臣劉良注云：「容謟，
　　　　謂諂媚之容也。」「諂」為形訛字，「舀」「臽」二旁往往相亂。

（前缺）

▬▬□▨（下）力屈〔109〕，受▨（陷）▨▨▨▨（勍寇。士師）奔擾，
棄軍爭免。而瓚誓命沉城，佻身飛鏃，兵盡器竭，斃于旗下。非夫貞
壯之氣，勇烈之志〔110〕，豈能臨敵引義，以死殉〔111〕節者哉？景平之
元，朝廷聞而傷之，有詔曰：故寧遠司馬濮陽太守陽瓚，滑臺之逼，
厲誠固守，授命殉節〔112〕，在危無撓，古之志烈〔113〕，無以加之，可贈
給事中，振卹遺孤，以慰存亡。追寵既彰，人知慕節，河汴之間，有
義風矣。逮元嘉廓祚，聖神紀物，光昭茂緒，旌錄舊勳，苟有槩於貞
孝〔114〕，實事感於仁明。末臣蒙固，側聞至訓，敢詢諸前典，而為之
誄。其辭曰〔115〕：貞不常祐，義有必甄。處父勤君，怨在登賢。苦夷致
果，題子行間。忠壯之烈，宜乎尔先〔116〕。舊勳雖癈〔117〕，邑氏遂傳。
惟邑及氏，自溫徂陽。狐續既隆〔118〕，晉族弗昌。之子之生，立續宋
皇。拳猛沉毅，溫敏肅良。如彼竹柏〔119〕，負雪懷霜。如彼騑騙，配服
驂衡。

　　邊兵喪律，王略未恢。函都〔120〕堙阻，湩洛〔121〕蒿萊。朔馬東驚

〔122〕，胡風南埃。路無歸轊，野有委骸。帝圖斯難〔123〕，簡兵授才。實命陽子〔124〕，佐師危臺。憬彼危臺，在滑之坰。周衛是交，鄭翟是爭。昔惟華國，今實邊亭。憑巇結圉〔125〕，負河縈城。金柝夜擊，和門晝扃。料敵壓難〔126〕，時惟陽生。

涼冬器勁〔127〕，塞外草衰。遐矣獫虜，乘障犯威。鳴驥橫厲，霜鏑高翬。軼我河縣，俘我洛畿。欑〔128〕鋒成林，投罦〔129〕為罿。翳翳窮壘，嗷嗷羣悲〔130〕。師老變形，地孤援闊。卒無半菽，馬實抾秣。守未焚衝，攻已濡褐。烈烈陽子，在困弥〔131〕達。勉慰痍傷，拊巡饑渴。力雖可窮，氣不可奪。義立邊壃〔132〕，身終鋒栝。嗚呼哀哉！

賁父殞節，魯人是志。洴督效貞，晉策攸記。皇上嘉悼，思存寵異。于以贈之？言登給事。疏爵紀庸，恤孤表嗣。嗟尓義士，沒有餘熹〔133〕。嗚呼哀哉！

陶徵士誄一首　顏延年

【校記】

〔109〕　下力屈　底二甲起於此，「下」字殘損右半。

〔110〕　勇烈之志　「志」底二甲原作「至」，羅國威云：「細審文意，敦煌本作『至』為勝。」按羅說非也。《文選集注》作「志」，此《陽給事誄》「志」「氣」對文，《文選鈔》云：「言瓚有貞壯勇烈之志氣也。」《藝文類聚》卷四八《職官部四・給事中》引《陽給事誄》亦作「志」[71]，底二甲「至」當是音訛字，茲

---

[71]　歐陽詢《藝文類聚》，第 872 頁。以下凡引《藝文類聚》所載《陽給事誄》，不復一一出注。

據胡刻本改。

〔111〕 殉　胡刻本作「徇」。「殉」字《文選集注》、《藝文類聚》同，
羅國威云：「『徇』與『殉』通。」下凡「殉」字同。

〔112〕 授命殉節　胡刻本「授命」作「投命」。羅國威云：「此句謂其
『以身殉職』，作『授』較作『投』為勝。」按《文選集注》作
「投命」，所載《文選鈔》云：「撓，屈也。謂投命以死，雖在
危亡，而不撓弱也。」胡刻本卷一〇潘岳《西徵賦》：「臨危而
智勇奮，投命而高節亮。」李善注云：「《吳子》曰：一人投
命，足懼千人。杜預《左氏傳注》曰：投，弃命也。」「授命」
「投命」義近，此誄作「授命」未必優於「投命」，羅氏之說不
可遽從。

〔113〕 志烈　胡刻本作「烈士」。《文選集注》作「烈士」。《北史·
列傳第十三》論曰：「或誠發于衷，竭節危難，或忠存衛主，
義足感人，苟非志烈，亦何能若此？」[72]可與底二甲相互比勘。

〔114〕 苟有槩於貞孝　胡刻本「槩」作「概」，「孝」下有「者」字。
「槩」字五臣本同。邵瑛《說文解字羣經正字》「槩」字下云：
「今經典多作『概』。」[73]羅國威云：「此二句乃儷句，敦煌本
無『者』，方能顯其抗墜之勢，各本有『者』，乃淺人所加。」
按《文選集注》、五臣本皆有「者」，此謂宋文帝即位後「旌錄
舊勳」，凡貞孝之人皆加表彰，則有「者」字固無不妥。底二
甲疑脫。

〔115〕 其辝曰　胡刻本「辝」作「辭」，S.5736寫卷作「辝」。《干祿

72　《北史》第3冊，第930頁。
73　《續修四庫全書》第211冊，第161頁。

字書・平聲》：「辝辤辭，上中竝辝讓；下辭說，今作辝，俗作辞，非也。」[74] 是唐代「辝」已成為「辭」之俗字，「辞」又「辝」之訛變俗字，參見校記〔37〕。

〔116〕　宜乎尔先　胡刻本「乎」作「自」；S.5736 寫卷殘存右端一豎畫，蓋亦作「自」。《文選集注》作「自」，所載《文選鈔》云：「言宜自是汝之先祖也。」作「自」義長。

〔117〕　癈　胡刻本作「廢」，S.5736 寫卷同。敦煌吐魯番寫本广、厂二旁混用，此「癈」為「廢」字俗寫。下凡「癈」字同。

〔118〕　狐續既隆　胡刻本「隆」作「降」，S.5736 寫卷同。羅國威云：「狐續，狐射姑續鞫居也。《左傳》文公六年：『賈季怨陽子之易其班也，而知其無援於晉也。九月，賈季使續鞫居殺陽處父。書曰：晉殺其大夫。侵官也。』據《左傳》所載，狐續隆則晉〔族〕不昌，故敦煌本作『隆』者為勝也。」按「隆」與下句「晉族弗昌」之「昌」對文義近，「降」當是形訛字。

〔119〕　柏　胡刻本作「栢」。《干祿字書・入聲》：「栢柏，上俗下正。」[75]

〔120〕　函都　胡刻本作「函陝」。《文選集注》作「函陝」，所載《鈔》曰：「函，函谷關也。陝，地名也。」《音決》：「陝，失冉反。」五臣張銑注云：「陝，虢國也。」是諸家所據《陽給事誄》皆作「陝」，《藝文類聚》亦同。不過「郁（崤）」「函」也往往並稱。胡刻本《文選》卷六左思《魏都賦》云「伊洛榛曠，崤函荒蕪」，卷三〇謝靈運《擬魏太子鄴中集詩八首・王粲》云「伊

74　施安昌《顏真卿書干祿字書》，第 16 頁。
75　施安昌《顏真卿書干祿字書》，第 62 頁。

洛既燎煙，函崤沒無像」，並與此《陽給事誄》「函郁堙阻，瀍
洛蒿萊」相似，而均不作「陝」。

〔121〕湦洛 胡刻本作「瀍洛」。「湦」為「瀍」之俗省。

〔122〕朔馬東驚 胡刻本「驚」作「鶩」。「驚」字《藝文類聚》同，
不過底二甲「驚」字左上角「茍」有雌黃塗改痕迹，蓋已校改
為「鶩」。《文選集注》、五臣本並作「鶩」，「驚」當是形訛字。

〔123〕帝圖斯難 胡刻本「難」作「艱」。「難」字六臣本同，校語云
「善本作艱字」。《文選集注》據李注本正作「艱」，《藝文類聚》
則作「難」。「難」「艱」義同。

〔124〕寔命陽子 胡刻本「寔」作「宲」。羅國威云：「『宲』與『寔』
通。」

〔125〕憑巘結閣 胡刻本「閣」作「關」。《文選集注》作「開」，即
「關」之俗字，所載《鈔》曰：「言依憑山巘以結開防，負背河
水縈繞為城也。」底二甲「閣」當是形訛字。

〔126〕壓難 胡刻本作「厭難」。「壓難」二字六臣本同，校語云「善
本作厭難」。羅國威云：「『厭』與『壓』通。」按「厭」「壓」
古今字。

〔127〕涼冬器勁 胡刻本「器」作「氣」。「器」字《文選集注》同，
所載《鈔》曰：「謂箭竿得霜氣而勁強侵邊也。器謂兵刃之
屬。」五臣本亦作「器」，呂向注云：「器，弓弩也。」此誄「涼
冬器勁」以下四句可與鮑照《樂府八首‧出自薊北門行》「嚴
秋筋竿勁，虜陣精且強」相互參看，胡刻本「氣」當是音訛
字。

〔128〕欑 胡刻本作「攢」。《說文》無「攢」字，木部：「欑，積竹
杖也。一曰叢木。」「攢」為後出俗字。

〔129〕　鞌　胡刻本作「鞍」。「鞌」「鞍」偏旁易位字。

〔130〕　嗷嗷羣悲　「嗷嗷」底二甲原作「噭噭」。羅國威云：「嗸，鳴
　　　　也，見《廣雅・釋詁二》云；嗸嗸，哀鳴也，《詩・小雅・鴻
　　　　雁》云：『鴻雁于飛，哀鳴嗸嗸』。是『嗸』與『嗷』通也。」
　　　　按《說文・口部》：「嗷，吼也。从口，敫聲。一曰嗷，呼也。」
　　　　「嗸，眾口愁也。从口，敖聲。《詩》曰：哀鳴嗸嗸。」王力
　　　　《同源字典》謂「叫」「嗷」同源[76]。沈濤《說文古本考》云：
　　　　「《一切經音義》卷十二引作『嗷嗷，眾口愁也』，卷十三、卷
　　　　二十又引『眾口愁也』，其標題大字亦作『嗷嗷』，是古本作
　　　　『嗷嗷』，今奪一『嗷』字，蓋淺人疑為複舉而刪之矣。」[77]則
　　　　《陽給事誅》當據胡刻本作「嗷嗷羣悲」，底二甲「噭噭」形近
　　　　而訛。《文選集注》亦作「嗷嗷」，所載《鈔》曰：「嗷嗷，聲
　　　　闊遠也。」《音決》：「嗷，五高反。」五臣張銑注云：「嗷嗷然
　　　　悲愁也。」諸家所見並無作「噭噭」者，茲據改。

〔131〕　弥　胡刻本作「彌」。「弥」為「彌」之俗字，敦煌吐魯番寫本
　　　　多作「弥」。下凡「弥」字同。

〔132〕　壃　胡刻本作「疆」。羅國威云：「『壃』乃別體。」按「壃」
　　　　「疆」皆「畺」之增旁字。

〔133〕　憙　胡刻本作「喜」。羅國威云：「『憙』乃別體。」李梅《敦
　　　　煌吐魯番寫本〈文選〉研究》云：「『憙』殆即『喜』的增旁俗
　　　　字。因『喜』為心理活動，書寫者便增一心底，使表義明
　　　　確。」[78]

76　王力《同源字典》，第227頁。

77　《續修四庫全書》第222冊，第224頁。

78　浙江大學2003年碩士學位論文，第9頁。

（中缺）

▔▔▔◢（由）[134]太祖之威風，抑亦仁公之翼佐，可謂德刑詳，礼義信，戰之器也。以靜難之功進爵為侯，兼授尚書令、中軍將軍，給班劍廿人。功成弗有，固秉撝挹，改授侍中、中書監，護軍如故。又以居[135]母艱去官，雖事緣義感，而情均天屬。顏丁之合礼，二連之善喪，亦曷以踰？天厭宋德，水運告謝，嗣主[136]荒怠於天位，強臣憑淩[137]於荆楚。癈昏継絕[138]之功，龕乱[139]寧民之德，公實仰贊宏規，參聞神笇[140]。雖無受脤出車之庸，亦有甘寢[141]秉羽之績。乃作司空，山川攸序；兼授衛軍，戎政輯睦。

　　既而齊德龍興，順皇高禪。深達先天之運，匡贊奉時之業。弼諧允正，徽猷弘遠。樹之風聲，著之話言。亦猶稷契之臣虞夏，荀裴之奉魏晉。自非坦懷至公，永鑒崇替，孰能光輔五君、贠亮[142]二代者哉？大啓南康，爰登中鉉。時膺土寓[143]，固辭邦教。今之尚書令，古之冢宰，雖袟輕於台司[144]，而任隆於百辟。暫遂沖旨，改授朝端。迩[145]無異言，遠無異望。帝嘉茂庸，重申前冊。執五礼以正民，簡八刑而罕用。故能騁績康衢，延茲哲后[146]。義在資敬，情同布衣。出陪鑾躅，入奉帷殿。仰南風之高詠，淪[147]東野之祕寶。雅議於聽政之晨，披文於宴私之夕。參以酒德，間以琴心。曖有餘暉，遙然留想。君垂冬日之溫，臣盡秋霜之戒。肅肅焉，穆穆焉。於是見君親之同致，在三之如一[148]。

　　太祖升遐，綢繆遺寄，以侍中、司徒錄尚書事。稟玉几之顧[149]，奉綴衣之礼。擇皇齊之令典，致聲化於雍熙。內平外成，實昭舊職。增給班劍卅人，物有其容，徽章斯允。位尊而礼卑，居高而思降。自夏徂秋，以疾陳退[150]。朝廷重違謙光之旨，用申超世之尚，改授司空，領驃騎大將軍，侍中、錄尚書如故。景命不永，大漸弥留，建元

四年八月廿一日，薨于第〔151〕，春秋冊有八。昔柳莊疾棘，衛君當祭而
輟祀〔152〕；晏嬰既往，齊侯〔153〕趨車而行哭。公之云亡，聖朝震悼於
上，群后恇慟〔154〕於下，豈唯哀纏一國、痛深一主而已哉？追贈太宰，
侍中、錄尚書、公如故〔155〕；給節，羽葆鼓吹，增班劍為六十人〔156〕；
諡曰文簡，礼也。

　　夫乘德而處，萬物不能害其貞；虛己以遊，當世不能擾其度。均
貴賤於條風，忘榮辱於彼我，然後可兼善天下，聊以卒歲，經始圖
終，式免祇悔〔157〕。誰云克俌〔158〕，公實有焉。是以義結君子，惠沾〔159〕
庶類。言象所未形，述詠所不盡。故吏厶甲〔160〕等，感逝川之無舍
〔161〕，哀清暉之眇默。湌輿誦於丘里，瞻雅詠於京國。思衛鼎之垂文，
想晉鍾之遺則。方高山而仰止，刊玄石以表德。其辝曰：

　　辰精感運，昴靈發祥。元首惟明，股肱惟良。天鑒璿曜，踵武前
王。欽若元輔，體微知彰〔162〕。永言必孝，曰心則友〔163〕。仁洽兼濟，
愛深善誘。觀海齊量，登岳〔164〕均厚。五臣茲六，八元斯九。內謨帷
幄，外曜台階。遠無不肅，迩無不懷。如風之偃，如樂之諧。光我帝
典，緝彼民黎。率礼蹈謙，諒實身幹。跡屈朱軒，志隆衡館。眇眇玄
宗，萋萋斝翰。義既川流，文亦霧散。嵩構云頹〔165〕，梁陰載缺。德猷
靡嗣，儀刑長遷〔166〕。怊悵餘徽，鏘洋遺烈。久而弥新，用而不竭。
文選卷第廿九〔167〕

【校記】

〔134〕　由　底二乙起於此，「由」字殘損右上角。

〔135〕　居　底二乙原誤作「君」，茲據胡刻本改正。

〔136〕　嗣主　胡刻本作「嗣王」。胡克家《文選考異》云：「袁本、茶
　　　　　陵本『王』作『主』，是也。」按六臣本不出李善、五臣異同，

蓋所據李善注本作「主」。尤刻本正作「主」，胡克家據以覆刻
之尤刻本「王」實為「主」之壞字。

〔137〕 強臣憑淩 胡刻本「強」作「彊」，「淩」作「陵」。據《說文》，
「彊」本字，「強」假借字。《說文·夂部》：「夌，越也。」段
注云：「凡夌越字當作此，今字或作『淩』，或作『凌』，而
『夌』廢矣。今字概作『陵』矣。」[79]

〔138〕 癈昏継絕 胡刻本作「廢昏繼統」。「癈」為「廢」之俗字，
「継」為「繼」之俗字，「昏」「昏」異體字。李善注云：「廢昏，
謂廢帝為蒼梧王也。繼統，謂立順帝也。《移太常》[80]曰：繼統
揚業。」五臣劉良注云：「廢昏，廢少帝也。繼統，謂立順帝
也。」是李善、五臣二本皆作「繼統」。考「繼絕」謂興舉已廢
滅之國，《論語·堯曰》云：「興滅國，繼絕世。」《禮記·中庸》
云：「繼絕世，舉廢國。」皆是也。而褚淵所廢立者皆劉宋之
帝，不得言「繼絕」，「絕」蓋「統」之形訛字。胡刻本卷三七
孔融《薦禰衡表》：「昔世宗繼統，將弘祖業。」李注云：「世
宗，（前漢）孝武廟號也。李奇《漢書注》曰：統，緒也。」此
「繼統」之意也。

〔139〕 乱 胡刻本作「亂」。《干祿字書·去聲》：「乱亂，上俗下
正。」[81]

〔140〕 筭 胡刻本作「筭」。羅國威云：「『筭』『筭』乃『算』之別
體。」按《干祿字書·去聲》：「筭筭，上俗下正。」[82]而「筭」

79　段玉裁《說文解字注》，第232頁。

80　「移」字胡刻本原作「檄」，茲據胡克家《文選考異》說校改。

81　施安昌《顏真卿書干祿字書》，第52頁。

82　施安昌《顏真卿書干祿字書》，第52頁。

「算」皆見於《說文》，籌指算器，算謂計算，「神筭」本字當作「算」。唯「筭」「算」二字古多混用無別，敦煌吐魯番寫本多用「筭」。

〔141〕　寖　胡刻本作「寢」。「寖」正字，「寢」隸變字。

〔142〕　寅亮　胡刻本作「寅亮」。羅國威云：「此乃用《尚書·周官》『寅亮天地，弼予一人』典，作『寅』是，敦煌本訛。」李梅《敦煌吐魯番寫本〈文選〉研究》駁之云：「羅說誤。考《說文》：『寅，敬惕也。从夕，寅聲。』段注：『《釋詁》云：寅，敬也。凡《尚書》寅字，皆假借寅為寅也。漢、唐碑多作寅者。』段說是也。『寅』用作『敬惕』義，乃『寅』字之假借。」[83] 按李說是也。《文選集注》、五臣本均作「寅」。許壽裳《敦煌秘籍留真新編序》亦嘗引《說文》段注謂「寅」為「寅」之假借字[84]。

〔143〕　寓　胡刻本作「宇」。羅國威云：「『寓』乃別體。」按《說文·宀部》：「宇，屋邊也。寓，籀文宇从禹。」

〔144〕　台司　胡刻本作「袞司」。「台」底二乙似原作「袞」，蓋「袞」之俗訛字，後以雌黃塗去下半。考李善注、五臣呂延濟注並云「袞司，三公也」，是所據本皆作「袞司」，《藝文類聚》卷四五《職官部一》引《褚淵碑文》同[85]。不過「台司」也謂三公，胡刻本卷三七羊祜《讓開府表》：「伏聞恩詔，拔臣使同台司。」李注云：「台司，三公也。為台司，故言儀同三司，威儀百物

83　浙江大學2003年碩士學位論文，第11頁。

84　此據黃永武主編《敦煌叢刊初集》第13冊，第248頁。

85　歐陽詢《藝文類聚》，第817頁。以下凡引《藝文類聚》所載《褚淵碑文》，不復一一出注。

使同三司也。」卷四六任昉《王文憲集序》:「時粲位亞台司。」（見上文底一丁）李注云:「《春秋漢含孳》曰:三公象五嶽,在天法三能。台與能同。」卷五七潘岳《汧馬督誄》:「震驚台司。」李注亦引《春秋漢含孳》。然則底二乙改作「台司」,或有所據也。

〔145〕 迡　胡刻本作「邇」。《說文‧辵部》:「邇,近也。𨕖,古文邇。」而「迡」為「邇」之隸變字,參見《敦煌俗字研究》[86]。下凡「迡」字同。

〔146〕 延茲哲后　胡刻本「延茲」作「延慈」。《文選集注》作「延慈」,所載李善注云:「鄧耽[87]《郊祀賦》曰:伊皇母以延慈。」五臣呂延濟注云:「招慈愛於聖君。」「延慈」與上句「騁績」對文,「茲」當是「慈」之壞字。《藝文類聚》亦作「延慈」。

〔147〕 飡　胡刻本作「餐」。羅國威云:「『飡』乃別體。」按「飡」字《文選集注》同。「飡」為「餐」之俗字,已見校記〔18〕。下凡「飡」字同。

〔148〕 在三之如一　胡刻本「在」上有「知」字。《藝文類聚》與底二乙同,五臣本、《文選集注》則並與胡刻本相同。「知在三之如一」與上句「見君親之同致」儷偶,底二乙蓋脫「知」字。

〔149〕 顅　胡刻本作「顧」。「顅」為「顧」之俗字,說見《玉篇‧頁部》[88]。

〔150〕 返　胡刻本作「退」。退卻字《說文》小篆作「𨓤」,古文從辵作「退」,「返」則為「退」的隸變字,說見《敦煌俗字研

86　張涌泉《敦煌俗字研究》（第二版）,第832頁。
87　「鄧耽」《集注》原作「劉耽」,此據胡刻本。
88　《宋本玉篇》,第75頁。

究》[89]。

〔151〕 薨于第　胡刻本「第」作「私第」。《文選集注》與底二乙相
　　　　合，南北朝墓誌亦每云「薨（終）于第」，無「私」字。

〔152〕 衛君當祭而輟祀　胡刻本「祀」作「禮」。「祀」字六臣本同，
　　　　校語云「善本作禮字」。「祀」與上「祭」字前後照應，許壽裳
　　　　《敦煌秘籍留真新編序》謂「祀」較「禮」於義為長[90]。不過此
　　　　句作「禮」並無不通。「禮」之古文作「礼」，與「祀」形近，
　　　　故二字易互訛。

〔153〕 齊侯　胡刻本作「齊君」。「齊侯」二字六臣本同，校語云「善
　　　　本作齊君」。上文云「衛君」，故此變文稱「齊侯」，似較「齊
　　　　君」為優。

〔154〕 恇慟　胡刻本作「恇動」。許壽裳《敦煌秘籍留真新編序》云：
　　　　「胡氏《攷異》云：『袁本、茶陵本動作慟。按：此無以考之
　　　　也。』今卷子本《文選》亦作『慟』，且上句為『聖朝震悼於
　　　　上』，震者震驚，悼者哀悼，則此句作『恇慟』于義為勝。蓋
　　　　恇者恐懼，慟者哀痛也，正與上之『震悼』相對為文。胡氏以
　　　　為無以攷之，今得此卷子本，亦可以佐證其作『慟』為是。」[91]
　　　　羅國威云：「敦煌本作『慟』，五臣本、明州本、叢刊本亦作
　　　　『慟』，胡氏當日無從考之者，今可考矣。」按「慟」字《文選
　　　　集注》同，許氏之說是也。

〔155〕 侍中錄尚書公如故　胡刻本無「公」字。考詳《緒論》。

〔156〕 增班劍為六十人　胡刻本無「增」字。考詳《緒論》。

89　張涌泉《敦煌俗字研究》（第二版），第826頁。

90　此據黃永武主編《敦煌叢刊初集》第13冊，第249-250頁。

91　此據黃永武主編《敦煌叢刊初集》第13冊，第250頁。

〔157〕 式免祇悔　胡刻本「祇」作「祇」。羅國威云：「《易·復》：『初
九，不遠復，無祇悔。』《周易》作『祇悔』，敦煌本是。」按
「祇」字《文選集注》同，所載李善注云：「《周易》曰：無祇
悔。」《音決》云：「祇，巨支反。」羅振玉《敦煌本週易王弼
注殘卷跋》云：「《復》『无祇悔』，岳本、十行本、閩、監、
毛本『祇』均作『祇』，《釋文》、盧校本亦作『祇』，唐寫本
作『祇』。《釋文》言王肅作『提』，古是、氏通，可證『祇』
從氏非從氏也。」[92]

〔158〕 俻　胡刻本作「備」。「俻」為「備」之俗字，已見校記〔73〕。

〔159〕 沾　胡刻本作「霑」。羅國威云：「霑與沾通。」按「沾」字《文
選集注》同。《說文·雨部》：「霑，雨也。」水部：「沾，水出
壺關，東入淇。」是「霑」本字，「沾」假借字。

〔160〕 厶甲　胡刻本作「某甲」。《玉篇·厶部》：「厶，相咨切，姦
邪也。今為私。又亡后切，厶甲也。」[93] 陸游《老學庵筆記》
卷六云：「今人書『某』為『厶』，皆以為俗從簡便，其實古
『某』字也。《穀梁》桓二年：『蔡侯、鄭伯會於鄧。』范甯注
曰：『鄧，厶地。』陸德明《釋文》曰：『不知其國，故云厶地。
本又作某。』」[94]

〔161〕 感逝川之無舍　「感」底二乙原作「咸」，羅國威云：「作『感』
是，敦煌本訛。」茲據胡刻本改正，《文選集注》亦作「感」。
胡刻本「舍」作「捨」。羅國威云：「『捨』與『舍』通。」按
「舍」「捨」古今字。

92　《羅振玉校刊羣書敘錄》，第 198 頁。

93　《宋本玉篇》，第 521 頁。

94　陸游《老學庵筆記》，第 81 頁。

〔162〕　體微知彰　胡刻本「體」作「躰」，「彰」作「章」。《玉篇·
　　　　身部》：「躰體，並俗體字。」[95] 羅國威云：「章與彰通。」按《文
　　　　選集注》、五臣本並作「章」，「章」「彰」古今字。

〔163〕　曰心則友　胡刻本「曰」作「因」。《干祿字書·平聲》：「曰因，
　　　　上俗下正。」[96]

〔164〕　岳　胡刻本作「嶽」。「岳」古文，「嶽」篆文。

〔165〕　頰　胡刻本作「頬」。《龍龕手鏡》頁部平聲：「頬，俗；頰，
　　　　正。」[97]

〔166〕　儀刑長遰　胡刻本「刑」作「形」，「遰」作「遞」。羅國威云：
　　　　「『刑』與『形』通。」按「刑」為「形」之假借字。許壽裳《敦
　　　　煌秘籍留真新編序》云：「《說文》：『遰，去也。』『遞，更易
　　　　也。』二字雖大徐本同為『特計切』，音固相同，而義未嘗可以
　　　　相通。李善注云『遞音逝』，『逝』字《廣韻》時制切，禪母
　　　　字，古禪母讀若定母，亦可見唐時禪母猶讀舌頭音，故李善以
　　　　『逝』字音『遞』字也。又彼引鄭玄《春秋緯注》曰『遞，去
　　　　也』，殆以字既謁作『遞』，而《說文》、《廣韻》等字書中又
　　　　無『遞』訓『去』之詮釋，不得不覓一鄭氏緯書注以釋之。今
　　　　得見此卷子本，方知王仲寶原文本為『遰』字，則引《說文》
　　　　注即可，無勞引緯書注也。」[98] 羅國威云：「『遰』乃『遞』之
　　　　別體。李善注云：『遞，去也。音逝。』是『逝』與『遞』同音
　　　　而假借也。」按許氏謂「遞」為「遰」之訛，其說可從。《褚淵

95　《宋本玉篇》，第 63 頁。

96　施安昌《顏真卿書干祿字書》，第 22 頁。

97　釋行均《龍龕手鏡》，第 482 頁。

98　此據黃永武主編《敦煌叢刊初集》第 13 冊，第 250 頁。

碑文》「遰」字與「缺」「烈」「竭」叶韻，古音皆屬月部，而「遞」為支部字，也可見其乃後人所改。

〔167〕 文選卷第廿九胡刻本作「文選卷第五十八」。李善分蕭統《文選》一卷為二，李注本卷第五十八相當於蕭《選》卷第二十九後半卷。

王文憲集序

【題解】

底卷編號為Дx.02606（底一）＋Дx.02900（底二）。

底一起任昉《王文憲集序》「六年，又申前命」句，至「無以仰摸淵旨，取則後昆」之「摸」，共二十四行。

《孟目》2860號著錄云：「〔任彥昇，王文憲集序〕殘卷，43.5×23。部分手卷，首尾缺。一紙，上面邊沿缺，下面邊沿嚴重破殘。紙色灰褐，紙質薄。寫卷正面。二十四行，不全。畫細行，隱約可見。地腳二點五釐米，隸楷。有硃筆標記（點）。無題字。（6-7世紀）」[1]

底二起任昉《王文憲集序》「無以仰摸淵旨，取則後昆」之「昆」，至「公生自華宗」之「生自」，共七行，末行僅存「生自」二殘字，故饒宗頤《敦煌吐魯番本文選》謂底二僅存六行，訖「弘量不以容非，

1　〔俄〕孟列夫主編《俄藏敦煌漢文寫卷敘錄》下冊，袁席箴、陳華平譯，第473頁。

攻乎異端」之「攻」[2]。

　　底一與底二似從兩紙粘合處斷裂，《俄藏》已綴合，其間僅殘去「淵旨取則後」五字（依行款「淵」為底一末行下端殘泐者；底二首行「昆」字之上實尚存一字，然漫漶不可辨識）。饒宗頤《敦煌吐魯番本文選》據《俄藏》影印，但編號依《孟目》作「L.2860」，實則該號並未包括底二。兩卷綴合後共三十一行，溢出 P.2542《王文憲集序》寫卷者僅末行「生自」等寥寥數字。

　　底卷「世」「治」不諱，行款疏朗，書法端麗，當為先唐寫本，《孟目》說蓋是也。

　　饒宗頤《法藏敦煌書苑精華》曾以為底一與 P.2542 寫卷「為同卷之析」[3]，蓋二者同為任昉《王文憲集序》。按饒氏有關底一之信息來自《孟目》，但根據《孟目》所標起訖，可知該卷文字與 P.2542 寫卷實有重疊，固非一本。饒氏至影印《敦煌吐魯番本文選》時已不取前說，徐俊《書評：〈敦煌吐魯番本文選〉、〈敦煌本昭明文選研究〉、〈敦煌本文選注箋證〉、〈文選版本研究〉》也曾指出饒說之誤[4]。

　　底卷背面《俄藏》定名為《孝事父母文範》，首尾俱殘，字體潦草，大小不均，《孟目》2883 號定其抄寫時間為八至十世紀[5]。

　　今據《俄藏》錄文，以胡刻本《文選》為校本，並參以 P.2542《王文憲集序》寫卷，校錄於後。

（前缺）

2　饒宗頤《敦煌吐魯番本文選》，《敍錄》第 5 頁。

3　饒宗頤《法藏敦煌書苑精華》第 5 冊，第 178 頁。

4　《敦煌吐魯番研究》第 5 卷，第 381 頁。

5　〔俄〕孟列夫主編《俄藏敦煌漢文寫卷敍錄》下冊，袁席箴、陳華平譯，第 484 頁。

　　□□☒（六）[1]年，又申前命。七年，固辭選任[2]，□□☒（帝所重）違，詔加中書監，猶參掌選事。□□☒（長輿追）專車之恨，公嘗甘鳳池之失[3]。夫□□☒（奔競之）塗，有自來矣。以難知之性，協□□□（易失之）情，必使無訟[4]，事深弘誘。公提衡惟□□☒（允，一紀）于茲。拔奇取異，興微繼[5]絕。望側□□（階而）容賢，候景風而式典。春秋卅[6]有八，□□□☒（七年五月）三日，薨于建康官舍。皇朝軫□□（慟，儲）鉉傷情，有識銜悲，行路掩泣，豈□□☒（直春者）不相、工女寢[7]機而已哉！故以痛□□（深衣）冠，悲緪[8]教義；豈非功深砥礪，道邁□□☒（舟航，沒）世遺愛，古之益友？追贈太尉，☒□□☒（侍中、中書）監如故；給節，加羽葆皷[9]吹，增☒□□☒（班劍為六）[10]十人；諡曰文憲，禮也。

　　公在物斯□□□（厚，居身）以約。酖好[11]絕於耳目，布素☒□□☒（表於造次）。室無姬姜，門多長者。立言☒□□☒（必雅，未嘗）顯其所長；持論從容，未嘗言□□☒（人所短）。弘長風流，許與氣類。雖單門後□□☒（進，必加）善誘，勗以丹霄之價，弘以青冥□□☒（之期。公）銓品人倫，各盡其用。居厚者☒□□☒（不矜其多），處薄者不怨其少。窮涯而反，□□□（盈量知）歸。皇朝以治定製礼[12]，功成改☒（樂）[13]，□□□☒（思我民譽）[14]，緝熙帝圖。雖張曹爭論於□□（漢朝），荀摯競[15]爽於晉世，無以仰摸□□□□□（淵旨，取則後）昆[16]。每荒服請□□□□□□□☒☒（罪，遠夷慕義，宣威授指，寔）寄宏略。理積則神☒□□□□（無忤往，事感）則悅情斯來。無是己之心，☒□□□☒（事隔於容諂）；罕愛憎之情，理絕於毀☒（譽）。□□理若可干[17]，臨事每不可奪。約☒□□□☒（己不以廉物），弘量不以容非。攻□□　□□☒☒（生自）[18]

（後缺）

【校記】

〔1〕 六 底一殘損上端一點，茲據胡刻本校補。以下凡殘字、缺字據胡刻本補出者不復一一注明。

〔2〕 固辭選任 胡刻本「辭」作「辭」，P.2542 寫卷作「辤」。「辭」「辤」本字，「辭」假借字，參見《三月三日曲水詩序（顏延年）—王文憲集序、陽給事誄、陶徵士誄、褚淵碑文》（以下簡稱「上篇」）校記〔37〕。

〔3〕 公嘗甘鳳池之失 胡刻本「嘗」作「曾」，P.2542 寫卷同。李善注引《晉中興書》云：「荀勗字公曾，從中書監為尚書令，人賀之，乃發恚云：奪我鳳皇池，卿諸人賀我邪？」此固當作「公曾」，「嘗」字非是，上句「長輿」則和嶠之字也。

〔4〕 必使無訟 「使」字底一原脫，後校補於「必」「無」二字之間。「無」字右側注「蹊田」二小字，未詳。考《文選》任昉《齊竟陵文宣王行狀》云「奪金恥訟，蹊田自嘿」，後句典出宣公十一年《左傳》「蹊田奪牛」，《行狀》用以表述「無訟」之意，可以參看。

〔5〕 継 胡刻本作「繼」，P.2542 寫卷同。「継」為「繼」之俗字，說見《玉篇·糸部》[6]。

〔6〕 卅 P.2542 寫卷同，胡刻本作「三十」。「卅」為「三十」之合文，敦煌吐魯番寫本多作「卅」。

〔7〕 寢 胡刻本作「寢」，P.2542 寫卷同。「寢」正字，「寢」隸變字。

---

6 《宋本玉篇》，第 493 頁。

〔8〕　緄　P.2542 寫卷同，胡刻本作「纏」。「緄」為「纏」字俗省。

〔9〕　皷　胡刻本作「鼓」。「皷」為「鼓」之俗字，說詳張涌泉師《敦煌俗字研究》[7]。

〔10〕　班劒為六　「班」字底一殘存左下角，「劒」殘泐，「為」殘存下半，「六」殘損右半；胡刻本無「為」字。P.2542 寫卷有「為」，六臣本同，校語云「善本無為字」。按無「為」字者蓋脫訛，參見上篇校記〔103〕。

〔11〕　翫好　P.2542 寫卷同，胡刻本作「玩好」。「玩」本字，「翫」假借字，參見上篇校記〔104〕。

〔12〕　礼　P.2542 寫卷同，胡刻本作「禮」。「礼」字《說文》以為古文「禮」，敦煌吐魯番寫本多用「礼」，後世刊本則多改作「禮」。

〔13〕　功成改樂　P.2542 寫卷同，胡刻本「改」作「作」。「作」字疑後人據李善注所引《禮記》校改，參見上篇校記〔106〕。

〔14〕　思我民譽　「譽」字底一殘損右上角，其上據行款殘泐兩字，胡刻本作「思我民」三字，P.2542 寫卷同，茲據以擬補三個缺字符。

〔15〕　競　P.2542 寫卷同，胡刻本作「競」。「競」為「競」之隸變增筆字，說見《敦煌俗字研究》[8]。

〔16〕　無以仰摸淵旨取則後昆　底一止於「摸」，底二起於「昆」，其間「淵旨取則後」五字殘泐，參見「題解」。

〔17〕　理若可干　底二「理」上據行款殘泐兩字，胡刻本此句作「造理常若可干」，P.2542 寫卷同。然則底二殘泐者當是「造常」，

7　張涌泉《敦煌俗字研究》（第二版），第 928 頁。

8　張涌泉《敦煌俗字研究》（第二版），第 680 頁。

　　　「常」字誤倒在「理」之上，茲擬補兩個缺字符。至於原卷是否
　　有乙倒符號，今已不得而知。
〔18〕生自　自前行「攻」至此底二殘泐，胡刻本作「乎異端歸之正
　　義公」。

劇秦美新、典引

【題解】

　　底卷編號為 P.2658，起揚雄《劇秦美新》「遙集乎文雅之囿，翱翔乎禮樂之場」之「禮」，至班固《典引》「秦之社稷，未宜絕也」之「稷」，共二十七行，上截或下截殘泐者近半，首、末兩行殘泐尤為嚴重。行有界欄，書法純熟優美。

　　《伯目》著錄云：「華文。殘《文選》。極損壞，字佳。存奏疏一篇之末尾，不知其名；又班固奏疏之起首，其起句為『臣固言：永平十七年中，臣與賈逵、傚、杜矩、展隆、郗萌……』。背為乾寧五年（八九八）書宗教頌讚。」[1] 按伯希和並未比定此為蕭統《文選》寫卷，「文選」二字似不必加專名號。P.2707 王融《三月三日曲水詩序》殘卷《伯目》同樣著錄為「殘《文選》」，與 P.2542、P.2543 兩寫卷「《文選》

---

[1] 〔法〕伯希和《巴黎圖書館敦煌寫本書目》，陸翔譯，《國立北平圖書館館刊》第 7 卷第 6 號；此據書目文獻出版社影印本第 7 冊，第 5748 頁。按「傚」字底卷作「傅毅」二字，「郗」字作「郤」。

殘文」之著錄不同。又底卷《伯目》有錄文，P.2707 寫卷亦然；檢《伯目》曾作錄文的《文選》寫卷，尚有 P.2645 李康《運命論》及 P.2493b陸機《演連珠》，伯希和皆未能比定其名，至陸翔按語乃得之，益證底卷及 P.2707 條之「文選」乃泛指，非專名。羅福萇所譯《伯目》正可資參證[2]。

　　《王目》著錄云：「《文選》殘卷。存廿六行，為揚雄《劇秦美新》之後段及班固《典引》之開端。背有佛曲《樂入山》等。」[3]「廿六行」殆未計最後一行。羅國威《敦煌本〈昭明文選〉研究》亦謂底卷《典引》所存僅「篇題、作者署名及正文首三行，至『此贊賈誼過秦』止，共四行」[4]，實則饒宗頤《敦煌本文選斠證》（一）已言底卷殘存二十七行[5]，計班固《典引》為五行。

　　底卷「世」「民」皆不諱，王重民定為六朝寫本[6]；姜亮夫亦據「書體、紙質諸端」，判為先唐寫本[7]。不過姜氏又有底卷乃唐末「光化本」之說[8]。按底卷背面《法藏》定名為《1.早出纏樂入山樂住山 2.乾寧五年七月學士郎宋珅題記》。乾寧為唐昭宗年號，五年（898）八月改元光化，故新、舊《唐書・昭宗紀》「乾寧」年號皆僅四年，此亦《莫高窟年表》繫年之所本。姜亮夫蓋因底卷背面有「乾寧五年」之題記，遂繫之於光化元年下。姜氏嘗目驗原卷，或是當年作記錄時偶有疏漏

2　羅譯本分載北京大學《國學季刊》第 1 卷第 4 號（1923 年 12 月）、第 3 卷第 4 號（1932年 12 月）。

3　《敦煌遺書總目索引》，第 269 頁。

4　羅國威《敦煌本〈昭明文選〉研究》，第 227 頁。

5　《新亞學報》第 3 卷第 1 期，1957 年 8 月，第 335 頁。

6　王重民《敦煌古籍敘錄》，第 316 頁。

7　姜亮夫《莫高窟年表》，第 166 頁。

8　姜亮夫《莫高窟年表》，第 251 頁。

未注明寫卷正、背面，故一則據正面《選》文之不避唐諱及書體、紙質諸端判為六朝寫本，一則又據背面題記定為「光化本」。姜氏又嘗誤將 P.2498 定為五代「天成三年本」《文選》寫卷[9]，該卷為《李陵與蘇武書》（此定名據寫卷首題），與蕭統《文選》所收之李陵《答蘇武書》並非同篇[10]。

神田喜一郎曾將底卷印入《敦煌秘笈留真》及《敦煌秘笈留真新編》，徐俊《書評：〈敦煌吐魯番本文選〉、〈敦煌本昭明文選研究〉、〈敦煌本文選注箋證〉、〈文選版本研究〉》指出，部分敦煌寫卷「在收藏過程中形成了新的殘損，而在早期的圖版中卻保存了殘損前的狀態」，「如 P.2658《劇秦美新》『海外暇方，信延頸企踵』『惡可以已乎，宜命賢哲』兩段文字中，《敦煌吐魯番本文選》所收圖版殘去八字，而在《敦煌秘笈留真新編》中卻不殘」[11]。按《敦煌吐魯番本文選》及《法藏》所收底卷圖版的最後一行也比王重民所攝舊照片及《新編》少「才僅」二字[12]，其餘舊照片及《新編》清晰可辨而《法藏》已漫漶的文字尚不可枚舉。白化文《敦煌遺書中〈文選〉殘卷綜述》據《新編》著錄，故所得行數為二十七行不誤[13]。

羅國威《敦煌本〈昭明文選〉研究》（簡稱「羅國威」）曾對底卷作過校錄。

今據 IDP（國際敦煌項目）網站的彩色照片錄文，以胡刻本《文

9　姜亮夫《莫高窟年表》，第 251 頁。

10　參見王重民《敦煌古籍敘錄》，第 308-310 頁。

11　《敦煌吐魯番研究》第 5 卷，第 369-370 頁。

12　李德範《敦煌西域文獻舊照片合校》，第 103 頁；黃永武主編《敦煌叢刊初集》第 13 冊，第 490 頁。

13　趙福海等主編《昭明文選研究論文集》，第 219 頁。按底卷最後一行《法藏》僅一「之」字可辨識，此殆羅國威不計此行的原因（參上文）。

選》為校本，校錄於後。

（前缺）

☐☐☒（禮）樂之☒（塲）〔1〕。☐☐☒（風）。懿律嘉量，金科玉條，☒（神）〔2〕☐☐☐靡不宣臻。式軨軒旂☒（旗）以〔3〕☐☐☐☒（紱）〔袞〕冕〔4〕以昭之，正娶嫁送終☒（以）〔5〕☐☐☐

夫改定神祇，上儀也；欽脩〔6〕百☒（祀），咸袟〔7〕也；明〔8〕堂雍☒☒☒☒（臺，壯觀也）；九廡〔9〕長壽，極孝也；製成六經，洪業也；北懷單☒（于），廣德也。若復五爵，度三壤，經井田，免人役〔10〕，方甫刑，匡馬法，恢崇祇庸爍德懿和之風，廣彼縉紳〔11〕講習言諫箴誦之塗，振鷺之聲充庭，鴻鸞之黨漸階。俾前聖之緒布濩流☒（延）而不韞韣〔12〕，鬱鬱乎奐〔13〕哉！天人之事盛矣☒☒，（鬼神）之望允塞。羣公先正，罔不夷儀；奸宄〔14〕寇賊，罔不震〔15〕威。紹少☒（典）之苗，著黃虞之裔。先帝典闕者已補〔16〕，王綱弛者既張〔17〕。炳炳麟麟，豈不懿哉！厥被風濡化者，京師沉〔18〕潛，甸內市〔19〕洽，侯衛☒（屬）揭，要荒濯沐。而術前典，巡☒（四）民，迄四岳〔20〕，增封泰山，廣禪☐☒（梁甫）〔21〕，斯受命者之典業也。

蓋受命日不暇〔22〕給，或不受命，然猶有事矣，況堂堂有新，正丁厥時。崇岳淳海通瀆☒（之）神，咸設壇塲，望受命之臻焉。海外遐☐☐☐☐（方，信延頸）企〔23〕踵，回面內嚮，喁喁如也。帝者雖勤，惡可以☐☐☐☐☒☒（已乎？宜命賢哲）作典篇〔24〕，奮三為一，以示來人，摛之罔極〔25〕。令万世〔26〕☐☐☐☐☒☒（常戴巍巍，履栗）栗，臭馨香，含甘實，鏡純粹之至精，聆清☒☐☐☐☐☐（和之正聲。則百）工伊凝，庶績越喜〔27〕。荷天衢，提地鼇。☒☐☐☐☐☐（斯天下之上則）☒（已），庶可識哉〔28〕！

☒（典）引一首　　班孟☒（堅）

　　☒（臣）固言：永平十七年中〔29〕，臣☒（與）賈逵、傅毅、杜矩、展隆、郤萌〔30〕▭▭宣〔31〕持《秦始皇帝本紀》，☒（問）臣等▭▭☒（有）〔32〕非耶？臣對：此贊賈誼《過秦▭▭▭▭☒（才，僅）〔33〕▭▭▭☒（得中佐，秦）之☒☒（社稷）▭▭（後缺）

【校記】

〔1〕　禮樂之塲　「禮」字底卷殘存左半「ネ」旁，茲據胡刻本校補。以下凡殘字、缺字據胡刻本補出者不復一一注明。「塲」字底卷殘損下端少許筆畫，胡刻本作「場」。羅國威云：「『塲』乃別體。」下凡「塲」字同。「塲」下底卷殘泐，胡刻本作「胤殷周之失業紹唐虞之絕」。

〔2〕　神　底卷殘損下半，其下殘泐部分據行款為十一字，胡刻本作「卦靈兆古文畢發煥炳照曜」，五臣本同；其上底卷原有一「玉」字，後以雌黃塗去，然雌黃已漫漶，幾不可辨，故羅國威云：「玉神，各本作『神卦』。」殊欠深考，「玉」字實涉上句「金科玉條」誤衍。

〔3〕　式軨軒旂旗以　「式」底卷原作「或」。李善注云：「式，用也。」底卷「或」當是「式」之形訛字，茲據胡刻本改。「以」下底卷殘泐，胡刻本作「示之揚和鷖肆夏以節之施黼」。

〔4〕　紱袞冕　「紱」字底卷殘損上半，王重民所攝舊照片尚完整無缺；胡刻本作「黻」。胡刻本《文選》卷五六潘岳《楊荊州誄》「青社白茅，亦朱其紱」李善注云：「毛萇《詩傳》曰：『諸侯赤黻。』黻與紱古今字，同。」底卷「冕」字上方為一雌黃塗抹痕

迹，似塗去誤字而未加校補，茲據胡刻本補「衮」。

〔5〕 正娶嫁送終以 「娶」底卷原誤作「聚」，下半有雌黃塗改痕迹，蓋已加校改，茲徑據胡刻本錄作「娶」，唯胡刻本「娶嫁」作「嫁娶」。「以」字底卷殘存上半，其下殘泐，胡刻本作「尊之親九族淑賢以穆之」。

〔6〕 脩 胡刻本作「修」。《說文·肉部》：「脩，脯也。」彡部：「修，飾也。」二字古多通用，然此處當以作「修」為本字。

〔7〕 袟 胡刻本作「秩」。「袟」可視為「秩」之俗字，敦煌吐魯番寫卷禾旁字常寫作衤旁。

〔8〕 眀 胡刻本作「明」。「眀」「明」古異體字。

〔9〕 廞 胡刻本作「廟」。「廞」即「庿」之增筆字，《說文》以「庿」為「廟」之古文。

〔10〕 伇 胡刻本作「役」。《說文·殳部》：「古文役从人。」不過敦煌吐魯番寫本彳、亻二旁混用不分，此「伇」蓋「役」之俗寫。

〔11〕 縉紳 胡刻本作「搢紳」。羅國威云：「縉與搢通。」按胡刻本李善注云：「搢紳，已見《封禪書》。」此指揚雄《劇秦美新》前一篇司馬相如《封禪文》「因雜搢紳先生之略術」句，胡刻本李注引此句凡七次，唯卷五〇范曄《後漢書二十八將傳論》「遂使縉紳道塞」注作「縉紳」，其餘六次皆作「搢紳」，然頗有可疑者。卷四七劉靈《酒德頌》「搢紳處士」注云：「司馬相如《封禪書》曰：因雜搢紳先生之略術。臣瓚曰：縉，赤白色；紳，大帶。」胡克家《文選考異》據臣瓚說謂李注所引《封禪文》「搢」字有誤，並疑《酒德頌》正文自作「縉」，故不取「搢插」為義。考《文選集注》所載《酒德頌》正作「縉」，李注引《封禪文》同，胡氏之說是也。《封禪文》「搢紳」《漢書》司馬相如

本傳作[14]，也可資參證。《說文》無「搢」字，新附始有，黃焯
謂為「晉之後起字」[15]。而漢碑多作「縉紳」，《繁陽令楊君碑》
「縉紳仰從」、《郭輔碑》「邑人縉紳」、《曹全碑》「縉紳之徒」[16]，
皆其例。然則《劇秦美新》原文蓋本作「縉」字，底卷是也。

〔12〕布濩流延而不韞韥　　「延」字底卷殘損右上角，王重民所攝舊
照片及神田喜一郎《敦煌秘籍留真》作「返」，即「延」字俗寫；
胡刻本作「衍」。P.2833《文選音》殘卷出《劇秦美新》此句「延」
字，注云「以戰」，所據本與底卷相同；五臣本、《藝文類聚》
卷一〇《符命》引則併合於胡刻本[17]。「流衍」為聯綿詞，或作
「流延」「流羨」，通作「流衍」，蓋二字皆從水，合乎古人用字
心理。胡刻本「韥」作「韣」。六臣本作「櫝」，校語云「善本
作韣字」。羅國威云：「『韣』與『櫝』通，而『韥』乃『韣』
之別體。」按《說文・木部》：「櫝，匱也。」韋部：「韣，弓衣
也。」匱與弓衣皆以藏物，是「櫝」「韣」音同義近，二字同源，
《劇秦美新》李善注云「櫝與韣古字通，音讀」是也。至於底卷
之「韥」，與《文選音》殘卷及《藝文類聚》皆相同。《廣韻》
尚未收「韥」，可視為「櫝」「韣」之綜合字形。

〔13〕奐　胡刻本作「煥」。《說文》無「煥」字，新附始有，蓋「奐」
之增旁分化字。鈕樹玉《說文新附考》云：「煥通作奐。《論語》
『煥乎其有文章』，高誘注《淮南・脩務訓》引此文『煥』作

14　「縉紳」《漢書》第 8 冊，第 2605 頁。

15　說見黃侃《說文新附考原》「搢，插也」條黃焯案語（黃侃箋識，黃焯編次《說文箋
　　識四種》，第 329 頁）。

16　參見顧藹吉《隸辨》，第 559 頁。

17　歐陽詢《藝文類聚》，第 191 頁。以下凡引《藝文類聚》所載《劇秦美新》，不復一
　　一出注。

『奐』；又《詩・卷阿》『伴奐爾游兮』，毛傳『伴奐，廣大有文章也』，正義云：『孔晁引孔子曰：奐乎其有文章。』是古通作『奐』也。漢碑已有『煥』。」[18]

〔14〕 姧究　胡刻本「姧」作「姦」。羅國威云：「『姧』乃別體。」按《五經文字・女部》：「姦，私也。俗作姧，訛。」[19]「究」底卷原作「究」，乃「究」字俗訛，P.2833《文選音》殘卷所出條目正作「究」。「究」為「宄」之形訛字，茲據胡刻本改。

〔15〕 震　胡刻本作「振」。「震」「振」同源，說見王力《同源字典》[20]。

〔16〕 先帝典闕者已補　胡刻本無「先」字。羅國威云：「此處以『帝典』與『王綱』相對為文，無『先』亦通。然而有『先』則更能體現『美新』之意，故敦煌本有『先』較各本為勝。」按五臣本、《藝文類聚》皆無「先」字，「先」當是衍文。

〔17〕 王綱弛者既張　胡刻本「既」作「已」。「既」字六臣本同，校語云「善本作已字」。《毛詩・周南・汝墳》「既見君子」毛傳云：「既，已。」上句「帝典闕者已補」作「已」，此宜變文避複作「既」。

〔18〕 沉　胡刻本作「沈」。羅國威云：「沈與沉通。」按「沉」為「沈」之俗字，說見《玉篇・水部》[21]。

〔19〕 帀　胡刻本作「匝」。羅國威云：「『帀』乃別體。」按「匝」當是「帀」之訛字。「帀」為「帀」之後起字，說見張涌泉師《敦

18　《續修四庫全書》第 213 冊，第 135 頁。
19　《叢書集成初編》本，第 65 頁。
20　王力《同源字典》，第 515 頁。
21　《宋本玉篇》，第 347 頁。

煌俗字研究》[22]。

〔20〕　岳　胡刻本作「嶽」。「岳」古文，「嶽」篆文。下凡「岳」字同。

〔21〕　廣禪梁甫　「甫」字底卷殘損上端少許筆畫，胡刻本作「父」；
「廣」字胡刻本無。許壽裳《敦煌秘籍留真新編序》云：「胡克
家《文選攷異》云：『袁本、茶陵本父作甫，是也。』卷子本《文
選》『梁』字已缺，而『甫』字猶賸其下半，可以見其必為『甫』
字。此于胡氏《攷異》以『父』字為『甫』字之誤，得一堅彊
有力之證據。又卷子本『禪』字上有『廣』字，觀上文既為四
字句，則作『廣禪梁甫』似較三字句為佳。」[23] 按六臣本及《藝
文類聚》作「廣禪梁甫」，與底卷完全相同，六臣本校語「善本
無廣字」蓋據所見而言。羅國威云：「甫與父通。」

〔22〕　暇　胡刻本作「暇」。《廣韻‧禡韻》：「暇，閑也。俗作暇。」[24]

〔23〕　企　底卷原作「仚」，「仚」為「仙」之正字，而俗書山、止相
亂，故或與「企」字相混，茲據胡刻本改。「企」上「方信延頸」
四字底卷殘泐，王重民所攝舊照片及《敦煌秘籍留真新編》完
整無損。

〔24〕　作典篇　胡刻本作「作帝典一篇」。六臣本作「作典一篇」，「作」
下校語云「善本有帝字」。《藝文類聚》作「作典引一篇」，「引」
字自屬衍文。而諸本「一」字亦疑為衍文，底卷是也，「典篇」
即「典謨之篇」的省稱；而胡刻本「帝」則涉上文「帝典闕者
已補」而衍，諸本皆無也。「作典篇」上「已乎宜命賢哲」六字
底卷僅存「賢哲」兩殘字，王重民所攝舊照片及《敦煌秘籍留

22　張涌泉《敦煌俗字研究》（第二版），第 268 頁。

23　此據黃永武主編《敦煌叢刊初集》第 13 冊，第 250 頁。

24　《宋本廣韻》，第 402 頁。

真新編》六字皆基本完整。

〔25〕奮三為一以示來人摛之罔極　胡刻本「奮」作「舊」,「一」下
有「襲」字。揚雄好擬司馬相如,司馬相如《封禪文》云「將
襲舊六為七,攄之亡窮」,「襲舊六為七」與揚雄《劇秦美新》
「奮三為一」句法相同,「攄之亡窮」與「摛之罔極」殊無二致,
底卷所存必為《劇秦美新》原文,而胡刻本「舊」為訛字,「襲」
屬衍文。此蓋後人據《封禪文》注「襲」字於「奮」旁,傳寫
闌入正文。至《劇秦美新》李善注「足舊二典而成三典」云云,
所釋乃正文之「三」而非「舊三」;若本作「舊三」,李氏縱昏
瞀,也絕無可能注云「舊二典」。五臣本《劇秦美新》「奮」字
不誤,而「襲」字亦衍,劉良注云「宜作帝典一篇,述至德,
令振堯舜之典,合三篇以為一書,襲行於時,以示來世」,又以
「襲以示來人」五字為句,所失彌遠。考梁章鉅《文選旁證》
云:「良注『襲行於時』云云,以『襲』字屬下句。按《封禪文》
『襲舊六為七』,此倒用其句,置『襲』字于下耳,仍讀作『一
襲』為是。」25「倒用其句」之說雖不足為據(襲,因也。「舊
六為七襲」「舊三為一襲」殊不辭),然所揭《封禪文》洵為巨
眼。

〔26〕令万世　胡刻本「万」作「萬」。《玉篇·方部》:「万,俗萬字。
十千也。」26「世」下底卷殘泐,行末存兩殘字,下一行首為一
重文符號,茲據胡刻本校補「常戴巍巍履栗」五字,並將重文
符號還原為「栗」。

25　梁章鉅《文選旁證》,第1114頁。
26　《宋本玉篇》,第342頁。

〔27〕　庶績越喜　胡刻本「越」作「咸」。五臣本作「庶績越熙」，《藝
　　　文類聚》同，「越」字皆合於底卷。「越」與上句「伊」相對為
　　　文，皆助詞，《劇秦美新》未必全用《尚書》「庶績咸熙」原文。

〔28〕　庶可識哉　胡刻本「識」作「試」。《儀禮・士喪禮》「為銘，各
　　　以其物」鄭玄注「銘，明旌也。以死者為不可別，故以其旗識
　　　識之」，陸德明《經典釋文》云：「旗識識之，上音試；下音式，
　　　亦作試。」[27]「識」字亦或作「試」。上揭鄭注本諸《禮記・檀
　　　弓下》，今本作「故以其旗識之」[28]，《釋文》云：「識之，式至
　　　反，皇如字。」[29] 按「式至反」者，「試」字之音也，《廣韻・志
　　　韻》「試」音「式吏反」，《釋文》志、至二韻不分；「皇如字」
　　　則與前引《儀禮釋文》「音式」相合。《周禮・春官・小祝職》「設
　　　熬，置銘」杜子春注亦引上揭《檀弓下》文，《釋文》云：「識
　　　識，並傷志反，一讀下識如字。」[30]「傷志反」亦即「試」字之
　　　音。孫詒讓《周禮正義》引盧文弨說云：「識，古幟字，亦旗
　　　類。上識字是幟，下識字乃記也。」[31] 據上引《釋文》，「識記」
　　　字或讀「試」音（《周禮》《禮記》），甚或徑作「試」字（《儀
　　　禮》）。考《劇秦美新》「庶可識哉」上承「宜命賢哲作典篇」
　　　句，識者記也，「試」乃「識」之假借字。五臣劉良注云「近可

27　陸德明《經典釋文》，第 154 頁。

28　《十三經注疏》，第 1301 頁。

29　陸德明《經典釋文》，第 170 頁。

30　陸德明《經典釋文》，第 124 頁。按傳本《小祝職》杜注引《檀弓下》作「故以其旗
　　識之」（《十三經注疏》，第 812 頁），阮元《周禮校勘記》云：「《釋文》『旗識』下
　　重『識』字，《（周禮）漢讀考》云：子春所引《檀弓》與鄭君注《士喪》皆云『故
　　以旗識識之』，今本《周禮注》少一『識』字，《釋文》獨為善本。」（《清經解》第
　　5 冊，第 490 頁）

31　孫詒讓《周禮正義》，第 2038 頁。

試為之」，依「試」本字注之，蓋非是也。

〔29〕中　胡刻本無。

〔30〕郤萌　胡刻本作「郗萌」。「郤」字六臣本同，校語云「善本作郗字」。P.2833《文選音》殘卷出《典引》此句「郤」字，注云「去逆」。許建平師云：「《晉書音義·帝紀第六》：『郤，本或作郊，俗。』則『郤』『郊』正俗字。」又引《正字通·邑部》「郗」字注「郗與郤別。黃長睿曰：『郗姓為江左名族，讀如絺繡之絺；俗譌作郤，呼為郤詵之郤，非也。』郤詵，晉大夫郤縠之後；郗鑒，漢御史大夫郗慮之後。姓源既異，音讀各殊，後世因俗書相亂，不復分郗、郤為二姓」，謂《文選音》「作『郊』者，俗訛也，音『去逆』者，為『郤』字作音」[32]。然則底卷「郤」亦訛字，當據胡刻本為正。

〔31〕「宣」上底卷殘泐，胡刻本作「等召詣雲龍門小黃門趙」。

〔32〕有　底卷殘存下端少許筆畫，其上殘泐，胡刻本作「曰太史遷下贊語中寧」。

〔33〕才僅　底卷殘泐，王重民所攝舊照片及《敦煌秘籍留真新編》「才」字殘存下半，「僅」字完整無缺。其上殘泐者胡刻本作「篇云向使子嬰有庸主之」。

32　《敦煌經部文獻合集》第9冊，第4774頁。

晉紀總論

【題解】

　　底卷編號為 P.5550a。P.5550 由兩件殘片組成，《王目》僅著錄一件：「文儀集（并序，存開端十五上半行）。題『忻州刺史□□□』（當是撰人題銜）。」[1]《黃目》也僅著錄一件：「殘史書。」[2]

　　《施目》著錄後者云：「P.5550a 晉紀殘片。按：僅存某件的下部，八行共二十九字。此依法國目錄定名。」[3] 前者編號為 P.5550b，著錄內容承用《王目》。

　　按《法目》標明 P.5550a 在《漢學堂叢書》之起訖[4]，《施目》似亦不知干寶《晉紀總論》收載於蕭統《文選》。饒宗頤《敦煌吐魯番本文選》據許建平師意見比定為「《文選》卷四十九《晉紀總論》」，唯

1　《敦煌遺書總目索引》，第312頁。

2　黃永武《敦煌遺書最新目錄》，第782頁。

3　《敦煌遺書總目索引新編》，第335頁。

4　〔法〕謝和耐、吳其昱、蘇遠鳴等《巴黎國家圖書館藏敦煌漢文寫本注記目錄》第5卷，第567頁。

編號誤作「S.5550」[5]。茲據《施目》將 P.5550 的《晉紀總論》部分編為 P.5550a。

底卷起幹寶《晉紀總論》「遂服輿軫，驅馳三世」之「軫」，至「玄豐亂內，欽誕寇外」之「欽」，共八下半行，行有界欄，行款疏朗，有淡墨句讀。

羅國威《敦煌本斯五五○〈文選·晉紀總論〉校證》[6]（簡稱「羅國威」）曾對底卷作過校錄。

今據 IDP（國際敦煌項目）網站的彩色照片錄文，以胡刻本《文選》為校本，校錄於後。

（前缺）

▢▢▢◪（軫）[1]，驅▢▢▢以御[2] ▢▢▢尒[3]乃取鄧▢▢▢其術[4]。故能西▢▢▢神略獨斷[5]，▢▢▢◪（亮）[6]節制之兵，▢▢▢◪（虜）[7]。於是百姓▢▢▢內[8]，欽

（後缺）

【校記】

〔1〕 軫 底卷殘存下半，茲據胡刻本校補。以下凡殘字據胡刻本補出者不復一一注明。此行地腳底卷有一「畫」字，為《晉紀總論》「值魏太祖創基之初，籌畫軍國，嘉謀屢中，遂服輿軫，驅馳三世」句中文。

〔2〕 「以御」上底卷殘泐，胡刻本作「馳三世性深阻有如城府而能

5 饒宗頤《敦煌吐魯番本文選》，《敘錄》第 5 頁。

6 中國文選學研究會、河南科技學院中文系編《中國文選學》，第 415-417 頁。按：所謂「斯五五五○」誤據饒宗頤《敦煌吐魯番本文選》編號。

寬綽以容納行任數」二十字，似字數過多，不合底卷行款。其
中「如」字五臣本同，《晉書·孝愍紀》史臣贊引干寶此論作
「若」[7]，《文選集注》據李善注本則無此字，又載陸善經注云
「深沉險阻有城府，言不可干」，所據《晉紀總論》蓋亦無「如
／若」字。

〔3〕　尔　胡刻本作「爾」。羅國威云：「敦煌本『爾』字用俗體
『尓』。」按「尔」為「尒」手寫變體；《說文》「尒」「爾」字別，
但從古代文獻的實際使用情況來看，二字多混用不分，說見張
涌泉師《敦煌俗字研究》[8]。「尔」上底卷殘泐，胡刻本作「物
而知人善采拔故賢愚咸懷小大畢力」。

〔4〕　其術　「術」字底卷原脫，後以淡墨小字校補，胡刻本作
「事」。五臣本、《文選集注》、《晉書》皆作「事」，「事」「術」
二字形音義皆相去較遠，底卷疑因校補而誤。「其」上底卷殘
泐，胡刻本作「艾於農隙引州泰於行役委以文武各善」。胡克家
《文選考異》云：「《晉書·懷愍帝紀》所載『隙』作『瑣』，蓋
各本以傳寫譌為『隙』。」按北宋監本正作「瑣」。《文選集注》
作「璅」，所載《音決》云：「璅，素果反。」「璅」即「瑣」之
俗字，說見《敦煌俗字研究》[9]而「隙」之俗字或作「隟」，與
「璅」形近易互訛。傳世五臣本亦作「隙」，呂延濟注云：「隙，
卑細貌。」「卑細貌」實「瑣」字之義。然則胡克家「各本以傳
寫譌為隙」之說極是。

〔5〕　神略獨斷　胡刻本「断」作「斷」。羅國威云：「敦煌本『断』

7　《晉書》第1冊，第133頁。以下凡引《晉書》所載《晉紀總論》，不復一一出注。

8　張涌泉《敦煌俗字研究》（第二版），第250頁。

9　張涌泉《敦煌俗字研究》（第二版），第465頁。

字用俗體。」按《干祿字書・上聲》:「斷斷,上俗下正。」[10]
「神」上底卷殘泐,胡刻本作「禽孟達東舉公孫淵內夷曹爽外襲
王陵」。

〔6〕　亮　底卷殘存下半「几」,其上殘泐,胡刻本作「征伐四克維御
群后大權在己屢拒諸葛」。

〔7〕　虧　底卷殘存下半,其上殘泐,胡刻本作「而東支吳人輔車之
勢世宗承基太祖繼業軍旅屢動邊鄙無」,計二十四字,而後一行
「內」上殘泐者據胡刻本僅「與能大象始構矣玄豐亂」十字,前
後兩行一為二十九字,一僅十二字,過於懸殊,不合底卷行
款。胡克家《文選考異》「世宗承基太祖繼業」條云:「袁本、
茶陵本此二句在『大象始構矣』下。袁有校語云『善在軍旅屢
動上』;茶陵失著校語,詳注中次序,所見與袁、尤(麦)無
異。何校乙轉,陳同。案:依文義是也,各本所見蓋并注誤倒
一節。《晉書》所載正在下。」按胡氏之說是也,《文選集注》
據李善注本正合於袁、茶陵二本,又《藝文類聚》卷一一《帝
王部一》引此論亦同[11]。底卷固應無殊,「世宗承基太祖繼業」
八字乃在後行「玄豐亂內」之上,而袁本校語則據所見而言也。

〔8〕　「內」上底卷尚存殘畫「乀」,胡刻本作「亂」(參見上條),五
臣本、《文選集注》、《晉書》並同。羅國威云:「敦煌本『亂』
字止遺右半而形似『之』字之右部,今姑錄作『亂』,俟考。」
茲不敢據補,存疑。

10　施安昌《顏真卿書干祿字書》,第39頁。

11　歐陽詢《藝文類聚》,第205頁;參見邱棨鐊《〈文選集注〉寫本年代續考》及《唐
　　寫卷子本〈文選集注〉第九十八卷校勘記》,《文選集注研究》,第27、57頁。

恩倖傳論──光武紀贊、石闕銘

【題解】

　　底卷由兩部分組成：底一編號為 P.2525，底二編號為 P.5036。

　　底一起沈約《恩倖傳論》「蹈道則為君子，違之則為小人」之「君」，至范曄《光武紀贊》篇末「於赫有命，系我皇漢」句，空一行書尾題「文選卷茅廿五」，共六十九行，第一行僅殘存下部「君」字左端少許筆畫，故歷來著錄皆不計此行。唯王重民《敦煌古籍敘錄》著錄為六十七行[1]，殆未計尾題；而饒宗頤《敦煌吐魯番本文選》得七十行[2]，或計入尾題前空行。第二至四行上截殘泐，行有界欄，書法精美，有硃筆句讀。

　　該卷是我國學人最早見到的敦煌寫卷之一，一九○九年羅振玉發表於《東方雜誌》第六卷第十期上的《敦煌石室書目及發見之原始》提到的「《文選》卷二十五」當即此卷（參見本書《緒論》）。一九一

1　王重民《敦煌古籍敘錄》，第 315 頁。

2　饒宗頤《敦煌吐魯番本文選》，《敘錄》第 6 頁。

〇年蔣黼曾撰著題跋，收入羅振玉印行的《鳴沙石室古籍叢殘》，以為底一「尚是昭明舊第也。書體工整，凡『虎』字缺筆，而『世』字六見、『民』字三見皆不缺，蓋武德本也」[3]。不過《叢殘》影印該卷起自第三十一行「政以賄成」句，僅三十九行。

底二起陸倕《石闕銘》「穿胷露頂之豪，箕坐椎髻之長」之「髻」，至「搆茲盛則，與此崇麗」之「此」，共四十五行。

《王目》著錄底二云：「《文選》殘卷（開端廿九行下截斷，後十六行完整）。在今本卷五十六，為陸佐公《石闕銘并序》。背有殘狀八下半行。」[4]按底二倒數第1、2、10、11、12共五行下截亦均殘泐，故羅國威《敦煌本〈昭明文選〉研究》云：「止11行保存完整，其餘下半殘佚三分之一。」[5]

徐俊《書評：〈敦煌吐魯番本文選〉、〈敦煌本昭明文選研究〉、〈敦煌本文選注箋證〉、〈文選版本研究〉》考定底一、底二同為一書[6]。

底一「虎」字缺筆，「世」「民」不諱，蔣黼「武德本」之說蓋是。王重民則認為「虎」之作「虎」並非由於避諱[7]。傅剛《〈文選〉版本敘錄》駁之云：「王重民則以乙卷（伯2493）《演連珠》筆跡同於此卷而判為同一書，又據其『淵』字不避的事實，認為『虎』因『淵』而避，絕無未諱『淵』先諱『虎』之理，從而確定為陳隋間寫本。案，王氏根據有些牽強，他先證此卷與《演連珠》同書，再證諱『虎』之不當，這便使他的論證有了漏洞；僅據字迹來判斷，未免有猜測的成

3　羅氏《叢殘》收入黃永武主編《敦煌叢刊初集》第8冊。按底一「民」字凡四見。

4　《敦煌遺書總目索引》，第312頁。

5　羅國威《敦煌本〈昭明文選〉研究》，第253頁。

6　《敦煌吐魯番研究》第5卷，第380頁。

7　王重民《敦煌古籍敘錄》，第316頁。

分，而此卷『虎』字缺筆，卻是明明白白的。」[8] 按王重民之說不足為
據，參見《樂府十七首─樂府八首》「題解」。不過傅剛不知底二與底
一同為一書，僅據底二「民」「治」不諱而懷疑其為「唐以前寫本」[9]，
則誤矣。

　　底一所存較為完整，可藉以訂正傳世刻本《文選》格式之誤，參
見傅剛《〈文選〉版本敘錄》[10]。

　　關於寫卷背面，底一背無內容，底二背為八下半行《牒狀》（此定
名據《法藏》），文字方向與正面相反。底二所存《石闕銘》載蕭統《文
選》三十卷本卷二八，底一所存諸篇載卷二五，因蕭《選》一卷裝幀
為卷子本一軸，故此二寫卷背面的內容並不相同（參見《三月三日曲
水詩序（顏延年）─王文憲集序、陽給事誄、陶徵士誄、褚淵碑文》「題
解」）。

　　羅國威《敦煌本〈昭明文選〉研究》（簡稱「羅國威」）曾對底一、
底二作過校錄。

　　今據 IDP（國際敦煌項目）網站的彩色照片錄文，以胡刻本《文
選》為校本，校錄於後。

（前缺）

▭▭▨▭（君子）[1]，▭▭事也[2]；板築，賤役[3]也。去[4]為殷
相。非論公侯▨▭▭▨（之世，鼎食）之▨▭▭（資，明皸）幽庆
[5]，唯才是与[6]。逮于大漢[7]，茲道未革。胡▨（廣）累世農夫，伯
始致位公相；黃憲牛▨▨（醫之）[8]子，叔度名動京師。且仕子[9]居

8　　《國學研究》第 5 卷，第 182 頁。

9　　《國學研究》第 5 卷，第 190 頁。

10　《國學研究》第 5 卷，第 182-183 頁。

朝，咸⊠（有）職〔10〕業。雖七葉珥貂，見崇西漢，而侍中身奉奏事，
又分掌御服；東方朔為黃門侍郎，執戟殿下。郡縣掾史〔11〕，並出⊠
（豪）家；負戈宿⊠（衛），皆由世族〔12〕：非若晚代分為二塗者也。

漢末喪乱〔13〕，魏武始基，軍中倉卒，權立九品，蓋以論人才優
劣，非謂世族高卑。因此相沿，遂為成法，自魏至晉，莫之能改。州
都郡正，以才品人，而舉世人才，升降蓋寡，徒以馮藉〔14〕世資，用相
凌駕〔15〕。都正俗士，斟酌時宜，品目少多，隨事俯仰，劉毅所云下品
無高門、上品無賤族者也。歲日〔16〕遷訛，斯風漸篤。凡厥衣冠，莫非
二品。自此以還，遂成卑庶。周漢之道，以智役愚，臺隸〔17〕參差，用
成等級；魏晉以來，以貴役賤，士庶之科，較然有辯〔18〕。

夫人君南面，九重陔絕〔19〕，陪奉朝夕，義隔卿士，階〔20〕闥之
任，宜有司存。既而恩以狎生，信由恩固，無可憚之姿，有易親之
色。孝建、泰始，主威獨運，空置百司，權不外假。而刑政糾雜，理
難遍通，耳目所寄，可歸近習〔21〕。賞爵〔22〕之要，是謂國權；出內〔23〕
王命，尤其掌握。於是方塗結軌，輻湊同奔。人主謂其身卑位薄，以
為權不得重，曾不知鼠馮社貴，狐藉虎威，外無逼主之嫌，內有專用
之功，勢傾天下，未之或悟。挾朋樹黨，政以賄成。鈇鉞瘡痏，搆於
牀笫〔24〕之曲；服冕乘軒，出乎言咲之下〔25〕。南金北毳，來悉方艚；
素縑丹魄，至皆兼兩。西京許史，蓋不足云；晉朝王石，未或能比。
及太宗晚運，慮經盛衰，權幸〔26〕之徒，慴憚宗戚，欲使幼主孤立，永
竊國權。搆造異同〔27〕，興樹禍隟〔28〕，帝弟宗王，相繼屠剿〔29〕。民忘
宋德，雖非一塗，寶祚夙傾，實由於此。嗚呼！《漢書》有《恩澤侯
表》，又有《佞〔30〕幸傳》，今採〔31〕其名，列以為《恩倖篇》云。

【校記】

〔1〕　君子　「君」字底一殘存左端少許筆畫，其下殘泐一字，茲均
　　　　據胡刻本校補。此為《恩倖傳論》開端「夫君子小人，類物之
　　　　通稱[11]，蹈道則為君子，違之則為小人」句中文。以下凡殘字、
　　　　缺字據胡刻本補出者不復一一注明。

〔2〕　「事也」上底一殘泐，胡刻本作「違之則為小人屠釣卑」。

〔3〕　伇　胡刻本作「役」。《說文・殳部》：「古文役从人。」不過敦
　　　　煌吐魯番寫本彳、亻二旁混用不分，此「伇」蓋「役」之俗寫。
　　　　下凡「伇」字同。

〔4〕　「去」上底一殘泐，胡刻本作「太公起為周師傅說」，王重民所
　　　　攝舊照片「師傅說」三字尚基本完整，僅「說」字右端略有殘
　　　　損[12]。

〔5〕　幽庂　胡刻本作「幽仄」。羅國威云：「『庂』乃別體。」「幽」
　　　　上「資明敐」三字底一僅存「資」上半之「次」，而王重民所攝
　　　　舊照片「資明」二字完整無缺，唯「敐（敫）」字殘損左半。

〔6〕　与　胡刻本作「與」。「与」「與」二字古混用無別，敦煌吐魯
　　　　番寫本往往用「与」字，後世刊本則多改作「與」。

〔7〕　逯于大漢　胡刻本「逮于二漢」。「逯」為「逮」之俗字。五臣
　　　　本、《宋書》並作「二漢」，五臣李周翰注云：「二漢，前後漢
　　　　也。」

〔8〕　「醫之」二字底一皆殘損左端少許筆畫，胡刻本「醫」作

11　五臣本無「通」字，與傳本《宋書・恩倖傳》合，中華書局點校本《宋書》據李善注
　　本《文選》加以校補（第 8 冊，第 2301、2319 頁），未必妥當。以下凡引《宋書》所
　　載《恩倖傳論》，不復一一出注。

12　李德範《敦煌西域文獻舊照片合校》，第 50 頁。

「毉」。羅國威云：「『毉』乃別體。」按《五經文字·酉部》：「醫，从巫俗。」[13]

〔9〕　仕子　胡刻本作「士子」。「仕子」二字六臣本同，「仕」下校語云「善本作士字」。胡克家《文選考異》云：「袁本『士』作『仕』，云『善作士』；茶陵本云『五臣作仕』。何校『士』改『任』；陳云：今《宋書》作『任』為是。案：所校是也，『士』『仕』皆傳寫誤。下注云『言仕子不居賤職』，可見善並非作『士』，蓋初誤作『仕』，後又誤作『士』。」按胡氏之說是也。所謂「任子」者，《漢書·哀帝紀》「除任子令及誹謗詆欺法」應劭注引《漢儀注》云：「吏二千石以上視事滿三年，得任同產若子一人為郎。」[14] 考《恩倖傳論》下文云：「郡縣掾史，並出豪家；負戈宿衛，皆由世族：非若晚代分為二塗者也。」文意謂「任子」雖身出「豪家」「世族」，然居朝所任不過「郡縣掾史」「負戈宿衛」之賤職，非若後世「下品無高門，上品無賤族」（《恩倖傳論》引劉毅語）分為二塗也。而「仕子」泛指仕宦之人或文人學子，如《文選》卷五四陸機《五等論》：「蓋企及進取，仕子之常志。」又《宋書·王華傳》云：「士多心競，仁必由己，處士砥自求之節，仕子藏交馳之情。」[15] 此沈約「仕子」之意也。底一「仕」當是「任」之形訛字。

〔10〕　軄　胡刻本作「職」。《玉篇·身部》：「軄，俗職字。」[16]

〔11〕　掾史　胡刻本作「掾吏」。胡克家《文選考異》云：「何校『吏』

13　《叢書集成初編》本，第23頁。
14　《漢書》第1冊，第337頁。
15　《宋書》第6冊，第1677頁。
16　《宋本玉篇》，第63頁。

改『史』。陳云：今《宋書》作『史』。案：所校是也，『吏』傳寫誤。」

〔12〕　世族　胡刻本作「勢族」。羅國威云：「尤刻本李善注：『掾吏卑位，負戈賤役，豪家世族，咸亦為之。言無貴賤之異也。』李注作『世族』，與敦煌本合，知敦煌本作『世族』不誤，各本作『勢族』誤。」按五臣本、《宋書》並作「勢族」，五臣呂延濟注云：「豪、勢，謂權勢之家。」以「豪」「勢」為近義對文。考《恩倖傳論》下文云：「漢末喪亂，魏武始基，軍中倉卒，權立九品，蓋以論人才優劣，非謂世族高卑。」李善引《列子》「子華之門徒皆世族也」始注「世族」，則李注本此句似本作「勢族」，與五臣注本無異；六臣本不出校語，是其證。

〔13〕　乱　胡刻本作「亂」。《干祿字書‧去聲》：「乱亂，上俗下正。」[17]

〔14〕　馮藉　胡刻本作「憑籍」。羅國威云：「馮與憑通。藉與籍通。」按「憑」為「馮」之後起增旁字，《說文‧馬部》「馮，馬行疾也」徐鉉注云：「本音皮冰切，經典通用為『依馮』之馮，今別作憑，非是。」[18]「藉」為憑藉字，「籍」為典籍字。唯敦煌吐魯番寫本、艹二旁混用，故「藉」「籍」二字往往相亂。

〔15〕　用相淩駕　胡刻本「淩」作「陵」。羅國威錄文作「淩」，云：「陵與淩通。」按《說文‧夊部》：「夌，越也。」段注云：「凡夌越字當作此。今字或作『淩』，或作『凌』，而『夌』廢矣。今字概作『陵』矣。」[19]

17　施安昌《顏真卿書干祿字書》，第52頁。

18　許慎撰，徐鉉校定《說文解字》，第200頁。

19　段玉裁《說文解字注》，第232頁。

〔16〕 歲日　胡刻本作「歲月」。五臣本、《宋書》並作「歲月」[20]，「歲日」一般指元旦，底一「日」疑為「月」之形訛字。

〔17〕 隸　底一原作「隷」，即「隸」之俗字，參見張涌泉師《敦煌俗字研究》[21]，茲徑據胡刻本錄作「隸」。下凡「隸」字同。

〔18〕 較然有辯　胡刻本「辯」作「辨」。「辯」為「辨」之假借字。二字古多混用不分。

〔19〕 九重隩絕　胡刻本「隩」作「奧」。羅國威云：「隩與奧通。」按五臣本、《宋書》並作「奧」，《藝文類聚》卷三三《人部十七》引《恩倖傳論》同[22]。「奧」「隩」古今字。

〔20〕 階　胡刻本作「堦」。羅國威云：「『堦』乃別體。」

〔21〕 可歸近習　胡刻本「可」作「事」。五臣本、《宋書》、《藝文類聚》並作「事」，底一「可」當是訛字。「事」「可」草書形近。

〔22〕 罸　胡刻本作「罰」。《五經文字・𠮷部》：「罰罸，上《說文》，下《石經》，五經多用上字。」[23]下凡「罸」字同。

〔23〕 出內　胡刻本作「出納」。「內」字《宋書》、《藝文類聚》並同。「內」「納」古今字。

〔24〕 第　底一原作「茆」，羅國威錄文作「茆」，云：「『茆』乃『第』之別體。」按王觀國《學林》卷九「市姊」條云：「『姊』字嗟似切，『市』字甫勿切，『巿』字時止切，篆文不同，其義與音皆異，而隸書者多互書之，易於疑亂，惟循其字母以求之，則

20　《宋書》第 8 冊，第 2302 頁。

21　張涌泉《敦煌俗字研究》（第二版），第 874 頁。

22　歐陽詢《藝文類聚》，第 576 頁。以下凡引《藝文類聚》所載《恩倖傳論》，不復一一出注。

23　《叢書集成初編》本，第 18 頁。

各有攸歸，歸以類見也。」²⁴ 又敦煌吐魯番寫本竹、艹二旁混用，是「苐」「茅」皆「第」之俗字。胡刻本作「策」，即「第」隸書之變，參見《敦煌俗字研究》²⁵。茲徑錄作「第」。

〔25〕出乎言咲之下　胡刻本「乎」作「於」，「咲」作「笑」。「乎」字《宋書》、《藝文類聚》同，胡刻本「於」蓋襲自六臣本。上句「搆於牀第之曲」作「於」，此宜變文避複作「乎」。「咲」為「笑」之俗字，《干祿字書・去聲》：「咲笑，上通下正。」²⁶

〔26〕幸　胡刻本作「倖」。「幸」字《宋書》同，五臣本、《藝文類聚》均作「倖」。「倖」為「幸」之增旁分化字。下「幸」字同。

〔27〕異同　胡刻本作「同異」。「異同」二字《藝文類聚》同，五臣本、《宋書》作「同異」。

〔28〕隟　胡刻本作「隙」。羅國威云：「『隟』乃『隙』之別體。」

〔29〕相継屠勦　胡刻本「継」作「繼」，「勦」作「勒」。「継」為「繼」之俗字，說見《玉篇・糸部》²⁷。羅國威云：「『勦』《宋書》作『勦』。『勒』『勦』乃『剿』之別體。」按《說文・刀部》：「剿，絕也。」《玉篇・刀部》：「剿，子小切，絕也。勦，同上。」《龍龕手鏡》刀部上聲：「剿，或作；勦，正。子小反。勒，絕也。」²⁸ 是「勦」「剿」皆「剿」之後起別體，「勒」則「勦」之訛俗字。

24　王觀國《學林》，第 313 頁。

25　張涌泉《敦煌俗字研究》（第二版），第 454 頁。

26　施安昌《顏真卿書干祿字書》，第 53 頁。

27　《宋本玉篇》，第 493 頁。

28　《宋本玉篇》，319 頁；釋行均《龍龕手鏡》，第 98 頁。

〔30〕 侫　胡刻作「佞」。《干祿字書·去聲》：「侫佞，上俗下正。」[29]
〔31〕 採　胡刻本作「采」。「采」「採」古今字。

史述贊述高紀一首　班孟堅[32]

皇矣漢祖，纂堯之緒。寔天生德，聰明[33]神武。秦人不綱，網漏于楚。爰茲發迹，斷虵[34]奮旅。神母告符，朱旗乃舉。粵蹈秦郊，嬰來稽首。革命創製，三章是紀。應天順民，五星同晷。項氏畔換，黜我巴漢。西土宅心，戰士憤怨。乘釁而運，席捲三秦。割據河山，保此懷民。股肱蕭曹，社稷是經。爪牙信布，腹心良平。恭行天罰，赫赫明明。

述《高紀》第一[35]。

〔述〕成紀一首　班孟堅[36]

孝成皇皇，臨朝有光。威儀之盛，如珪如璋。闔闓恣趙，朝政在王。炎炎燎火，亦允不陽[37]。

述《成紀》第十[38]。

述韓英彭盧吳傳一首　班孟堅[39]

信惟餓隸，布實黥徒。越亦狗盜，芮居江湖[40]。雲起龍驤，化為侯王。割有齊楚，跨制淮梁。縮自闒閉[41]，鎮我北壃[42]。德薄位尊，非胙唯殃[43]。吳克忠信，胤嗣乃長[44]。

29　施安昌《顏真卿書干祿字書》，第 56 頁。

光武紀贊一首[45]　范蔚宗

　　贊曰：炎政中微，大盜移國。九縣風迴[46]，三象[47]霧塞。民厭淫詐[48]，神思反德。世祖誕命，靈貺自甄。沉幾[49]先物，深略緯天[50]。尋邑百萬[51]，貔虎為羣[52]。長轂雷野，高鋒彗雲[53]。英威既振，新都自焚。虔劉庸代，紛紜梁趙。三河未澄，四關重擾。神旌乃顧[54]，遞行天討。金湯失險，車書共道。靈慶既啓，人謀咸贊。明明廟謨[55]，赳赳雄斷。於赫有命，系我皇漢。

文選卷第廿五[56]

【校記】

〔32〕　史述贊述高紀一首班孟堅　「史述贊」為《文選》文體分類名，「述高紀一首」及此下「〔述〕成紀一首」「述韓英彭盧吳傳一首」之下底一皆綴作者名「班孟堅」，根據《文選》體例，三者獨立成篇。而胡刻本合三篇為一篇，篇題作「史述贊三首」，其下綴作者名「班孟堅」，換行列小標題「述高紀第一」，其餘兩個小標題為「述成紀第十」「述韓英彭盧吳傳第四」。考胡刻本此卷卷首子目「史述贊」分類下篇題凡四：「班孟堅漢書述高紀贊一首」，「述成紀贊一首」，「述韓彭英盧吳傳贊一首」，「范蔚宗後漢書光武紀贊一首」。是胡刻本卷首子目與卷內篇題前後歧互，與底一則正相照應。唯底一篇題「述高紀一首」徑接於文體分類名「史述贊」之後，並未空格或提行，未審是否為蕭統《文選》原貌，茲照原卷格式謄錄。傳世刻本則誤將卷內文體分類名「史述贊」改編為篇題「史述贊三首」，遂致脫落分類名，殊謬。又胡刻本卷首子目「述高紀贊」「述成紀贊」「述韓彭英盧吳傳贊」三「贊」字皆衍文，所謂「史述贊」者，「述」指前三

篇選自《漢書・敘傳》者，「贊」指末一篇選自《後漢書・光武帝紀》史臣贊者。奎章閣本卷首子目「述高紀」「述成紀」下正無「贊」字，後者「紀」下校語云「善本作贊字」，「作」似當作「有」，明州本可證，唯明州本「述高紀」下亦同胡刻本誤衍「贊」字。

〔33〕 聰明　胡刻本作「聰明」。「聰」「聡」「聰」篆文隸變之異，《干祿字書・平聲》：「聡聰聰，上中通，下正。」[30]「明」「明」古異體字。下凡「明」字同。

〔34〕 斷虵　胡刻本作「斷蛇」。《干祿字書・上聲》：「断斷，上俗下正。」[31] 下凡「斷」字同。《新加九經字樣・虫部》：「蛇，今俗作虵。」[32]

〔35〕 述高紀第一　胡刻本用為此篇小標題（參見校記〔32〕）。胡克家《文選考異》云：「袁本、茶陵本校語云『善本如此，五臣本列在後』。案：各本所見皆非也。此連述贊為文，非用為標題。善亦不得在前，蓋傳寫誤移之，而五臣尚未經移耳。後二首同。」按「述《高紀》第一」五字可視為《述高紀一首》之正文，《漢書・敘傳》[33]，胡氏「連述贊為文」「傳寫誤移之」之說是也。五臣李周翰注云：「列題於後者，亦猶《毛詩》之趣也。」臆說不足據。唯「第一」二字底一原作「一首」，涉下行「〔述〕成紀一首」而誤，茲據五臣本及《漢書》改正。底一下文《述

30　施安昌《顏真卿書干祿字書》，第 13 頁；參見張涌泉師《敦煌俗字研究》（第二版），第 693 頁。

31　施安昌《顏真卿書干祿字書》，第 39 頁。

32　《叢書集成初編》本，第 25 頁。

33　可證《漢書》第 12 冊，第 4236 頁。

　　成紀一首》云「述《成紀》第十」，可資參證。

〔36〕述成紀一首班孟堅　胡刻本作「述成紀第十」，乃後人所改，參
　　　見校記〔32〕。「述」字底一原脫。考底一此前一篇之篇題作「述
　　　高紀一首」，此後一篇之篇題作「述韓英彭盧吳傳一首」，皆有
　　　「述」字，茲據補。

〔37〕亦允不陽　胡刻本「亦」作「光」。王念孫《讀書雜誌・餘編下》
　　　云：「亦，發語詞。《皋陶謨》曰『亦行有九德』是也，經傳中
　　　若是者多矣。今李善本作『光允不陽』者，後人但知『亦』為
　　　連及之詞，而不知其為發語詞，故妄改為『光』。不知此謂火之
　　　不揚，非謂其光也。五臣本及《漢書・敘傳》、《漢紀》皆作『亦
　　　允不陽』。」[34] 胡克家《文選考異》云：「袁本『光』作『亦』，
　　　云『善作光』；茶陵本云『五臣作亦』。案：班書作『亦』，『亦』
　　　字是也，『光』傳寫誤。」李梅《敦煌吐魯番寫本〈文選〉研究》
　　　云：「『亦』手寫體作『尒』，與『光』形近而誤。」[35]

〔38〕述成紀苐十　胡刻本用為此篇小標題，「苐」作「第」。「苐」為
　　　「弟」之俗字，俗書竹頭多寫作草頭，或據「苐」楷正，則成
　　　「第」字。又參見校記〔35〕。

〔39〕述韓英彭盧吳傳一首班孟堅　胡刻本作「述韓英彭盧吳傳第
　　　四」，乃後人所改，參見校記〔32〕。

〔40〕芮居江湖　胡刻本「居」作「尹」。李善注云：「《漢書》曰：
　　　吳芮，秦時鄱陽令也，甚得江湖間心，號曰鄱君。《音義》曰：
　　　尹，正也。」五臣本亦作「尹」，呂延濟注全襲李善注。羅國威

34　王念孫《讀書雜誌》，第1069頁。

35　浙江大學2003年碩士學位論文，第10頁。

據《漢書》顏師古注引張晏說「尹，主也」云云謂「作『尹』較勝」。

〔41〕閭閉　胡刻本作「同閉」。羅國威云：「師古引應劭注曰：『盧綰與高祖同里，楚名里門為閉。』作『同』較勝。」按五臣本亦作「同閉」，李周翰注與應劭注前一句相同。

〔42〕壇　胡刻本作「疆」。「壇」「疆」異體，皆「畺」之增旁字。

〔43〕非胙唯殃　胡刻本「胙」作「祚」，「唯」作「惟」。羅國威云：「胙與祚通。」按《說文・肉部》：「胙，祭福肉也。」徐鉉注云：「今俗別作『祚』，非是。」示部新附：「祚，福也。」徐鉉注云：「凡祭必受胙，胙即福也。此字後人所加。」[36] 是「祚」為「胙」之後出俗字。「唯」「惟」二字古通用。

〔44〕據底一體例，此述篇末當換行抄寫「述韓英彭盧吳傳第四」九字，參見校記〔35〕。唯「英彭」二字《漢書・敘傳》作「彭英」[37]，胡刻本卷首子目同（參見校記〔32〕）。按《敘傳》先述英布、後述彭越，與二人本傳次序不同，故《文選》此述篇題作「述韓英彭盧吳傳一首」。

〔45〕光武紀贊一首　胡刻本「光」上有「後漢書」三字。此上三篇選自《漢書・敘傳》者其篇題皆不冠「漢書」二字，此贊篇題蓋亦不當冠以「後漢書」。胡刻本出於後人增補，北宋監本正與底一相同。

〔46〕九縣風迴　「風」字底一曾經雌黃塗改，胡刻本作「飈」。《後

36　許慎撰，徐鉉校定《說文解字》，第89、9頁。

37　《漢書》第12冊，第4246頁。

漢書》作「飆」[38]，「飆」「飇」偏旁易位字。飇者，狂風也。

〔47〕三象　底一曾經雌黃塗改，胡刻本作「三精」。李善注云：「三
　　　精，日月星也。」五臣劉良注及《後漢書》李賢注並同。李賢注
　　　又云：「『精』或為『象』。」則正與底一相合。

〔48〕民饜淫詐　「饜淫」二字底一曾經雌黃塗改，胡刻本作「厭
　　　淫」。羅國威云：「五臣本作『猒』。『厭』與『饜』通，『猒』
　　　乃『厭』之別體。」按《說文・甘部》「猒」篆段注云：「『猒』
　　　『厭』古今字，『猒』『饜』正俗字。」[39]

〔49〕沉幾　胡刻本作「沈機」。羅國威云：「沈與沉通。機與幾通。」
　　　按「沉」為「沈」之俗字，說見《玉篇・水部》[40]。「幾」「機」
　　　二字古多通用。李善注引《說文》云：「機，主發之機也。」似
　　　所據本作「機」[41]。五臣張銑注云：「幾，微。」則所據本作
　　　「幾」，與底一及《後漢書》相同，李賢注亦云：「幾者，動之微
　　　也。」

〔50〕深略緯天　胡刻本「天」作「文」。胡克家《文選考異》云：「袁
　　　本『文』作『天』；茶陵本作『文』，與此同。何云：《兩漢刊誤
　　　補遺》云《文選》作『天』云云。今案袁本正與所稱同，下無
　　　校語，蓋善、五臣皆是『天』字。茶陵及此作『文』者，後來

38　《後漢書》第 1 冊，第 87 頁。以下凡引《後漢書》所載《光武紀贊》及李賢注，不
　　復一一出注。

39　段玉裁《說文解字注》，第 202 頁。

40　《宋本玉篇》，第 347 頁。

41　李善一般引《尚書・太甲上》「若虞機張」偽孔傳「機，弩牙也」以注「機」，胡刻
　　本卷一班固《西都賦》「機不虛掎」、卷四張衡《南都賦》「黃間機張」、卷一六潘岳《閑
　　居賦》「異綮同機」、卷四三曹植《七啓》「機不虛發」等，皆其例。此《光武紀贊》
　　注引《說文》獨異，或非李注原文，故所引《說文》也比傳本少「之」上「謂」字。

　　　轉依今范書誤改之耳；茶陵亦無校語也。『天』與『甄』協，最
　　　是。」

〔51〕万　胡刻本作「萬」。《玉篇・方部》：「万，俗萬字。十千也。」[42]
　　　下凡「万」字同。

〔52〕羣　胡刻本作「群」。「羣」「群」古異體字。

〔53〕高鋒彗雲　胡刻本「鋒」作「旗」。李善注引《東都賦》云「戈
　　　鋌彗雲」，似所據本作「鋒」，與底一及《後漢書》相同，「旗」
　　　字或襲自六臣本。

〔54〕頋　胡刻本作「顧」。「頋」為「顧」之俗字，說見《玉篇・頁
　　　部》[43]。

〔55〕廗謨　胡刻本作「廟謀」。「廗」即「庿」之增筆字，《說文》以
　　　「庿」為「廟」之古字。羅國威云：「謀與謨通。」按「謨」字
　　　《後漢書》同。「謀」「謨」同源，說見王力《同源字典》[44]。

〔56〕文選卷苐廿五　胡刻本作「文選卷第五十」。「廿」為「二十」
　　　之合文，敦煌吐魯番寫本多作「廿」。李善分蕭統《文選》一卷
　　　為二，李注本卷第五十相當於蕭《選》卷第二十五後半卷。

（前缺）

髻之長，莫[57] □□固，庸岷負[58] □□怒，秣馬訓兵，嚴鼓未
通，□□□□□□（兇渠泥首。弘舸連）舳[59]，巨艦[60]接艫，鐵
馬千羣，▨□□□□□□（朱旗萬里。折簡而）禽廬九，傳檄以下湘
羅。▨□□□□□（兵不血刃，士無遺）鏃，而樊鄧威懷，巴黔底

42　《宋本玉篇》，第 342 頁。

43　《宋本玉篇》，第 75 頁。

44　王力《同源字典》，第 105 頁。

〔61〕▨□□□□□（定。於是流湯之黨），握炭之徒，守似蕃籬〔62〕，戰▨□□□□（同枯朽。革車近）次，師營商牧。華夷士女，冠▨□□□□□（蓋相望。扶老攜）幼，一旦雲集。壺漿塞野，▨（簞）〔63〕□□□□□（食盈塗。似夏）氓之附成湯〔64〕，殷士之窺周▨□□□□（武。安老懷少，伐）罪弔〔65〕民。農不遷業，市無▨□□□□（易賈。八方入計），四隩奉圖。羽檄交馳，軍書□□□□□（狃至。一日二日，非）止万機。而尊嚴之度，不▨（譽）〔66〕□□□□□□（於師旅；淵默之）容，無改於行陣。計猶〔67〕投水，□□□（思若轉規。策定）帷幄，謀成几案。曾未浹▨□□□□□（辰，獨夫授首。乃焚）其綺席，棄彼寶衣。歸旋〔68〕□□□□□□（臺之珠，反諸侯）之玉。指麾而四海隆平，下▨□□□□（車而天下大定）。拯茲塗炭，救此橫流。功均□□□□□（天地，明並日月）。

　　於是仰叶三靈，俯從億兆。□□□□□□（受昭華之玉，納龍）敘之圖。類帝禋宗，光有神□□□□□（器。升中以祀羣）望，攝袂而朝諸夏。布教都□□□□□（畿，班政方外。謀）協上策〔69〕，刑從中典。南服▨□□□□□（緩耳，西羈反舌，劍）騎穹廬之國，同川共穴□□□□□（之人，莫不屈膝）交臂，厥角稽▨（顙）〔70〕。□□□南罷障〔71〕，河西無▨（警）〔72〕。□□□肅。忘茲鹿駭，息〔73〕□□□改章程，創法律〔74〕。□□□若雲；開集雅之舘〔75〕，而▨（欵）〔76〕▨□□□□（關之學如市。興）建庠序，啓設郊丘。一介之才必記，□□□（無文之）典咸袟〔77〕。於是天下學士，靡然向風。人識廉隅，家知礼〔78〕讓。教臻侍子，化洽期門。區宇乂安，方面靜息。役休務簡，歲阜民（和）。歷代規謨〔79〕，前王典故，莫不芟夷翦截，允執厥中。以為象闕之制其來已遠，《春秋》設□（舊）章之

教,《經礼》垂布憲之文,《戴記》顯▨(遊)[80] ▨□(觀之)言,《周史》書樹闕之夢。北荒明月,西▨▨▨(極流精)。海嶽[81]黃金,河庭紫貝。倉龍玄武之制[82],銅爵鐵鳳之工[83]。或以聽窮省寃,或以布治懸法[84]。或表正王居,或光密帝里[85]。晉氏浸弱,宋曆[86]威夷。礼經舊典,寂寥無記;洪規[87]盛烈,湮沒罕稱。乃假天闕於牛頭,託遠圖於博望,有欺耳目,無補憲章。乃命審曲之官,選明中[88]之士,陳圭置臬[89],瞻星揆地,興復表門,草創華闕。

於是歲次天紀,月旅太族[90],▨▨(皇后)[91]御天下之七載也。搆▨▨▨▨▨(茲盛則,興此)□□□

(後缺)

【校記】

〔57〕 髻之長莫 底二起於此。「莫」下殘泐,胡刻本作「不援旗請奮執銳爭先夏首憑」。

〔58〕 「負」下底二殘泐,胡刻本作「阻恊彼離心抗茲同德帝赫斯」。

〔59〕 舳 胡刻本作「軸」。羅國威云:「此乃襲左思《吳都賦》『弘舸連舳』成句,作『舳』為是,諸刻本訛。」按五臣本作「軸」。《說文·車部》:「軸,持輪也。」舟部:「舳,〔舳〕艫也。」段注云:「船之有舳,如車之有軸,主乎運轉。」[45]是「舳」「軸」同源。胡刻本卷一二郭璞《江賦》「舳艫相屬」,五臣本作「軸」;卷五三陸機《辯亡論》下篇「舳艫千里」,《晉書》本傳「軸」,《三國志·吳書·三嗣主傳》裴松之注引同[46]。是文獻多用「軸」

---

45 段玉裁《說文解字注》,第403頁。

46 《晉書》第5冊,第1471頁;《三國志》第5冊,第1181頁。

為「舳艫」字，羅氏之說不可遽從。

〔60〕艦　胡刻本作「檻」。羅國威云：「此乃襲左思《吳都賦》『巨檻
接艫』成句，據《吳都賦》當作『檻』，諸刻本不誤，然細玩文
意，『弘舸』與『巨艦』相對為文，若作『檻』，則屬對不工矣，
疑左思原文作『艦』，因無佐證，不可遽斷其是非，然此處敦煌
本作『艦』，較各本勝也。」按「艦」為「檻」之後起換旁字，
《說文‧木部》「檻」篆徐鍇注云：「古謂檻車，又舟檻。」[47]

〔61〕底　胡刻本作「底」。「底」字奎章閣本同，五臣張銑注云：
「底，致也。」《說文‧广部》「底」篆段玉裁注云：「『底』訓止，
與厂部『底』訓柔石，引申之訓致也、至也迥別，俗書多亂
之。」[48]是底二、奎章閣本「底」為「底」之俗訛字。

〔62〕守似蕃籬　「守」底二原作「首」。「守」與下句「戰同枯朽」
之「戰」對文，李善注引《過秦論》云：「蒙恬北築長城而守藩
籬。」底二「首」當是音訛字，茲據胡刻本改。胡刻本「蕃」作
「藩」。羅國威云：「蕃與藩通。」按「蕃」「藩」古今字。

〔63〕葷　底二殘存上半，胡刻本作「簞」。敦煌吐魯番寫本竹、艹二
旁混用，此「葷」為「簞」字俗寫。

〔64〕氓之附成湯　胡刻本「氓」作「民」。《說文‧民部》：「氓，民
也。从民，亡聲。」段注云：「《孟子》：『則天下之民皆悅而願
為之氓矣。』趙注：『氓者，謂其民也。』按此則氓與民小別，
蓋自他歸往之民則謂之氓，故字从民、亡。」[49]據段說，則此
《石闕銘》當作「氓」。

47　徐鍇《說文解字繫傳》，第 120 頁。
48　段玉裁《說文解字注》，第 445 頁。
49　段玉裁《說文解字注》，第 627 頁。

〔65〕 弔　胡刻本作「吊」。羅國威云：「『吊』乃別體。」按《干祿字書·去聲》：「吊弔，上俗下正。」[50]

〔66〕 䜮　底二殘損「亠」下部分，胡刻本作「讐」。「讐」為「䜮」之訛俗字。

〔67〕 猶　胡刻本作「如」。「猶」「如」義同。

〔68〕 琁　胡刻本作「璇」。《說文·玉部》：「瓊，赤玉也。琁，瓊或从旋省。」[51]或從「旋」不省作「璇」，底二「琁」可視為省借字。

〔69〕 策　胡刻本作「策」。「策」為「策」之隸變俗字，說見《敦煌俗字研究》[52]。

〔70〕 頖　底二殘損下端少許筆畫，其下殘泐，胡刻本作「鑿空萬里攘地千都幕」。

〔71〕 障　胡刻本作「鄣」。據《說文》，「鄣」為邑名，俚俗多假借為「障隔」字。

〔72〕 警　底二殘損下端少許筆畫，其下殘泐，胡刻本作「於是治定功成邇安遠」。

〔73〕 「息」下底二殘泐，胡刻本作「此狼顧乃正六樂治五禮」。

〔74〕 「律」下底二殘泐，胡刻本作「置博士之職而著錄之生」。

〔75〕 舘　胡刻本作「館」。羅國威云：「『舘』乃別體。」按《干祿字書·去聲》：「舘館，上俗下正。」[53]

〔76〕 欵　底二殘損右端少許筆畫，胡刻本作「款」。《玉篇·欠部》：

50　施安昌《顏真卿書干祿字書》，第53頁。

51　許慎撰，徐鉉校定《說文解字》，第10頁。按段玉裁《說文解字注》謂「琁」乃訓「美玉也」之「璿」篆的或體（第11頁）。

52　張涌泉《敦煌俗字研究》（第二版），第726頁。

53　施安昌《顏真卿書干祿字書》，第52頁。

「款，俗作欵。」⁵⁴

〔77〕秩　胡刻本作「秩」。「秩」可視為「秩」之俗字，敦煌吐魯番
　　　寫卷禾旁字常寫作ネ旁。

〔78〕礼　胡刻本作「禮」。「礼」字《說文》以為古文「禮」，敦煌吐
　　　魯番寫本多用「礼」，後世刊本則多改作「禮」。下凡「礼」字
　　　同。

〔79〕謨　胡刻本作「謩」。羅國威云：「『謩』乃別體。」

〔80〕遊　底二殘存右半，胡刻本作「游」。「游」「遊」古今字。

〔81〕嶽　胡刻本作「岳」。「岳」古文，「嶽」篆文。

〔82〕倉龍玄武之制　胡刻本「倉」作「蒼」，「制」作「製」。羅國威
　　　云：「倉與蒼通。」按「倉」「蒼」古今字。「制」字五臣本同。
　　　王筠《說文解字句讀》「製」篆注云：「製即制之糸增字也。」⁵⁵

〔83〕銅爵鐵鳳之工　胡刻本「爵」作「雀」。羅國威云：「爵與雀通。」
　　　按五臣本及《藝文類聚》卷六二《居處部二》引《石闕銘》並
　　　作「爵」⁵⁶。《說文·隹部》「雀，依人小鳥也」段注云：「『爵』
　　　與『雀』同音，後人因書小鳥之字為『爵』矣。」鬯部「爵，禮
　　　器也」段注云：「假借為『雀』字。」⁵⁷

〔84〕或以布治懸法　胡刻本「治」作「化」。「治」字《藝文類聚》
　　　同。胡克家《文選考異》云：「袁本、茶陵本『化』作『治』。
　　　何校改『治』。今案非也，此諱『治』為『化』，五臣迴改。二

54　《宋本玉篇》，第179頁。

55　王筠《說文解字句讀》，第313頁。

56　歐陽詢《藝文類聚》，第1117頁。以下凡引《藝文類聚》所載《石闕銘》，不復一一
　　出注。

57　段玉裁《說文解字注》，第141、217頁。

本失著校語，尤所見為是矣。」按胡氏蓋謂「化」字乃李善所
改，恐不足據。唐李匡乂《資暇集》卷上「非五臣」條云：「李
氏依舊本不避國諱。」[58] 則改字避諱者或係後人。《周禮・大宰
職》「正月之吉，始和布治于邦國、都鄙，乃縣治象之　于象
魏，使萬民觀治象」，即《石闕銘》「布治」之出典。

〔85〕 或表正王居或光崈帝里　胡刻本二「或」字下並有「以」字。《藝
文類聚》無二「以」，與底二合。胡刻本「崈」作「崇」。羅國
威云：「『崈』乃別體。」

〔86〕 曆　胡刻本作「歷」。「歷」「曆」古今字。

〔87〕 洪規　胡刻本作「鴻規」。羅國威云：「鴻與洪通。」

〔88〕 明中　底二原作「中明」。「明中」與上句「審曲」對文，結構
相同，「中」謂四時昏明中星。底二誤倒，茲據胡刻本乙正。

〔89〕 陳圭置臬　胡刻本「臬」作「臭」。李善注云：「《周禮》曰：
土圭之法測土深，正日影，以求地中。又曰：匠人建國，置槷
以懸，視其影。鄭玄曰：槷，古文臬，假借字也。」底二「臬」
為「槷」之形訛字，「槷」為「臬」之假借字。

〔90〕 太族　胡刻本作「太簇」。「太簇」古書或作「太蔟」「太族」等，
「族」「蔟」「簇」音同義通。

〔91〕 皇后　底二皆殘損左半，胡刻本作「皇帝」。后，君也。此「皇
后」非謂皇帝之妻，正指皇帝本人。

58　《叢書集成初編》本，第 6 頁。

運命論──辯命論

【題解】

　　底卷編號為 P.2645（底一）＋敦研 0356（底二）＋BD.15343（底三）＋歷博本（底四）＋上野本（底五）。

　　底一起李康《運命論》「揖讓於規矩之內，誾誾於洙泗之上，不能遏其端」之「端」，至「豈獨君子恥之而弗為乎」之「恥」，共三十五行，第一行可辨者僅頂部「端」字左側「立」旁之半，故歷來著錄僅三十四行。行有界欄，書法雋爽。

　　《伯目》著錄云：「華文。名人文殘節。書佳。中有『後世君子，區區於一主，歎息於一朝』等句。」陸翔按語比定為李康《運命論》[1]。

　　底二起李康《運命論》「豈獨君子恥之而弗為乎」之「之」，至「則善惡書於史冊，毀譽流於千載」之「譽」，共二十二行，中有雌黃改字。

1　〔法〕伯希和《巴黎圖書館敦煌寫本書目》，陸翔譯，《國立北平圖書館館刊》第 7 卷 6 號；此據書目文獻出版社影印本第 7 冊，第 5747 頁。

　　底二與底一正好前後銜接，中間並無一字之缺。李永寧、程亮《王重民敦煌遺書手稿整理》曾對兩卷綴合過程加以介紹：

　　敦煌研究院藏敦研 0356 號，原未斷其時代亦未定其名。經請教王先生，王先生在其 1974 年 4 月 1 日《敦煌本〈文選〉殘卷跋》中謂：「余嘗見另一卷，為伯希和劫往巴黎（P.2645），並已著之《敦煌古籍敘錄》……以臆推之，有可能為同一寫本而斷為兩截者。」（《敦煌寫本跋文（四篇）》，載於北京大學中國中古史研究中心所 1982 年編《敦煌吐魯番文獻研究論集》中）1983 年筆者赴巴黎曾攜敦研 0356 號殘卷照片，在法國國立圖書館調閱王先生所指出的另半《文選・運命論》，兩者完全相合，確如王先生所言為同卷之兩片。[2]

　　底二為敦煌士紳任子宜舊藏，向達撰於二十世紀四〇年代初的未刊稿《敦煌餘錄》已比定該寫卷為《文選・運命論》[3]。

　　底三（北新 1543）起陸機《辯亡論》篇題及作者名「辯亡論二首陸士衡」，至《辯亡論》上篇末句「彼此之化殊，授任之才異也」，存《辯亡論》上篇全文，共七十一行。

　　《敦煌劫餘錄續編》著錄底三云：「《辯亡論》二首。陸士衡。唐寫本。『辯亡／昔漢』『之化／異也』。三紙七一行。有木匣。」[4]「二首」者，據寫卷首題而言也。

　　底四藏中國歷史博物館（現國家博物館），起陸機《五等論》篇題

2　《敦煌研究》2004 年第 5 期，第 70 頁。

3　參見榮新江《驚沙撼大漠——向達的敦煌考察及其學術意義》，《敦煌吐魯番研究》第 7 卷，第 114 頁。

4　北京圖書館善本組《敦煌劫餘錄續編》，第 146A 頁。

及作者名「五等論一首陸士衡」，至篇末「秦漢之典，殆可以一言蔽」句，存《五等論》全篇，共九十三行。

　　該卷由《中國歷史博物館藏法書大觀》第 12 卷《戰國秦漢唐宋元墨迹》首先刊布：「唐。紙本。二八・五×一七九・八 cm。清末敦煌石室發見。烏絲欄。計九三行。文中『世』『民』『治』字避諱，黃色粉塗去末筆（誤寫部分）。天頭間有淡墨『石、鉦、叛、美、義』五字。『唐寫本陸士衡五等論卷』題籤。卷末最終行有『書潛經眼』印。與《晉書・陸機傳》和《文選》李善注本對校，文字多有異同。」[5]

　　「書潛」是傅增湘別號，饒宗頤因此曾以為《五等論》寫卷乃傅氏舊藏，不過由於對其真偽「學界似有不同意見」，故未影印入《敦煌吐魯番本文選》[6]。但徐俊遍檢傅增湘藏書及經眼圖書題記，皆未論及此《五等論》寫卷；後經啟功指點，始獲知底四《五等論》和底三《辯亡論》原來都是文物商方雨樓的舊藏：

　　方雨樓曾求售於北圖趙萬里先生，但趙先生認為是贋品。──此應即「學界似有不同意見」的出處。方氏將《五等論》請傅增湘先生鑒定，當時傅先生病重臥床，尤其子傅晉生先生取「書潛經眼」印鈐於卷末，對真贋未置可否。方雨樓也曾將《五等論》求售於啟功先生，啟先生知其非贋，但終以價昂未能購藏。方氏死後，兩個寫卷分別為北圖、歷博收藏。[7]

　　底五藏日本上野氏，起劉峻《辯命論》篇題及作者名「辯命論一首劉孝標」，至篇末「豈有史公、董相《不遇》之文乎」句，空一行書

5　《中國歷史博物館藏法書大觀》第 12 卷《戰國秦漢唐宋元墨迹》，第 198 頁。

6　饒宗頤《敦煌吐魯番本文選》，《序》第 1 頁。

7　徐俊《書評：〈敦煌吐魯番本文選〉、〈敦煌本昭明文選研究〉、〈敦煌本文選注箋證〉、
　〈文選版本研究〉》，《敦煌吐魯番研究》第 5 卷，第 371 頁。

尾題「文選卷第廿七」，存《辯命論》全篇，共一百二十二行。

該卷由日本《重要文化財》第 19 卷最先刊布圖錄本，並認定出自敦煌[8]。大阪市立美術館編《唐鈔本》收錄此卷，蓋以為唐代寫本也。

徐俊《敦煌本〈文選〉拾補》考定底五與底一、底二、底三、底四為一卷之裂，並「據現存四文分篇單行、各自首尾完具，且均為民間散藏品的特點（位於卷首的《運命論》除外）」，疑其「原本為早期從藏經洞流散出的敦煌寫本，原為長卷，經過了後人的裁切」[9]。五卷綴合後共三百四十三行，中間殘去李康《運命論》後半篇約二十一行及陸機《辯亡論》下篇全文。《運命論》殘文可不論，《辯亡論》下篇或尚在天壤之間。

各寫卷均不避唐諱，唯底四《五等論》凡遇「世」「民」「治」字皆用所謂「黃色粉」塗去末筆，《戰國秦漢唐宋元墨迹》以為乃唐人因誤寫而改（見上引）。其實塗改者或即方雨樓（趙萬里殆因其有後人塗改痕迹而疑為贗品），意欲以偽冒李唐寫本，殊不知其原為先唐寫本也。又各卷天頭均有淡墨行草書雜字，五卷共得十四字（其中「厶」凡四見），徐俊《敦煌本〈文選〉拾補》言其「書寫草率，當為後來校讀者所寫，惟其與正文關係及意義不甚明確，或與校讀者知識水平較低有關」[10]。按此雜字疑為收藏標識。

李永寧《本所藏〈文選·運命論〉殘卷介紹》[11]（簡稱「李永寧」）、羅國威《敦煌本〈昭明文選〉研究》（簡稱「羅國威」）都曾對

8　參見徐俊《敦煌本〈文選〉拾補》，中國文選研究會編《〈文選〉與「文選學」》，第661頁。

9　中國文選研究會編《〈文選〉與「文選學」》，第661頁。

10　中國文選研究會編《〈文選〉與「文選學」》，第661頁。

11　《敦煌研究》創刊號，第165-167頁。

底一、底二作過校錄，白化文《敦煌遺書中〈文選〉殘卷綜述》[12]（簡稱「白化文」）、黃志祥《唐寫本〈文選劉孝標辯命論〉斠理》[13]（簡稱「黃志祥」）曾分別對底三、底五作過簡單校勘。

　　底一據IDP（國際敦煌項目）網站的彩色照片錄文，底二據《甘藏》錄文，底三據WDL（世界數字圖書館）網站的彩色照片錄文，底四據《中國歷史博物館藏法書大觀》錄文，底五據《唐鈔本》錄文，以胡刻本《文選》為校本，校錄於後。

（前缺）

▨（端）[1]；▭ 其末。天下卒至於[2]溺，而不可援也[3]。夫以仲尼之才也，而器不周於魯衛；以仲尼之辯也，而言不行於定襄[4]；以仲尼之謙也，而見忌於子西；以仲尼之仁也，而取讎於桓魋；以仲尼之智也，而屈厄於陳蔡；以仲尼之行也，而招毀於叔孫。夫道足以濟天下，而不得貴於人；言足以經万[5]世，而不見信於時；行足以應神明[6]，而不能弥[7]綸於俗。應聘七十[8]，而不[9]獲其主，駈[10]騁於蠻夏之域，屈辱於公卿之門，其不遇也如此。及其孫子思，希聖儁[11]體而未之至，己養高[12]，勢動人主。其所遊歷諸侯，莫不結駟而造門[13]，猶有不得賓至[14]焉。其徒子夏，升堂而未入於室者也。退老於家，魏文候師之，西河之民[15]肅然歸德，比之於夫子，而莫敢間其言。故曰：治亂，運也；窮達，命也；貴賤，時也。後世君子[16]，區區於一主，歎息於一朝，屈原以之沉[17]湘，賈誼以之發憤，不亦過乎？

12　趙福海等主編《昭明文選研究論文集》，第221-223頁。

13　《書目季刊》第21卷第1期，第17-28頁。

　　然則聖人所以為聖者，蓋在乎樂天知命矣。故遇之而不怨，居之
而不疑[18]。其身可抑，而道不可屈；其位可排，而名不可奪。譬如水
也，通之斯為川焉，塞之斯為淵焉。升之於雲則雨施之[19]，沉之於地
則土潤之[20]。體清以洗物，不辭於濁[21]；受濁以濟物，不傷其清[22]。
是以聖人處窮達如一也。夫忠直之迕於主，獨立之負於俗，理勢然
也。故木秀於林，風必摧之；堆出於岸，流必湍之；行高於人，眾必
非之。前監不遠，覆車継[23]軌。然而志士仁人，猶蹈之而弗悔，操之
而弗失，何哉？將以遂志而成名也。求遂其志，而冒風波於險塗；求
成其名，而歷謗議於當時。彼所以處之，蓋有笻[24]矣。子夏曰：死生
有命，富貴在天。故道之將行也，命之將貴也，則伊尹、呂尚之興於
殷、周[25]，百里、子房之用於秦、漢，不求而自得，不邀[26]而自遇
矣；道之將癈[27]也，命之將賤也，豈獨君子恥之[28]而弗為乎，蓋亦
知為之而弗得矣。

　　□□（凡希）世苟合之士[29]，蘧蒢戚施之人，俛□□（仰尊）貴
之顏，逶迤[30]勢利之間。意無是非，□□□（讚之如）流；言無可不
[31]，應之如響。以闚看為精神，以背向[32]為變通。勢之所集，從之
如歸市；勢之所去，去之如脫遺[33]。其言曰：名與身孰親？得與失孰
賢？榮與辱孰珍[34]？故遂潔[35]其衣服，矜[36]其車徒，冒其貨賄，
淫其聲色，脉脉然自以為得矣。蓋見龍逢、比干之亡其身，而不惟飛
廉、惡來之滅其族也；蓋知五子胥之鑭鏤於吳[37]，而不戒費無忌之誅
夷於楚也；蓋譏汲黯之白首於主爵，而不懲張湯牛車之禍也；蓋笑蕭
望之之跋躓[38]於前，而不懼石顯之絞縊於後也。

　　故夫達者之笻也，亦各有畫[39]矣。曰：凡人之所以奔競□（於）
富貴，何為者哉？若夫立德必須貴乎？則幽、厲之為天子，不如仲尼
之為陪臣也。必須勢乎？則王莽、董賢之為三公，不如楊雄、仲舒之

闚其門也。必須富乎？則齊景之千駟，不如顏回、原憲之約其身也。其為實乎？則執杓而飲河者不過滿腹，棄室而灑雨者不過濡身，過此已往〔40〕，弗能受也。其為名乎？則善惡書乎史策〔41〕，毀譽
（中缺）

【校記】

〔1〕　端　底一殘存「立」旁左半，茲據胡刻本校補。以下凡殘字、缺字據胡刻本補出者不復一一注明。「端」下底一殘泐，胡刻本作「孟軻孫卿體二希聖從容正道不能維」。

〔2〕　於　胡刻本作「于」。「於」字六臣本同，校語云「善本作于字」。「于」「於」二字古多通用。

〔3〕　也　胡刻本無。六臣本有「也」字，與底一合，校語云「善本無也字」。

〔4〕　定襄　胡刻本作「定哀」。王重民《敦煌古籍敍錄》云：「今本『襄』作『哀』是也，卷子本誤。」[14] 李永寧云：「孔子生於魯襄公 22 年，32 年襄公逝，孔子年僅十歲，尚未顯其才，故無以言其用。其後，孔子雖仕於魯定公，卒因定公違禮，僅官五年而去。直到魯哀公十三年孔子返魯，十六年孔子去世，終未見用於魯哀公。據上述史實，李注本『定哀』是，殘卷『襄』誤。」

〔5〕　万　胡刻本作「萬」。《玉篇・方部》：「万，俗萬字。十千也。」[15] 下凡「万」字同。

〔6〕　眀　胡刻本作「明」。「眀」「明」古異體字。下凡「眀」字同。

14　王重民《敦煌古籍敍錄》，第 318 頁。

15　《宋本玉篇》，第 342 頁。

〔7〕 弥 胡刻本作「彌」。「弥」為「彌」之俗字，敦煌吐魯番寫本多作「弥」。下凡「弥」字同。

〔8〕 「七十」下胡刻本有「國」字。

〔9〕 「而不」下胡刻本有「一」字。

〔10〕 駈 胡刻本作「驅」。「駈」為「驅」之俗字，說見《玉篇·馬部》[16]。下凡「駈」字同。

〔11〕 俻 胡刻本作「備」。《干祿字書·去聲》：「俻備，上俗下正。」[17]下凡「俻」字同。

〔12〕 絜己養高 胡刻本「絜」作「封」。「絜」當是「潔」或「梁」字之省，《廣韻·屑韻》：「潔，清也。經典用絜。」《玉篇·冫部》：「梁，俗絜字。」[18] 此字前人錄作「絜」。王重民《敦煌古籍敍錄》云：「善注引韋昭《國語注》『封，厚也』。厚己不得謂為養高，作『絜』為優。」[19]李梅《敦煌吐魯番寫本〈文選〉研究》云：「此句言孔子之孫子思有聖人的品德，『絜己』褒揚其潔身自好，刻本『封』當為『絜』字在傳寫過程中誤脫下半部分所致。」[20]

〔13〕 「造門」下胡刻本有「雖造門」三字。六臣本與底一相合，「造門」下校語云「善本有雖造門三字」；又下句「猶有不得賓者焉」下六臣本所載李善注有「或無雖造門三字」句，合於北宋監本，胡刻本則無此注。

---

16 《宋本玉篇》，第423頁。

17 施安昌《顏真卿書干祿字書》，第46頁。

18 《宋本廣韻》，第471頁；《宋本玉篇》，第364頁。

19 王重民《敦煌古籍敍錄》，第318頁。

20 浙江大學2003年碩士學位論文，第12頁。

〔14〕　至　胡刻本作「者」。「至」字疑誤，參見上條。

〔15〕　西河之民　胡刻本「民」作「人」。「西河之民」典出《禮記‧
檀弓上》，李善正引以為注，而「民」字亦諱改作「人」。

〔16〕　後世君子　胡刻本「後世」作「而後之」，五臣本作「而後世」，
「世」字與底一相合。

〔17〕　沉　胡刻本作「沈」。「沉」為「沈」之俗字，說見《玉篇‧水
部》[21]。下凡「沉」字同。

〔18〕　「疑」下　胡刻本有「也」字。《藝文類聚》卷二一《人部五》
引李康《運命論》無「也」[22]，與底一合。

〔19〕　雨施之　胡刻本無「之」字。

〔20〕　土潤之　胡刻本無「之」字。

〔21〕　不辤於濁　胡刻本「辤」作「亂」。李永寧云：「不辤，即受而
不拒之意。殘卷此段，前句（「體清」云云）以水喻君子任物之
操，後句（「受濁」云云）以水喻君子濟世之德。其意言水：於
清，可以洗物，然不拒於濁；入濁，可以濟物，仍不損其清。
即所謂『達』不忘濟世之操，『窮』不失高絜之本。亦即後文所
云君子之『窮達如一』也。李善注本以『辤』為『亂』，意均可
通，但『不亂』僅具居濁而不染之意，不及『不辤』字之意深。」
按六臣本作「辭」，與底一相合[23]，校語云「善本作亂字」。

〔22〕　不傷其清　胡刻本「其」作「於」。「其」字六臣本同，校語云
「善本作於字」。李永寧云：「『於』雖與『不亂於濁』之『於』

21　《宋本玉篇》，第 347 頁。

22　歐陽詢《藝文類聚》，第 386 頁。以下凡引《藝文類聚》所載《運命論》，不復一一
出注。

23　據《說文》，「辤讓」「辭說」本不同字，後世則並作「辭」。

字對仗，却不及『其』字意明。」

〔23〕 継 胡刻本作「繼」。「継」為「繼」之俗字，說見《玉篇・糸部》[24]。

〔24〕 筭 胡刻本作「筭」。李永寧云：「『筭』『筭』均通『算』，義同字異。」羅國威云：「『筭』和『筭』均為『算』之別體。」按《干祿字書・去聲》：「筭筭，上俗下正。」[25] 而「筭」「算」皆見於《說文》，筭指算器，算謂計算。此句李善注引《蒼頡篇》云「筭，計也」，則字當作「算」，唯「筭」「算」二字古多混用無別耳。下凡「筭」字同。

〔25〕 殷周 胡刻本作「商周」。「殷」字五臣本、《藝文類聚》並同。李永寧云：「伊尹輔湯滅夏，建立商朝。湯十傳至盤庚始改『商』為『殷』。此句既言伊尹，當以『商』為是。」按殷、商混稱無別，底五劉峻《辯命論》「殷帝自剪，千里來雲」用成湯典故，而亦稱殷。

〔26〕 邀 胡刻本作「徼」。胡克家《文選考異》云：「袁本、茶陵本『徼』作『邀』。案：二本無校語，恐非善、五臣之異。善引《西京賦》『不徼自遇』，彼賦今為『邀』字，此注尤（袤）及袁作『徼』非也，茶陵本作『邀』是也。尤延之蓋依所見之注改正文而誤。」李永寧云：「『邀』『徼』皆通義『取求』，同義異字。」按《說文》無「邀」字，彳部：「徼，循也。」段注云：「引申為徼求。」[26] 則「邀」之訓「求」，可視為「徼」之後起換旁字。

〔27〕 癈 胡刻本作「廢」。敦煌吐魯番寫本广、疒二旁混用，此「癈」

24　《宋本玉篇》，第493頁。

25　施安昌《顏真卿書干祿字書》，第52頁。

26　段玉裁《說文解字注》，第76頁。

為「廢」字俗寫。下凡「癈」字同。

〔28〕　之　底二起於此。

〔29〕　之士　「之」下底二原衍一「人」字，李永寧云：「『之』字下原書『人』字，後用雌黃塗抹。」

〔30〕　迆　胡刻本作「迤」。羅國威云：「『迤』乃別體。」按《說文》有「迆」無「迤」，「迤」為後起字。

〔31〕　可不　胡刻本作「可否」。李永寧云：「『不』『否』古通假。」羅國威云：「『不』與『否』通，音義俱同。」按《說文・口部》：「否，不也。」

〔32〕　背向　胡刻本作「向背」。

〔33〕　去之如脫遺　胡刻本「去」作「棄」。李善注云：「《毛詩》曰：棄予如遺。」五臣本亦作「棄」，李周翰注云：「失勢者則棄之，如人脫屣而遺之也。」「棄」字《廣韻》詰利切，溪紐去聲至韻，「去」字羌舉、丘倨二切，聲紐與「棄」相同，韻則分屬魚韻之上聲語韻、去聲御韻。底二「棄」訛「去」，魚韻（舉平以賅上去）混入止攝，聲韻特徵合於西北方音[27]。

〔34〕　名與身孰親得與失孰賢榮與辱孰珎　胡刻本「珎」作「珍」。「珎」為「珍」之俗字，說見《玉篇・玉部》[28]。下凡「珎」字同。「親」「賢」「珍」下胡刻本並有「也」字。李永寧云：「殘卷原抄有『也』，但皆用雌黃塗去。本段反詰語勢斬截緊逼，錚錚之詞，音響皆然。李注本有『也』反不及，似應以殘卷無『也』為當。」

27　參見羅常培《唐五代西北方音》，第 94 頁。

28　《宋本玉篇》，第 17 頁。

〔35〕 潔　胡刻本作「絜」。羅國威云：「『絜』與『潔』通。」按「絜」「潔」古今字，參見校記〔12〕。

〔36〕 矜　胡刻本作「矝」。古籍凡「矝」字皆「矜」之訛，說詳《說文・矛部》「矜」篆段玉裁注[29]。下凡「矜」字同。

〔37〕 五子胥之鑲鏤於吳　胡刻本「五」作「伍」，「鑲」作「屬」。李永寧云：「『伍』『屬』，《左傳》均同。李注本是。」羅國威云：「作『伍子胥』是也。伍子胥屬鏤於吳，見《左傳》哀公十一年文，故作『屬』為是，敦煌本訛。」按「五」「伍」古今字，P.2533《春秋左氏經傳集解》「五員與申包胥友」，五員即伍子胥，而亦作「五」。「鑲」字六臣本同，胡克家《文選考異》云：「（李善）注引《左傳》字作『屬』。或五臣作『鑲』，（袁、茶陵）二本失著校語耳。」「鑲」當是「屬」之增旁字，涉「鏤」類化。

〔38〕 蕭望之之跋躓　胡刻本「之」字不重複。李永寧云：「胡克家《考異》、孫志祖《考異》均云『蕭望之』下脫一『之』字。胡稱『各本皆脫』，今殘卷獨存此『之』字，足證胡、孫之說不誤。」按梁章鉅《文選旁證》亦云「『之』下當更有『之』字」[30]。此與下句「石顯之絞縊」對文，人名「蕭望之」下「之」字固不可省。

〔39〕 畫　胡刻本作「盡」。李永寧云：「按文意，『盡』是，殘卷字訛。」

〔40〕 過此已往　胡刻本「已」作「以」。李永寧云：「『已』『以』古卷本常通用。」

29　段玉裁《說文解字注》，第720頁。

30　梁章鉅《文選旁證》，第1188頁。

〔41〕 書乎史筞　胡刻本「乎」作「于」，「筞」作「冊」。「乎」「于」二字古多通用。李永寧云：「筞，策之俗字，通冊。」按《說文‧竹部》：「策，馬箠也。」冊部：「冊，符命也，諸矦進受於王也。像其札一長一短，中有二編之形。筴，古文冊从竹。」「冊」篆段注云：「後人多假『策』為之。」[31]「簡冊」字經史多作「策」，蓋由「策」字從「竹」故也。「筞」為「策」之隸變俗字，說見張涌泉師《敦煌俗字研究》[32]。下凡「筞」字同。

辯亡論二首[42]　陸士衡

　　昔漢氏失御，姦[43]臣竊命。禍基京畿，毒遍[44]宇內。皇綱弛紊，王室遂卑。於是羣雄蜂駭，義兵四合。吳武烈皇帝慷慨下國，電發荊南。權略紛紜，忠勇伯世。威淩則夷羿震盪[45]，兵交則醜虜授馘[46]。遂掃清宗祊，丞衽皇祖[47]。于時雲興之將帶州，颷[48]起之師跨邑。哮闞之羣風驅，熊羆之眾霧集。雖兵以義合，同盟戮力[49]，然皆苞藏禍心，阻兵怙亂，或師無謀律，喪威稔寇。忠規武節，未有若[50]此其著者也。

　　武烈既沒，長沙桓王逸才命世，弱冠秀髮，招攬遺老，與之述業。神兵東驅，奮寡犯眾。攻無堅城之將，戰無交鋒之虜。誅叛柔服，而江外底定[51]；餝法脩師[52]，而威德翕赫[53]。賓禮[54]名賢，而張昭為之雄；交御豪俊，而周瑜為之傑。彼二君子，皆弘敏而多奇，雅達而聰哲。故同方者以類附，等契者以氣集，而江東蓋多士矣。將北伐諸華，誅鉏[55]干紀。旋皇輿於夷庚，反帝座于[56]紫闥。

31　段玉裁《說文解字注》，第85頁。

32　張涌泉《敦煌俗字研究》（第二版），第726頁。

挾天子以令諸侯，清天步而歸舊物。戎車既次，羣凶側目。大業未
就，中世而隕[57]。

用集我大皇帝，以奇蹤襲逸軌，叡心曰令圖[58]。從政咨乎[59]故
實，播憲稽乎遺風。而加之以篤固，申之以節儉。疇諮[60]俊茂，好謀
善斷。束帛旅於丘園，旌命交乎塗巷[61]。故豪彥尋聲而嚮臻[62]，志
士希光而景騖。異人輻湊，猛士如林。於是張昭為師傅，周瑜、陸
公、魯肅、呂蒙之疇[63]入為腹心，出作股肱。甘寧、淩統[64]、程
普、賀齊、朱桓、朱然之徒奮其威，韓當、潘璋、黃蓋、蔣欽、周泰
之屬宣其力。風雅則諸葛瑾、張永[65]、步騭，以聲名[66]光國。政事
則顧[67]雍、潘濬、呂範、呂岱，以器任幹職[68]。奇偉則虞翻、陸
績、張溫、張敦[69]，以風議[70]舉正。奉使則趙咨、唐衡[71]，以敏達
延譽。術數則吳範、趙達，以祥[72]恊德。董襲、陳武煞[73]身以衛
主，駱統、劉基強諫[74]以補過。謀無遺諝，舉不失策，故遂割據山
川，跨制荊吳，而與天下爭衡矣。魏氏嘗藉戰勝之威，率百万之師，
浮鄧塞之舟，下漢陰之眾。羽檝万計，龍躍川流[75]；銳騎千旅，虎步
原隰。謨臣盈室，武將連衡。喟然有吞江滸之志，壹[76]宇宙之氣。而
周瑜駈我偏師，黜之赤壁，喪旗亂轍，僅而獲免，收迹遠遁。漢王亦
憑帝王之号[77]，率[78]巴漢之民，乘危騁變，結壘千里。志報☒（關）
[79]羽之敗，圖收湘西之地。而我陸公[80]亦挫之西陵，覆師敗績，困
而後濟，絕命永安。續以濡須之寇，臨川摧銳；蓬蘢[81]之戰，子輪不
反。由是二邦之將喪氣挫鋒，勢屻財匱，而吳然[82]坐乘其弊。故魏人
請好，漢氏乞盟。遂躋天号，鼎峙[83]而立。西屠庸蜀[84]之郊，北列
淮漢之涘[85]，東苞[86]百越之地，南括羣蠻之表。於是講八代之礼，
蒐三王之樂。告類上帝，拱揖羣[87]后。虎臣毅卒，循江而守；長戟
[88]勁鍛，望飈而奮。庶尹盡規於上，四民展業于下。化恊殊裔，風衍

遐圻。乃俾一个行人[89]，撫巡外域。巨象逸駿，擾於外閑；明珠瑋寶，曜[90]於內府。珎瑰重迹而至，奇玩應嚮而赴。軺軒騁於南荒，衝輣息於朔野。齊民免干戈之患，戎馬無晨服之虞，而帝業固矣。

　　大皇既沒[91]，幼主莅朝，姦回肆虐。景皇聿興，虔脩遺憲[92]，政無大失[93]，守文之良主也。降及歸命之初，典刑未革[94]，故老猶存。大司馬陸公以文武熙朝，左丞相陸凱以謇愕盡規[95]。而施績[96]、范慎以威重顯，丁奉、雍斐[97]以武毅稱。孟宗、丁固之徒為公卿，婁玄[98]、賀邵[99]之屬掌機事。元首雖病，股肱猶良[100]。爰及末葉，群公既喪，然後黔首有瓦解之志，皇家有土崩之釁[101]。歷[102]命應化而微，王師躡運而發。卒散於陣，民奔于邑。城池無藩[103]籬之固，山川無溝阜之勢。非有工輸雲梯之械，智伯灌激之害，楚子築室之圍，燕人濟西之隊，軍未浹辰，而社稷夷矣。雖忠臣孤憤，烈士死節，將奚救哉？

　　夫曹劉之將，非一世之選[104]；向時之師，無曩日之眾。戰守之道，抑有前符；險阻之制[105]，俄然未改。而成敗貿理，古今詭趣[106]，何哉？彼此之化殊，授任之才異也。

（中缺）

【校記】

〔42〕　辯亡論二首　底三起於此，胡刻本作「辯亡論上下二首」。篇題內有「上下」二字者不合《文選》體例，底三是也。

〔43〕　姦　胡刻本作「姦」。《五經文字・女部》：「姦，私也。俗作姦，訛。」[33]下凡「姦」字同。

33　《叢書集成初編》本，第65頁。

〔44〕　遍　胡刻本作「徧」。「遍」為「徧」之俗字，說見《廣韻·線韻》[34]。

〔45〕　威淩則夷羿震盪　胡刻本「淩」作「稜」，「盪」作「盪」。《三國志·吳書·三嗣主傳》裴松之注引《辯亡論》作「稜」，《晉書》陸機本傳作「棱」[35]。P.2833《文選音》殘卷出陸機《漢高祖功臣頌》之「稜」，為胡刻本「威淩楚域，質委漢王」句中文，徐真真《敦煌本〈文選音〉殘卷研究》云：『稜』，『棱』之俗字。《說文通訓定聲》：『棱，柧也。从木，夌聲。俗亦作稜，又作楞。』『威棱』，威力，威勢。《漢書·李廣傳》『威稜憺乎鄰國』，王先謙補注：『《一切經音義》十八引《通俗文》木四方為棱。人有威，如有棱者然，故曰威棱。』但『威棱』為名詞，與此句句式不合。故應從李善本等作『淩』，或從五臣本作『陵』。『淩』同『陵』，字本作『夌』。《說文·夊部》：『夌，越也。』段注云：『凡夌越字當作此。今字或作淩，或作凌，而夌廢矣。今字概作陵矣。』」[36]按陸機《辯亡論》「威淩」與「兵交」對文，「淩」為動詞，亦應從底三為正。「盪」本字，「盪」假借字。二字古多通用。

〔46〕　馘　胡刻本作「馘」。慧琳《一切經音義》卷八三《大唐三藏玄奘法師本傳》第六卷音義「俘馘」條：「杜注《左傳》：『馘，所以截耳也。』《文字典說》：『馘，正從耳作聝，《傳》從酋作馘，

34　《宋本廣韻》，第 392 頁。

35　《三國志》第 5 冊，第 1179 頁；《晉書》第 5 冊，第 1467 頁。以下凡引《三國志》裴注及《晉書》所載《辯亡論》，不復一一出注。

36　浙江大學 2003 年碩士學位論文，第 18-19 頁。

俗字也。』」³⁷按《說文・耳部》：「聝，軍戰斷耳也。从耳，或
聲。䤋，聝或从首。」「䤋」則「䤋」之訛俗字。

〔47〕丞禋皇祖　胡刻本「丞」作「烝」。白化文云：「各本作『烝』
為是。」按李善注引《爾雅》云：「冬祭曰烝。」字或作「氶」。
底三「丞」當是壞字。

〔48〕飈　胡刻本作「飇」。《龍龕手鏡》風部平聲：「飆，俗；飈，
今；飇，正。布遙反，狂風也。」³⁸下凡「飈」字同。

〔49〕勠力　胡刻本作「勠力」。《說文・力部》「勠」篆段注云：「古
書多有誤作勠者。」³⁹

〔50〕若　胡刻本作「如」。「若」字《三國志》裴注引同，五臣本、《晉
書》並作「如」。「若」「如」同義。

〔51〕而江外底定　胡刻本「底」作「厎」。「底」字奎章閣本同，五
臣張銑注云：「底，致也。」按《說文・广部》「底」篆段注云：
「『底』訓止，與厂部『厎』訓柔石，引申之訓致也、至也迥
別，俗書多亂之。」⁴⁰是底三「底」為形訛字。《三國志》裴注
引正作「厎」。

〔52〕餝法脩師　胡刻本「餝」作「飾」。李善注引《周易》云「先王
明罰餝法」，故胡克家《文選異考》謂《辯亡論》正文「飾」字
當作「餝」，云：「《晉書》作『餝』，《吳志》注作『飾』⁴¹，羣
書中二字多錯互。今《易》作『勑』，則『飾』字非矣。」按

37　徐時儀《一切經音義三種校本合刊》，第1972頁。

38　釋行均《龍龕手鏡》，第125頁。

39　段玉裁《說文解字注》，第700頁。

40　段玉裁《說文解字注》，第445頁。

41　按今本《三國志》裴注亦作「餝」（第5冊，第1179頁）。

「餝」一般視為「飾」之俗字，不過漢碑「飾」「飭」皆有作「餝」者[42]，底三「餝」當即「飭」之俗字。《藝文類聚》卷一一《帝王部一》引《辯亡論》亦作「飭」[43]。

〔53〕 而威德翕赫　胡刻本「而」作「則」。「而」字《三國志》裴注引同。上下文四句胡刻本唯此作「則」，其餘皆作「而」，「則」蓋非《辯亡論》原貌，底三是也。

〔54〕 礼　胡刻本作「禮」。「礼」字《說文》以為古文「禮」，敦煌吐魯番寫本多用「礼」，後世刊本則多改作「禮」。下凡「礼」字同。

〔55〕 鋤　胡刻本作「鉏」。《說文》有「鉏」無「鋤」，「鋤」為後起換旁字。

〔56〕 于　胡刻本作「乎」。「乎」「于」二字古多通用。

〔57〕 隕　胡刻本作「殞」。《說文》有「隕」無「殞」，「殞」為後起別體。

〔58〕 以奇蹤襲逸軌叡心曰令昌　胡刻本「逸」「令」上並有「於」字，「昌」作「圖」，「曰」作「因」。《晉書》無二「於」字，與底三合。《干祿字書·平聲》：「昌圖，上俗下正。」[44] 下凡「昌」「曰」字並同。

〔59〕 乎　胡刻本作「於」。「乎」「於」二字古多通用。

〔60〕 諮　胡刻本作「咨」。「咨」「諮」古今字。

〔61〕 旗命交乎塗巷　胡刻本「旗」作「旌」，「乎」作「於」。「旗」

---

42 參見張涌泉師《敦煌俗字研究》（第二版），第889頁。

43 歐陽詢《藝文類聚》，第204頁。以下凡引《藝文類聚》所載《辯亡論》，不復一一出注。

44 「曰因，上俗下正。」施安昌《顏真卿書干祿字書》，第19、22頁。

為「旌」之俗字，《五經文字·部》：「旌，從生，作斿訛。」[45]
「乎」「於」二字古多通用。

〔62〕尋聲而嚮臻　胡刻本「嚮」作「響」。聲響本字當作「響」，「嚮」
為「向」之後起增旁字，或借為「響」。慧琳《一切經音義》卷
四《大般若經》第三六九卷音義「谷響」條注云：「經從向作嚮，
非。」[46] 下凡「嚮」字同。

〔63〕儔　胡刻本作「傳」。《說文·人部》：「儔，翳也。」段注云：「自
唐以前用『儔侶』皆作『儔』，絕無作『傳』者。玄應之書曰：
『王逸云：二人為匹，四人為儔。儔亦類也。今或作傳矣。』然
則用『傳』者起唐初，以致於今。」[47]

〔64〕淩統　胡刻本作「凌統」。《廣韻·蒸韻》：「淩，姓，吳將有淩
統。」[48] 俗書氵、冫二旁混用，故「淩」或作「凌」。

〔65〕張承　胡刻本作「張承」。白化文錄文作「張丞」，云：「當以從
各本作『張承』為是。」按「承」即「承」之俗字，考詳《敦煌
俗字研究》[49]。

〔66〕聲名　胡刻本作「名聲」。「聲名」二字《三國志》裴注引同。「聲
名」並列結構，固可倒作「名聲」。

〔67〕顧　胡刻本作「顧」。「顧」為「顧」之俗字，說見《玉篇·頁
部》[50]。下凡「顧」字同。

45　《叢書集成初編》本，第 79 頁。

46　徐時儀《一切經音義三種校本合刊》，第 569 頁。

47　段玉裁《說文解字注》，第 378 頁。

48　《宋本廣韻》，第 178 頁。

49　張涌泉《敦煌俗字研究》（第二版），第 256 頁。

50　《宋本玉篇》，第 75 頁。

〔68〕 軄　胡刻本作「職」。《玉篇・身部》：「軄，俗職字。」[51]下凡
　　　　「軄」字同。

〔69〕 張敦　胡刻本作「張惇」。李善注引《吳錄》「張惇字叔方，吳
　　　　郡人也」云云，白化文云：「當以從各本作『張惇』為是。」按
　　　　《三國志・吳書・顧雍傳》附顧邵傳云：「邵字孝則，博覽書
　　　　傳，好樂人倫。少與舅陸績齊名，而陸遜、張敦、卜靜等皆亞
　　　　焉。」裴注引《吳錄》云：「敦字叔方，靜字玄風，並吳郡人。」[52]
　　　　「敦」字合於底三。

〔70〕 風議　胡刻本作「諷議」。「風」「諷」古今字。

〔71〕 唐衡　胡刻本作「沈珩」。五臣本、《三國志》裴注引、《晉書》
　　　　並作「沈珩」。李善注引《吳書》「沈珩字仲山，吳郡人也」云
　　　　云，《三國志・吳書・吳主傳》「重遣西曹掾沈珩陳謝」裴注引
　　　　同[53]。底三疑誤。

〔72〕 機祥　胡刻本作「禨祥」。「機」字白化文錄文作「機」，謂「當
　　　　以從胡刻本作『禨』為是」。按六臣本作「機」，校語云「善本
　　　　作禨字」。《說文・鬼部》：「鬾，鬼俗也。从鬼，幾聲。」段注
　　　　云：「各書从示作禨，同。」[54]故梁章鉅《文選旁證》云：「六臣
　　　　本『禨』誤作『機』。」[55]底三「機」可視為「機」字俗寫，扌、
　　　　木二旁不分也。

51　《宋本玉篇》，第63頁。

52　《三國志》第5冊，第1229頁。

53　《三國志》第5冊，第1124頁。

54　段玉裁《說文解字注》，第436頁。

55　梁章鉅《文選旁證》，第1191頁。

〔73〕　煞　胡刻本作「殺」。《干祿字書・入聲》:「煞殺,上俗下正。」[56]

〔74〕　強諫　胡刻本作「彊諫」。據《說文》,「彊」本字,「強」假借字。下凡「強」「彊」之別不復出校。

〔75〕　龍躍川流　胡刻本「川」作「順」。五臣本、《三國志》裴注引及《晉書》並作「順」,然「龍躍川流」與下句「虎步原隰」相對為文,「原隰」並列結構,則作「順」似非妥當,底三「川」字是也。

〔76〕　壹　胡刻本作「一」。「一」「壹」二字古通用。

〔77〕　号　胡刻本作「號」。「号」「號」古今字,敦煌吐魯番寫本多作「号」。下凡「号」字同。

〔78〕　率　胡刻本作「帥」。「率」「帥」二字古多通用,皆《說文》「衛」之假借字,說詳《說文・行部》「衛」篆段注[57]。

〔79〕　關　底三似原作誤字,後以雌黃塗去「門」內部分,茲據胡刻本錄作「關」。

〔80〕　而我陸公　胡刻本無「我」字。白化文云:「《三國志》注、《晉書》、《御覽》均有『我』字。」按胡刻本無「我」者疑襲自六臣本。

〔81〕　蓬蘢　胡刻本作「蓬籠」。「蘢」字明州本、《晉書》、《太平御覽》卷三一三《兵部四十四》引《辯亡論》同[58],《晉書音義》:「蓬蘢,盧紅反。」[59]而《三國志》裴注引作「籠」,合於胡刻本。俗書⺮、艹二旁混用,遂致「蘢」「籠」之異。胡刻本李善注云:

56　施安昌《顏真卿書干祿字書》,第60頁。

57　段玉裁《說文解字注》,第78頁。

58　《太平御覽》,第1443頁。

59　《晉書》第10冊,第3259頁。

「《楚辭》曰：登蓬籠而下隕兮。王逸曰：蓬籠，山名也。」今本《楚辭‧九歎‧逢紛》作「逢龍」[60]，則加偏旁者皆後起字。

〔82〕莧然　胡刻本作「莞然」。胡克家《文選考異》云：「茶陵本『莞』作『莧』，注同，校語云『五臣作莞』；袁本校語云『善作莧』，其注中亦皆作『莧』。考《論語釋文》『莧爾』字如此，尤（袤）因今《論語》作『莞』，定從校改，遂以五臣亂善，非。《晉書》作『莞』，《吳志》注作『藐』，即『莧』之誤也。」按「莧」之誤為「藐」，「莧」字是其中介，《說文‧兒部》「貌」為「兒」之籀文。胡刻本卷三張衡《東京賦》「乃爾而笑曰」，「莧」字六臣本作「莞」，明州本校語云「善本作字」，奎章閣本則云「善本作藐字」，其誤與《三國志》裴注相同。「莧」為「莞」字隸書之變，說見王念孫《廣雅疏證》「莞，笑也」條[61]。至胡克家所揭「莧」字，實當作「莧」。《說文‧莧部》：「莧，山羊細角者。從兔足，苜聲。」艸部：「莧，莧菜也。從艸，見聲。」邵瑛《說文解字羣經正字》云：「《易‧夬》『莧陸夬夬』，王弼注：『莧陸，草之柔脆者也。』字當從艸、見聲。至虞翻注謂『莧』讀『夫子莧爾而笑』之『莧』，孟喜《章句》謂莧陸為獸名，則字當從兔足、苜聲，不宜混用。」[62]黃侃《文選平點》亦謂《東京賦》「莧」字「實當作莧羊之『莧』」[63]，其說與王念孫不同。

〔83〕峙　胡刻本作「跱」。《說文‧止部》「歭」篆段注云：「峙即歭，變止為山，如岐作歧，變山為止，非真有從山之峙、從止之歧

60　洪興祖《楚辭補注》，第284頁。

61　王念孫《廣雅疏證》，第38頁。

62　《續修四庫全書》第211冊，第259頁。

63　黃侃《文選平點》（重輯本），第28頁。

也。峙亦作跱。」⁶⁴

〔84〕蜀　胡刻本作「益」。「蜀」字《三國志》裴注引同，五臣本、《晉
書》並作「益」。

〔85〕北列淮漢之涘　胡刻本「列」作「裂」。《說文・刀部》：「列，
分解也。」衣部：「裂，繒餘也。」是「列」本字，「裂」假借字。

〔86〕苞　胡刻本作「包」。「包」「苞」古今字。

〔87〕羣　胡刻本作「群」。「羣」「群」古異體字。下凡「羣」「群」
之別不復出校。

〔88〕戟　胡刻本作「棘」。「戟」字《三國志》裴注引同，五臣本、《晉
書》、《藝文類聚》並作「棘」。《周禮・天官・掌舍職》「為壇
壝宮、棘門」鄭司農注云：「棘門，以戟為門。」孫詒讓《周禮
正義》云：「『棘』『戟』古同讀，故經典『戟』字多作『棘』。」⁶⁵

〔89〕一个行人　胡刻本「个」作「介」。白化文云：「敦煌卷子中『个』
『介』用作對人之量詞時常不分別，互換使用。」按「个」即
「介」字隸書之省，考詳王引之《經義述聞》卷三一《通說上》
「个」條⁶⁶。

〔90〕曜　胡刻本作「耀」。「曜」「耀」皆《說文・火部》「燿」之異
體字，說見徐灝《說文解字注箋》⁶⁷。

〔91〕沒　胡刻本作「歿」。「沒」字五臣本、《晉書》同。「沒」「歿」
古今字。

〔92〕虔脩遺憲　胡刻本「脩」作「修」。「修」本字，「脩」假借字。

64　段玉裁《說文解字注》，第 67 頁。

65　孫詒讓《周禮正義》，第 426 頁。

66　王引之《經義述聞》，第 747-751 頁。

67　《續修四庫全書》第 226 冊，第 321 頁。

二字古多通用。下凡「脩」「修」之別不復出校。

〔93〕 失 胡刻本作「闕」。五臣本、《三國志》裴注引及《晉書》並作「闕」，「闕」「失」義同。

〔94〕 典刑未革 胡刻本「革」作「滅」。五臣本、《三國志》裴注引及《晉書》並作「滅」。革者改也，滅者絕也，義皆可通。

〔95〕 左丞相陸凱以謇愕盡規 胡刻本「丞」作「丞」，「愕」作「諤」。「丞」字俗寫或作「承」。《文選集注》袁宏《三國名臣序贊》「神情所涉，豈徒謇愕而已哉」，《音決》：「諤，五各反；或為愕者，非。」考「諤」「愕」二字《說文》皆未收，流俗多以「愕」為「驚愕」字、「諤」為「謇（謇）諤」字，故《音決》謂《三國名臣序贊》作「愕」字非是，實則 P.2833《文選音》殘卷所據《序贊》正作「愕」，與底三《辯亡論》相同。原本《玉篇》殘卷言部：「諤，魚各反。《楚辭》：『或直言之諤諤。』野王案：諤諤，正直之言也，《韓詩外傳》『周舍願為諤諤之臣，執筆慘（操）牘，從君之道』是也。《廣雅》：『諤諤，語也。』《字書》『咢』字也。野王案：咢亦驚也，在吅部。或為愕字，在心部。」[68] 以「愕」「諤」為異體字。王念孫《廣雅疏證》亦謂「諤」「愕」「鄂」「咢」等「竝字異而義同」[69]。

〔96〕 施績 底三原作「施續」，茲據胡刻本改。五臣本、《三國注》裴注引、《晉書》並作「施績」。

〔97〕 雍斐 胡刻本作「離斐」。白化文云：「胡刻本善注：『《吳志》曰：黎斐力戰。黎與離音相近，是一人，但字不同。』」按《三國

---

68 《原本玉篇殘卷》，第 240 頁。按「或直言」之「言」字上原有一「也」字，《續修四庫全書》影印本右側施刪字符（第 228 冊，第 290 頁），茲據刪。

69 王念孫《廣雅疏證》，第 179 頁。

志》卷五十五《丁奉傳》有『復使奉與黎斐解圍』，卷六十四《孫
綝傳》有『朱異率將軍丁奉、黎斐等五萬人攻魏』。善注雜引併
合，非《三國志》原文。又，《三國志》注、《晉書》均作『鍾
離斐』。按：應以『離（黎）斐』為是。」按六臣本作「鍾離
斐」，「鍾」下校語云「善本無鍾字」。底三「雍」蓋「離」之形
訛字。

〔98〕　婁玄　胡刻本作「樓玄」。白化文云：「善注：『《吳志》曰：樓
玄字承先，沛郡〔蘄〕人也。』所引出《三國志》卷六十五《樓
玄傳》。以作『樓玄』為是。」按六臣本作「婁玄」，與底三合，
「婁」下校語云「善本從木」。

〔99〕　賀邵　胡刻本作「賀劭」。梁章鉅《文選旁證》云：「六臣本、《晉
書》『劭』並作『邵』，是也，《吳書》有《賀邵傳》。」[70]

〔100〕　股肱猶良　胡刻本「良」作「存」。白化文云：「『良』字《三
國志》注、《晉書》並同，義較勝。」李梅《敦煌吐魯番寫本
〈文選〉研究》云：「白說可從。《文選・褚淵碑文》：『元首惟
明，股肱惟良。』李善注引《尚書大傳》曰：『元首明哉，股肱
良哉。』此典故實出自《尚書・大禹謨》。」[71] 按：「大禹謨」
當作「益稷」或「皋陶謨」。按「良」字六臣本同，校語云「善
本作存字」。

〔101〕　疊　胡刻本作「疉」。「疊」為「疉」之俗字，說見《廣韻・震
韻》[72]。下凡「疊」「疉」之別不復出校。

〔102〕　歷　胡刻本作「曆」。「歷」「曆」古今字。

70　梁章鉅《文選旁證》，第 1194 頁。

71　浙江大學 2003 年碩士學位論文，第 12 頁。

72　《宋本廣韻》，第 373 頁。

〔103〕 蕃 胡刻本作「藩」。「蕃」「藩」古今字。

〔104〕 非一世之選 胡刻本「之」作「所」。「之」字《三國志》裴注
引同，五臣本、《晉書》、《藝文類聚》並作「所」，疑因下句
云「無曩日之眾」為避複而改。

〔105〕 險阻之制 胡刻本「制」作「利」。五臣本、《三國志》裴注
引、《晉書》、《藝文類聚》並作「利」，底三「制」疑為形訛字。

〔106〕 趍 胡刻本作「趣」。「趍」為「趨」之俗字，說見《廣韻·虞
韻》[73]。「趨」「趣」二字古多通用。下凡「趍」字同。

五等論一首[107]　陸士衡

夫體國營治[108]，先王所慎。創製遺基[109]，思隆後葉。然而經略
不同，長世異術。五等之制，始於黃唐；郡縣之治，創於秦漢[110]。得
失成敗，僃在典謨，是以其詳可得而言。

夫先王知帝業至重，天下至廣[111]。廣不可以徧制[112]，重不可以
獨任。任重必於借力，制廣終于[113]臣人。故設官分職，所以輕其任
也；並建伍長[114]，所以弘其制也。於是乎立其封壇[115]之典，裁其親
疎之宜[116]。使万國相維，以成磐石[117]之固；宗庶雜居，而定維城之
業。又有以見綏世之長御，識人情之大方。知其為人不如厚己，利物
不如圖身；安上在于[118]悅下，為己在乎利人。故《易》曰：悅以使
民[119]，民忘其勞。《孫卿》曰：不利而利之，不如利而後利之之利
也。是以分天下以厚樂，而己得與之同憂；饗天下以豐利，而我得與
[120]之共害。利博則思篤[121]，樂遠則憂深。故諸侯享食土之實，万國
受世及之祚[122]。夫然，則南面之君各矜其治[123]，九服之民知有定

73　《宋本廣韻》，第57頁。

主。上之子愛於是乎生，下之體信於是乎結。世治足以敦風，道衰足以禦^[124]暴。故強毅之國，不能擅一時之勢；雄俊之民^[125]，無所寄霸王之志。然後國安由万邦之思治，主尊賴羣后之圖身。譬猶眾目營方，則天經自昶^[126]；四體辭^[127]難，而心膂獲乂。蓋^[128]三代所以直道，四主^[129]所以垂業也。

　　夫盛衰隆弊，理所固有。教之癈興，繫于^[130]其人。愿法期於必諒^[131]，明道有時而闇。故世及之制，弊於強禦；厚下之典，漏於末折。侵弱之釁，遘自三季；陵夷之禍，終于七雄。昔者成湯親昭夏后之鑒^[132]，公且目涉商人之戒，文質相濟，損益有差^[133]，故五等之禮不革于時，封畛之制有隆焉尔^[134]者，豈翫二王之禍^[135]而闇經世之笨乎？固知百世非可懸御，善制不能無弊，而侵弱之辱愈於殄祀，土崩之困痛於陵夷也。是以經始權其多福，慮終取其少禍，非謂侯伯無可亂之符，郡縣非致治之具也。故國憂賴其釋位，主弱憑其翼戴。及其承微積弊^[136]，王室遂卑，猶保名位，祚遺^[137]後嗣，皇統幽而不輟，神器否而必存者，豈非置勢使之然與？

　　降及亡秦，棄道任術。懲周之失，自矜其德^[138]。尋斧始於所庇，制國昧於弱下。國慶獨享其利^[139]，主憂莫與共害。雖速亡趙亂^[140]，不必一道，顛沛之釁，實由孤立。是蓋思五等〔之〕^[141]小怨，忘万國之大德；知陵夷之可患，闇土崩之為痛也。周之不競，有自來矣。國乏令主，十有餘世。然片言勤王，諸侯必應；一朝震矜^[142]，遠國先叛。故強晉收其請隧之圖，暴楚頓其觀鼎之志。豈劉、項之能闚關，勝、廣之敢號澤哉？借使秦人曰循周制，雖則無道，有與共弊，覆滅之禍，豈在曩日！

　　漢矯秦枉，大啟王侯^[143]。境土踰溢^[144]，不遵舊典。故賈生憂其危，鼂錯^[145]痛其乱。是以諸侯阻其國家之富，憑其士民之力，勢足

者反疾，土狹者逆遲〔146〕。六臣犯其弱綱，七子衝其漏網〔147〕。皇祖夷
於黔徒〔148〕，西京病其〔149〕東帝。是蓋過正之災〔150〕，而非建侯之累
也。然呂氏之難，朝士外顧。宋昌筴漢，必稱諸侯。逮至中葉，忌其
失節，割削宗子，有名無實，天下曠然，復襲亡秦之軌矣。是以五侯
作威，不忌万邦；新都襲漢，易於拾遺也。光武中興，纂隆皇統，而
猶遵覆車之遺轍，養喪家之宿疾，僅及數世，奸宄充斥〔151〕。卒有強臣
專朝，則天下風靡；一夫縱撗〔152〕，則城池自夷。豈不危哉！

　　在周之衰，難興王室。放命者七臣，干位者三子。嗣王委其九
鼎，凶族據其天邑。鉦鼙震於闉宇，鋒鏑流于〔153〕絳闕。然禍止畿甸，
害不覃及。天下晏然，以治待亂。是以宣王興於共和，襄惠振於晉
鄭。豈若二漢，階闥暫擾，而四海已沸；〔154〕臣朝入，而九服夕亂哉？

　　遠惟王莽篡逆之事，近覽董卓擅權之際，億兆悼心，愚智同痛。
然周以之存，漢以遂〔155〕亡，夫何故哉？豈世乏曩時之臣，士無匡合
之志與〔156〕？蓋遠績屈於時異，雄心挫於卑勢耳。故烈士扼捥〔157〕，終
委寇讎之手；忠臣變節〔158〕，以助虐國之桀。雖復時有鳩合同志，以謀
王室，然上非奧主，下皆市人。師旅無先定之班，君臣無相保之志。
是以義兵雲合，無救劫弒之禍；民望未改，而已見大漢之滅矣。

　　或以諸侯世位，不必常全，昏主暴君，有時比迹，故五等所以多
亂；今之牧守，皆〔159〕官方庸能，雖或失之，其得固多，故郡縣易以
為治。夫德之休明，黜陟日用，長率連屬，咸述其職，而淫昏之君無
所容過，何則其不治哉？故先代有以之興矣。苟或衰陵，百度自悖，
鬻官之吏以貨准才〔160〕，則貪殘之萌皆〔161〕羣后也，安在其不亂哉？故
後王有以之癈矣。且要而言之，五等之君，為己思治；郡縣之長，為
利圖物。何以徵之？蓋企〔162〕及進取，仕子之常志；脩己安民，良士
所希及〔163〕。夫進取之情銳，而安民之譽遲。是故侵百姓以利己者，在

位所不憚；損實事以養名者，官長所夙夜也。君無卒歲之圖，臣挾一時之志。五等則不然。知國為己土，眾皆我民，民安己受其利，國傷家嬰其痛〔164〕。故前人欲以垂後，後嗣思其堂構。為上無苟且之心，羣下知膠固之義。使其並賢居治，則功有厚薄；兩愚處亂，則過有深淺。然則八代之制，幾可以一理貫；秦漢之典，殆可以一言蔽〔165〕。

【校記】

〔107〕　五等論一首　底四起於此，胡刻本無「一首」二字。按篇題內無「一首」者不合《文選》體例，五臣本作「五等諸侯論一首」，可資參證。唯五臣本「諸侯」二字疑後人所加，《晉書》陸機本傳云「著《五等論》」[74]，《藝文類聚》卷五一《封爵部》引陸機此論亦稱「五等論」[75]。

〔108〕　夫軆國營治　胡刻本「軆」作「體」，「營治」作「經野」。《玉篇・身部》：「躰軆，並俗體字。」[76] 下凡「軆」字同。胡克家《文選考異》云：「袁本、茶陵本『經野』作『營治』。案：二本是也。《晉書》作『經野』，尤（袤）依之改，非。」按胡氏之說是也。六臣本不出李善、五臣異同，蓋所見李善注本亦作「營治」。《五等論》固無取於「經野」之義。

〔109〕　創製遺基　胡刻本「遺」作「垂」。五臣本、《晉書》並作「垂」。李善注引《論語比考讖》云：「以俟後聖垂基也。」所據本當不作「遺」。下文「祚垂後嗣」之「垂」底四亦作「遺」，

74　《晉書》第5冊，第1475頁。以下凡引《晉書》所載《五等論》，不復一一出注。

75　歐陽詢《藝文類聚》，第916頁。以下凡引《藝文類聚》所載《五等論》，不復一一出注。

76　《宋本玉篇》，第63頁。

殆因避諱而改字耶？

〔110〕　創於秦漢　胡刻本「於」作「自」。「於」字《晉書》同，五臣
　　　　本、《藝文類聚》並作「自」，疑因上句云「始於黃唐」為避複
　　　　而改。

〔111〕　天下至廣　胡刻本「廣」作「曠」，下文「廣不可以徧制」「制
　　　　廣終于巨人」二「廣」字並同。「廣」字《晉書》、《藝文類聚》
　　　　同；六臣本作「曠」，五臣李周翰注云：「曠，遠也。」與李善
　　　　注所引《廣雅》文相同。「廣」「曠」同源，說見王力《同源字
　　　　典》[77]。

〔112〕　徧制　胡刻本作「偏制」。五臣本、《晉書》、《藝文類聚》並
　　　　作「偏制」，「偏制」與下句「獨任」相對為文，「獨」「偏」
　　　　義近，「徧」蓋形訛字。

〔113〕　于　胡刻本作「乎」。「于」「乎」二字古多通用。

〔114〕　並建伍長　胡刻本「伍」作「五」。李善注引《尚書》「外薄四
　　　　海，咸建五長」，似所據《五等論》作「五長」。不過《五等論》
　　　　「並建伍長」與上句「設官分職」皆典出《周禮》，上句李注引
　　　　《周禮》云「設官分職，以為民極」，是也；而「並建伍長」則
　　　　本諸《天官・大宰職》「乃施則于都鄙，而建其長，立其兩，
　　　　設其伍，陳其殷，置其輔」[78]，李注引《尚書・益稷》似欠妥
　　　　帖。唯《周禮》「設其伍」本取義於「五人為伍」，「五」「伍」
　　　　古今字。《晉書》作「伍長」，正與底四相同。

〔115〕　壃　胡刻本作「疆」。「壃」「疆」皆「畺」之增旁字。

77　王力《同源字典》，第 347 頁。

78　《十三經注疏》，第 649 頁。

〔116〕裁其親疎之宜　胡刻本「裁」作「財」。「裁」字《晉書》同。
　　　　李善注云：「賈逵《國語注》曰：裁，制也。裁與財古字通。」

〔117〕磐石　胡刻本作「盤石」。五臣本、《晉書》、《藝文類聚》並
　　　　作「盤石」。《說文》有「盤」無「磐」，「磐」為後起別體。

〔118〕于胡刻本作「於」。「于」「於」二字古多通用。

〔119〕易曰悅以使民　胡刻本「悅」作「說」。「說」「悅」古今字。
　　　　五臣本、《晉書》並作「悅」，與上文「安上在于悅下」字同，
　　　　胡刻本「說」字蓋據傳本《周易》校改。

〔120〕与　胡刻本作「與」。「与」「與」二字古混用無別，敦煌吐魯
　　　　番寫本往往用「与」字，後世刊本則多改作「與」。下凡「与」
　　　　字同。

〔121〕利愽則思篤　胡刻本「愽」作「博」，「思」作「恩」。「愽」
　　　　為「博」之俗字，《干祿字書‧入聲》：「愽博，上通下正。」[79]
　　　　胡刻本亦往往用「愽」字。五臣本、《晉書》均作「恩」，底四
　　　　「思」疑為形訛字。

〔122〕「祚」下胡刻本有「矣」字。五臣本、《晉書》、《藝文類聚》
　　　　並無「矣」，與底四合。

〔123〕各矜其治　胡刻本「矜」作「務」。五臣本、《晉書》、《藝文
　　　　類聚》並作「務」，「各矜其治」不辭，「矜」當是「務」之形
　　　　訛字。

〔124〕禦　胡刻本作「御」。五臣本、《晉書》、《藝文類聚》並作
　　　　「禦」，「禦」當是「禦」之俗字。「御」「禦」古今字。下凡「禦
　　　　」字徑錄作「禦」。

79　施安昌《顏真卿書干祿字書》，第64頁。

〔125〕 民　胡刻本作「士」。「民」字六臣本同，校語云「善本作士字」。《藝文類聚》亦作「民」；《晉書》作「人」，即「民」之諱改字。

〔126〕 則天緪自昶　胡刻本「緪」作「網」。李善注云：「天網，以喻王室也。《老子》曰：天網恢恢，疎而不失。《呂氏春秋》曰：一引其網，萬目皆張。」五臣本、《晉書》亦並作「天網」。底四「緪」為「網」之俗字，誤。

〔127〕 辝　胡刻本作「辭」。《說文・辛部》：「辝，不受也。从辛，从受。辝，籀文辝从台。」「辭，訟也。」此為「辝讓」字，則「辝」本字，「辭」假借字。後世「辝讓」「辭說」字並作「辭」，一般不加區分。

〔128〕 蓋　胡刻本無。六臣本據五臣有「蓋」字，校語云「善本無蓋字」。按傳世李善注本無「蓋」字者殆脫訛，《晉書》可證。

〔129〕 四主　胡刻本作「四王」。五臣本、《晉書》並作「四王」。李善注云：「《禮記》曰：三王四代唯其師。鄭玄曰：四代，謂虞、夏、商、周也。」《五等論》「四王」及上句「三代」即化用《禮記》文，底四「主」字疑誤。

〔130〕 于　胡刻本作「乎」。「于」「乎」二字古多通用。

〔131〕 愿法期於必諒　胡刻本「諒」作「涼」。李善注云：「言法不可常愿，故期在於必薄；道不可常明，故有時而或闇。以諭盛衰廢興，抑唯常理也。孔安國《尚書傳》曰：愿，慤也。《左氏傳》：渾罕曰：君子作法於涼，其弊猶貪。杜預曰：涼，薄也。」是以「涼」[80]為本字，則「諒」為假借字。唯「諒」字

80　《玉篇・氵部》：「涼，俗凉字。」（《宋本玉篇》，第364頁）

六臣本、《晉書》同[81]，並與底四相合。六臣本不出李善、五臣異同，胡刻本正文「涼」字疑後人據注而改。

〔132〕成湯親昭夏后之鑒　胡刻本「昭」作「照」。五臣本、《晉書》並作「照」。「昭」「照」古今字。

〔133〕損益有差　胡刻本「差」作「物」。李善注云：「《論語》：子曰：殷因於夏禮，所損益可知也；周因於殷禮，所損益可知也。物，禮物也。」五臣本亦作「物」，呂延濟注云：「物，事也。」按「損益有物」不辭，「物」字疑非陸機《五等論》原文。

〔134〕尔　胡刻本作「爾」。「尔」為「介」手寫變體；《說文》「介」「爾」字別，但從古代文獻的實際使用情況來看，二字多混用不分，說見《敦煌俗字研究》[82]。下凡「尔」字同。

〔135〕豈翫二王之禍　「二王」底四原作「三王」。李善注云：「二王，謂夏、殷也。」即指上文「夏后」「商人」，底四「三王」誤，茲據胡刻本改正。五臣本、《晉書》亦並作「二王」。胡刻本「翫」作「玩」。《說文·玉部》：「玩，弄也。」習部：「翫，習猒也。」是「翫」本字，「玩」假借字。

〔136〕及其承微積弊　胡刻本無「其」字，「承」作「承」。五臣本、《晉書》皆無「其」字。「承」為「承」之俗字。

〔137〕遺　胡刻本作「垂」。參見校記〔109〕。

〔138〕德　胡刻本作「得」。五臣本、《晉書》、《藝文類聚》並作「得」。「得」與上句「失」相對為文，底四「德」為假借字。

〔139〕國慶獨享其利　胡刻本「享」作「饗」。五臣本、《晉書》、《藝

81　按《晉書》校勘記謂「諒」為「涼」字之誤（第5冊，第1489頁）。

82　張涌泉《敦煌俗字研究》（第二版），第250頁。

文類聚》並作「饗」。《說文·食部》：「饗，鄉人飲酒也。」亯部：「亯，獻也。」「享」即「亯」之隸定字。此以作「饗」為本字，唯「饗」「享」二字古多通用。

〔140〕乱　胡刻本作「亂」。《干祿字書·去聲》：「乱亂，上俗下正。」[83]下凡「乱」字同。

〔141〕之　底四原脫，茲據胡刻本校補。

〔142〕震矜　底四原作「震抣」。胡刻本作「振矜」，李善注云：「《公羊傳》：葵丘之會，齊桓公震而矜之，叛者九國。震之者何？猶曰振振然。矜之者何？猶莫若我也。何休曰：震矜，色自美之貌。」而底四「抣」為「旅」之俗訛字，此為「矜」字之訛，茲據胡刻本改。「震」「振」同源，說見王力《同源字典》[84]。

〔143〕王侯　胡刻本作「侯王」。「王侯」二字《晉書》同，五臣本、《藝文類聚》並作「侯王」，與胡刻本合。

〔144〕踰溢　「溢」底四原作「盜」。「踰」「溢」連文同義，「盜」為形訛字，茲據胡刻本改。五臣本、《晉書》、《藝文類聚》並作「溢」。

〔145〕鼂錯　胡刻本作「朝錯」。《漢書·爰盎朝錯傳》卷題下顏注云：「鼂，古朝字，其下作朝，蓋通用耳。」[85]是所據本卷題作「鼂」，卷內正文作「朝」。今本《漢書·百官公卿表》尚「鼂錯」「朝錯」錯見，「鼂」字與底四相同。

〔146〕遟　胡刻本作「遲」。「遟」小篆隸定字，「遲」籀文隸定字，「遟」則後出俗字。下凡「遟」字同。

83　施安昌《顏真卿書干祿字書》，第52頁。
84　王力《同源字典》，第515頁。
85　《漢書》第8冊，第2267頁。

〔147〕七子衝其漏網　胡刻本「衝」作「衢」。「衝」字五臣本、《晉書》、《藝文類聚》並同，與上句「六臣犯其弱綱」之「犯」對文義近，「衢」為形訛字。

〔148〕皇祖夷於黔徒　胡刻本「黔」作「黥」。胡刻本李善注云：「《史記》曰：淮南王黥布反，高祖自往擊之，布走，高祖時為流矢所中，行道病。杜預《左氏傳注》曰：夷，傷也。然黥當為黔。」「黥當為黔」殊乖情理，故胡克家《文選考異》謂「黥」「黔」二字當互易，正文「黥」則本作「黔」字：「此因正文既改作『黥』，與注不相應，復改注以就之也。考《史記》、《漢書》黥布，不得云『當為黔』甚明；他書不更見有作『黔』者。」又云：「《晉書》正作『黔』，最為不誤。此注云『然黔當為黥』，唯正文用『黔首』字為『黥布』字，故善云爾也。」底四「黔」字亦不誤也。

〔149〕其　胡刻本作「於」。五臣本、《晉書》、《藝文類聚》並作「於」。

〔150〕灾　胡刻本作「災」。「烖」之或體作「灾」，籀文則作「災」，見《說文・火部》「烖」篆說解[86]。

〔151〕奸宄充斥　胡刻本「宄」作「軌」。「宄」蓋「宄」之變體，五臣本、《晉書》正作「宄」。《說文・宀部》：「宄，姦也。外為盜，內為宄。从宀，九聲。讀若軌。」是「軌」為「宄」之假借字。

〔152〕縱撗　胡刻本作「縱衡」。敦煌吐魯番寫本扌、木二旁相混，底四「撗」為「橫」字俗寫，五臣本正作「橫」。縱衡之「衡」

86　許慎撰，徐鉉校定《說文解字》，第209頁。

本字當作「橫」，「衡」為假借字。

〔153〕　于　胡刻本作「乎」。「乎」「于」二字古多通用。

〔154〕　嬖　胡嬖刻本作「孽」。《正字通・女部》：「嬖，俗孽字。」[87]

〔155〕　遂　胡刻本作「之」。五臣本、《晉書》並作「之」。

〔156〕　與　胡刻本作「歟」。「與」「歟」二字古通用。

〔157〕　捥　胡刻本作「腕」。《玉篇・肉部》：「腕，烏段切，手腕。亦作捥。」[88]

〔158〕　忠臣變節　胡刻本「忠臣」作「中人」。五臣本亦作「中人」，呂向注云：「中庸之人。」梁章鉅《文選旁證》云：「《晉書》『中』作『忠』，恐誤。」[89]按「中人」似無節概可稱，此既云「變節」，則作「忠臣」義長。今本《晉書》作「中人」，不如梁氏所據本「忠」字尚存《五等論》原文也。

〔159〕　皆　胡刻本作「皆以」。「皆」字《晉書》同，胡刻本「皆以」合於六臣本。

〔160〕　以貨准才　胡刻本「准」作「準」。準平字今本《說文》從水作「準」，但古本似有從冫作「凖」者；而「准」蓋「凖」字隸變之譌，考詳《敦煌俗字研究》[90]。

〔161〕　皆　胡刻本作「皆如」。「皆」字《晉書》同，胡刻本「皆如」合於六臣本。

〔162〕　企　底四原作「仚」，「仚」為「仙」之正字，俗書山、止相亂，故或與「企」相混，茲據胡刻本改。

87　《續修四庫全書》第 234 冊，第 282 頁。

88　《宋本玉篇》，第 146 頁。

89　梁章鉅《文選旁證》，第 1204 頁。

90　張涌泉《敦煌俗字研究》（第二版），第 541 頁。

〔163〕 良士所希及　胡刻本「所」上有「之」字。「良士所希及」與
　　　　上句「仕子之常志」對文，胡克家《文選考異》云：「當依《晉
　　　　書》去『之』字，各本皆衍。」

〔164〕 痛　胡刻本作「病」。「痛」「病」義近，然《五等論》多用「痛」
　　　　字，「病」字或非陸機原文。

〔165〕 殆可以一言敝　「敝」底四似原作「幣」，後以雌黃塗去下半
　　　　「巾」；胡刻本作「蔽」，其下尚有「矣」字。李善注云：「《論
　　　　語》：子曰：詩三百，一言以蔽之，曰思無邪。孔安國《尚書
　　　　傳》曰：蔽，斷也。」則「蔽」本字，「敝」假借字。「矣」字
　　　　《晉書》作「也」。

辯命論一首〔166〕　劉孝標

　　主上嘗与諸名賢言及管輅，歎其有奇才而位不達。時有在赤墀之
下豫聞斯議，歸以告余。余謂士之窮通無非命也，故謹述天旨，回言
其致云。

　　臣觀管輅天才英偉，珪璋特秀，實海內之名傑，豈日者卜祝之流
乎？而宦止少府丞〔167〕，年終卌〔168〕八，天之報施，何其寡歟〔169〕？然
則高才而無貴仕，饕餮而居大位，自古所歎，豈獨〔170〕公明而已哉！
故性命之道，窮通之數，夭閼紛綸，莫知其辯，仲任蔽其源〔171〕，子長
闚其或〔172〕。至於褐冠〔173〕甕牖必以懸天有期，鼎貴高門則曰唯人所
召，譊譊讙咋，異端斯起。蕭遠論其本而不暢其流，子玄語其流而未
詳其本。嘗試言之曰：

　　夫通生萬物，則謂之道。生而無主，謂之自然。自然者，物見其
然，不知所以然；同焉皆得，不知所以得。鼓動陶鑄而不為功，庶類
混成而非其力。生之無亭毒之心，死之豈虔劉之志？墜之淵泉非其

怒，升之霄漢非其悅。蕩乎大乎，萬寶以之化：礭[174]乎純乎，一化而不易。化而不易，則謂之命。命也者，自天之令也[175]。定於冥兆，終然不變。鬼神莫能預，聖哲不能謀。觸山之力無以抗，倒日之誠弗能感。短則不可緩之於寸陰，長則不可急之於箭漏。至德未能踰，上智所不免。是以放勛之世浩浩襄陵，天乙之時焦金流石。文公其尾[176]，宣尼絕其粮[177]。顏回敗其叢蘭，冉耕歌其芣苢。夷叔斃淑媛之言，子輿困臧倉之訴。聖賢且猶若此，而況庸庸者乎？至乃伍員浮屍[178]於江流，三閭沉骸於湘渚。賈大夫沮志於長沙，馮都尉晧[179]髮於郎署。君山鴻漸，鎩羽儀於高雲；敬通鳳起，摧迅翮於風穴。此豈才不足而行有遺哉？

近世有沛國劉瓛，瓛弟璡，並一時之秀士也。瓛則關西孔子，通涉六經，恂恂善誘[180]，服膺儒行。璡則志烈秋霜，心貞崐玉[181]，亭亭高竦，不雜風塵。皆毓德于衡門，馳[182]聲於天地。而官有微於侍郎，位不登於執戟，相次徂落[183]，宗祀無饗。曰兩賢[184]以言古，則昔之玉質金相，英髦秀達，擯斥於當年[185]，韞奇才而莫用，候草木以共彫[186]，與麋鹿而同死，膏〔塗〕平原，〔骨〕填川谷[187]，堙滅而無聞者，豈可勝道哉！此則宰衡之與皁隸[188]，容彭之與殤子，猗頓之與黔婁，陽文之與敦洽，鹹得之於自然，不假道於才智。故曰死生有命，富貴在天，其斯之謂矣。

然命體周流，變化非一。或先號後笑，或始吉終凶，或不召自來，或曰人以濟[189]。交錯糺[190]紛，迴環[191]倚伏。非可以一理徵，非可以一途驗。而其道密微，寂寥忽慌。無形可以見，無聲可以聞。必禦物以效靈[192]，亦憑人而成象。譬天王之冕旒，任百官以司職。而惑者[193]覩湯武之龍躍，謂龕亂在神功；聞孔墨之挺生，謂英睿擅奇響；視彭韓之豹變，謂鷙猛致人爵；見張桓之朱紱，謂眀經拾青紫。

豈智有力者運之而趍乎〔194〕？故言而非命，有六蔽焉尔，請陳其梗槩：

夫麋顏膩理，哆嗼顑頷，形之異也；朝秀晨終，龜鵠千歲，年之殊也；聞言如響，智昬〔195〕菽麥，神之辯〔196〕也。同知三者定乎造化，榮辱之境獨曰由人，是知二五而未識於十，其蔽一也。

龍犀日角，帝王之表；河目龜文，公侯之相。撫鏡知其將刑，壓紐顯其膺籙〔197〕。星虹樞電，昭聖德之符；夜哭聚雲，鬱興王之瑞。皆兆發於前期，渙汗於後葉。若謂馳〔198〕虎，奮尺劍，入紫微，升帝道，則未達窅冥之情，未測神明之數，其蔽二也。

空桑之里，變成洪川；歷陽之都，化為魚鼈。楚師屠漢卒，睢河鯁其流；秦人坑趙士，沸聲若雷電〔199〕。火炎崐岳〔200〕，礫石與琬琰俱焚；嚴霜夜零，蕭艾與芝蘭共盡。雖游夏之英才，伊顏之殆庶，焉能抗之哉？其蔽三也。

或曰：明月之珠，不能無纇；夏后之璜，不能無考。故亭伯死於縣長，長卿〔201〕卒於園令。才非不傑也，主非不明也，而碎結綠之鴻輝，殘懸黎之夜色，抑尺量〔202〕有短哉？若然者，主父偃、公孫弘對策不升第，歷說而不入，牧豕淄原，見棄州郡〔203〕。設令忽如過隙〔204〕，溘死霜露，其為詬恥，豈崔、馬之流乎？及至開東閣，列五鼎，電照風行，聲馳海外，寧前愚而後智，先非而終是？將榮悴有定數，天命有至極？而謬生妍蚩，其蔽四也。

夫虎嘯風馳，龍興雲屬。故重華立而元凱升，辛受生而飛廉進。然則天下善人少，惡人多；闇主眾，明君寡。而薰蕕不同器，梟鸞不接翼。是使渾敦〔205〕、檮杌踵武〔206〕雲臺之上，仲容、庭堅耕〔207〕巖石之下。橫謂癈興在我，無繫於天，其蔽五也。

彼戎狄者，人面獸心，宴安鴆毒。以誅殺為道德，以丞報〔208〕為仁義。雖大風立於青丘，鑿齒奮於華野，比其狼戾〔209〕，曾何足云

〔210〕？自金行不競，天地板蕩，左帶沸脣，乘間電發。遂覆滙雒〔211〕，傾五都。居先王之桑梓，竊名号於中縣。與三皇競其氓蚩〔212〕，五帝桷其區寓〔213〕。種落繁熾，充仞神州。嗚呼！福善禍淫，徒虛言耳。豈非否泰相傾，盈縮遞運，而汩之以人？其蔽六也。

　　然所謂命者，死生焉，貴賤焉，貧富焉，治亂焉，禍福焉，此十者天之所賦也；愚智善惡，此四者人之所行也。夫神非舜禹，心異朱均，才絓中庸，在於所習。是以素絲無恒，玄黃代起；鮑魚芳蘭，入而自變。故季路學於仲尼，屬風霜之節；楚穆謀於潘崇，成弑〔214〕逆之禍。而商臣之惡，盛業光於後嗣；仲由之善，不能息其結纓。斯則耶〔215〕正由於人，吉凶存乎命〔216〕。或以鬼神害盈，皇天輔德。故宋公一言，法星三徙；殷帝自剪〔217〕，千里來雲。若〔218〕善惡無徵，未洽斯義。且于公高門以待封，嚴母掃墓以望喪，此君子所以自強不息也。若使〔219〕仁而無報，奚為脩善立名乎？斯俓庭之辞〔220〕也。

　　夫聖人之言，顯而晦，微而婉，幽遠而難聞，河漢而不極〔221〕。或立教以進庸怠，或言命以窮性靈。積善餘慶，立教也；鳳鳥不至，言命也。今以其片言辯其要趣，何異乎夕死之類而論春秋之變哉？且荊昭德音，丹雲不卷；周宣祈雨，珪璧斯罄〔222〕。于叟種德，不逮勛華之高；延年殘獷，未甚東陵之酷。為善一，為惡均，而禍福異其流，癈興殊其迹。蕩蕩上帝，豈如是乎？《詩》云：風雨如晦，鷄鳴不已。故善人為善，焉有息哉？

　　夫食稻梁〔223〕，進蒭〔224〕豢，衣狐狢〔225〕，襲氷〔226〕紈，觀窈眇之奇儛，聽雲和之琴瑟，此生民〔227〕之所急，非有求而為也。脩道德，習仁義，敦孝悌，立忠貞，漸礼樂之腴潤，蹈先王之盛則，此君子之所急，非有求而為也。然則君子居正體道，樂天知命。明其無可奈何，識其不由智力。逝而不召〔228〕，來而不距。生而不喜，死而不慼。

瑤臺夏屋不能悅其神，土室編蓬未足憂其慮。不充詘於富貴〔229〕，不遑
遑於所欲，豈有史公、董相《不遇》之文乎？

文選卷第廿七〔230〕

【校記】

〔166〕 辯命論一首　底五起於此，胡刻本無「一首」二字。按篇題內
　　　　無「一首」二字者不合《文選》體例，六臣本可證。篇題下胡
　　　　刻本小字注「并序」二字，五臣本同，蓋以「主上嘗與諸名賢
　　　　言及管輅」至「因言其致云」一段為序文，故「臣觀管輅天才
　　　　英偉」以下提行。考底五亦提行抄寫，則「主上」云云固可視
　　　　為序文。

〔167〕 而宦止少府丞　胡刻本「宦」作「官」。五臣本、《梁書·劉峻
　　　　傳》、《藝文類聚》卷二一《人部五》引《辯命論》並作
　　　　「官」[91]。下文云「而官有微於侍郎，位不登於執戟」，底五
　　　　「宦」疑為「官」之形訛字。

〔168〕 卌　胡刻本作「四十」。「卌」為「四十」之合文，敦煌吐魯番
　　　　寫本多作「卌」。

〔169〕 歟　胡刻本作「與」。「與」「歟」二字古通用。

〔170〕 豈獨　胡刻本作「焉獨」。五臣本、《梁書》、《藝文類聚》並
　　　　作「焉獨」。

〔171〕 仲任蔽其源　「仲任」底五原作「仲尼」。李善注云：「范曄《後
　　　　漢書》曰：王充字仲任。《論衡》曰：凡人有生死壽夭之命，

91 　《梁書》第3冊，第702頁；歐陽詢《藝文類聚》，第386頁。以下凡引《梁書》、《藝
　　文類聚》所載《辯命論》，不復一一出注。

亦有貴賤貧富之命。命當貧賤，雖富貴之，猶涉患禍，失其富貴。命當富貴，雖貧賤之，猶逢福善，離其貧賤。今言隨操行而至，此命在末不在本也。」底五「仲尼」非是，茲據胡刻本改正。五臣本、《梁書》、《藝文類聚》均作「仲任」。

〔172〕子長闡其或　胡刻本「或」作「惑」。黃志祥云：「或、惑通叚。」按「或」「惑」古今字。

〔173〕褐冠　胡刻本作「鶡冠」。「褐冠」五臣本、《藝文類聚》並同，五臣呂向注云：「褐冠，貧賤之服也。」《梁書》作「鶡冠」，則合於胡刻本。李善注引《七略》云：「鶡冠子者，蓋楚人也，常居深山，以鶡為冠，故曰鶡冠。」胡紹煐《文選箋證》云：「『鶡』與『褐』通。褐冠猶言布衣，貧賤者所服，編枲為之。作『褐』為正字，善注恐泥。」[92]黃志祥云：「依文意觀之，『褐冠甕牖』、『鼎貴高門』乃窮、顯之比，故當以五臣之解為佳，作『褐』較當。」

〔174〕礭　胡刻本作「確」。「礭」為「確」之俗字，考詳《敦煌俗字研究》[93]。

〔175〕自天之令也　胡刻本「令」作「命」。五臣本、《梁書》、《藝文類聚》並作「命」，李善注引《春秋元命苞》云「命者，天之命也」，故黃志祥云：「於此作『命』較當。」按「命」「令」古本同字，後世雖分化，義則不殊。

〔176〕文公躓其尾　「嚏」底五原作「踷」。胡刻本作「嚏」，李善注引《毛詩·豳風·狼跋》云：「狼跋其胡，載疐其尾。」「嚏」

92　胡紹煐《文選箋證》，第868頁。

93　張涌泉《敦煌俗字研究》（第二版），第645頁。

即「憲」之後起增旁字，底五「踕」當是「嚏」之形訛字。陸
德明《經典釋文》載《狼跋》或本「憲」作「疌」[94]，是其比。
茲據胡刻本改。

〔177〕　粮　胡刻本作「糧」。「粮」為「糧」之後起換旁俗字，《五經
文字·米部》：「糧，作粮訛。」[95]

〔178〕　伍員浮屍　胡刻本「屍」作「尸」。「屍」本字，「尸」假借字。
《說文·尸部》：「尸，陳也。」段注云：「至於在牀曰屍，其字
從尸、從死，別為一字，而經籍多借『尸』為之。」[96]

〔179〕　晧　胡刻本作「皓」。《說文》有「晧」無「皓」，「皓」為換
旁俗字。

〔180〕　恂恂善誘　胡刻本「恂恂」作「循循」。李善注引《論語》云：
「顏淵曰：夫子循循然善誘人。」考阮元《論語校勘記》云：
「案《後漢書·趙壹傳》注引《論語》曰『夫子恂恂然善誘
人』，『恂恂，恭順貌』，疑是鄭注。又攷《孟子·明堂章·章
指》及《三國志·步騭傳》、《後漢書·李膺傳》注俱引作『恂
恂』，又《後漢書·郭太傳》論林宗『恂恂善導』，《宋書·禮
樂志》載晉袁瓌疏曰『孔子恂恂，道化洙泗』，《北魏書·賈思
伯傳》云『接誘恂恂，曾無倦色』，竝用此文，俱作『恂』字。
蓋作『循』者《古論》，作『恂』者《魯論》，鄭從《魯論》，
故字作『恂』。」[97]

〔181〕　崐玉　胡刻本作「崑玉」。「崐」「崑」偏旁易位字。下凡「崐」

94　陸德明《經典釋文》，第74頁。

95　《叢書集成初編》本，第10頁。

96　段玉裁《說文解字注》，第399頁。

97　《清經解》第6冊，第76頁。按P.2510鄭玄《論語注》作「循循」。

字同。

〔182〕「馳」上胡刻本有「並」字。五臣本、《梁書》、《藝文類聚》
　　　　均有「並」與上句「皆」字對文。

〔183〕相交徂落　胡刻本「徂」作「殂」。「徂」字《梁書》同，五臣
　　　　本、《藝文類聚》作「殂」。《說文・辵部》：「退，往也。徂，
　　　　或从彳。」歹部：「殂，往死也。」二字義各不同。王力《同源
　　　　字典》云：「古人諱死言『徂』，等於諱死言『逝』。『殂』就
　　　　是『徂』，也就是『往』。《說文》解作『往死』，是強為之
　　　　說。」[98]

〔184〕「兩賢」上胡刻本有「斯」字。五臣本、《梁書》、《藝文類聚》
　　　　並有「斯」字，黃志祥云：「唐寫本蓋脫。」

〔185〕「擯斥於當年」上胡刻本有「皆」字。《藝文類聚》無「皆」
　　　　字，與底五相同；五臣本、《梁書》則合於胡刻本。黃志祥謂
　　　　無「皆」字者蓋脫訛，其說可從，以下三句皆六字，此不當獨
　　　　異。

〔186〕候草木而共彫　胡刻本「候」作「徼」。胡克家《文選考異》
　　　　云：「袁本、茶陵本『徼』作『候』，是也。《梁書》作『候』。」
　　　　梁章鉅《文選旁證》云：「尤本『候』作『徼』，恐誤。」[99] 而
　　　　蔣禮鴻《讀文選筆記》說正相反，蔣氏云：「李善注此句曰：
　　　　『《楚辭》曰：願徼幸而有待兮，宿莽與墊草同死。』則李善所
　　　　據本自作『徼』，與《梁書》異也。」[100] 按蔣說非也，李善引《楚
　　　　辭・九辯》乃注「候草木以共彫」句之出典，非注「徼」字。

98　王力《同源字典》，第 168 頁。

99　梁章鉅《文選旁證》，第 1206 頁。

100　蔣禮鴻《語言文字學論叢》，《蔣禮鴻集》第 3 卷，第 454 頁。

《藝文類聚》亦作「候」，「微」字蓋尤袤據李注而改。

〔187〕膏塗平原骨填山谷　「塗」「骨」二字底五原脫，茲據胡刻本補，五臣本、《梁書》、《藝文類聚》並有此二字。

〔188〕隸　底五原作「𨽻」，胡刻本作「𣜩」，皆「隸」之俗字，參見《敦煌俗字研究》[101]，茲徑錄作「隸」。

〔189〕「或曰人以濟」下底五原有「物」字，與上文皆五字句者相參差，「物」為衍文，茲據胡刻本刪正。五臣本、《梁書》並無「物」字。

〔190〕糺　胡刻本作「糾」。《廣韻·黝韻》：「糾，俗作糺。」[102]

〔191〕迴環　胡刻本作「迴還」。「環」字《梁書》同。「環」「還」同源，說見王力《同源字典》[103]。

〔192〕必禦物以効靈　胡刻本「禦」作「御」，「効」作「效」。「御」「禦」古今字。《玉篇·力部》：「効，俗效字。」[104]

〔193〕惑者　胡刻本作「或者」。「惑」字《梁書》同；五臣本、《藝文類聚》並作「或」，五臣張銑注云「言或有人」云云，則「惑」為「或」之假借字。然此作「惑者」指迷惑之人亦無不通。

〔194〕豈智有力者運之而趨乎　胡刻本「智」作「知」。「智」為「知」之假借字。

〔195〕昬　胡刻本作「昏」。「昬」「昏」異體字。

〔196〕辯　胡刻本作「辨」。「辨」本字，「辯」假借字。二字古多通

---

101 張涌泉《敦煌俗字研究》（第二版），第 874 頁。

102 《宋本廣韻》，第 308 頁。

103 王力《同源字典》，第 399 頁。

104 《宋本玉篇》，第 149 頁。

用。

〔197〕簶　胡刻本作「錄」。王力《同源字典》云：「『簶』是『錄』的分別字，用作名詞。」[105]

〔198〕貔　胡刻本作「貔」。《龍龕手鏡》犬部平聲：「貔，俗，音毗。正作貔。」[106]

〔199〕沸聲若雷電　胡刻本「電」作「震」。五臣本、《梁書》並作「震」，底五「電」疑為形訛字。

〔200〕岳　胡刻本作「嶽」。「岳」古文，「嶽」篆文。

〔201〕長卿　胡刻本作「相如」。「長卿」二字《梁書》同，五臣本則作「相如」。上句「亭伯」六臣本作「崔駰」，校語云「善本作亭伯」。崔駰字亭伯，司馬相如字長卿，胡刻本上下文不一律。黃志祥云：「此二句為偶，當以字號對字號，唐寫本、《梁書》最是。」

〔202〕尺量　胡刻本作「尺之量」。五臣本、《梁書》並有「之」字，黃志祥謂底五脫訛。

〔203〕州郡　胡刻本作「州部」。李善注引《莊子》云：「賓放於鄉里，逐於州部。」五臣本、《梁書》並作「州部」。

〔204〕隟　胡刻本作「隙」。「隟」為「隙」之俗字，考詳《敦煌俗字研究》[107]。

〔205〕「敦」字右側底五注一小字「沌」。《梁書》正作「沌」。

〔206〕「踵武」下胡刻本有「於」字。《梁書》無「於」字，與底五合。

---

105 王力《同源字典》，第298頁。

106 釋行均《龍龕手鏡》，第317頁。

107 張涌泉《敦煌俗字研究》（第二版），第860頁。

〔207〕　秐　胡刻本作「耘」，其下尚有「於」字。《說文・耒部》：「損，除苗間穢也。从耒，員聲。耘，䢵或从芸。」「耘」即「耘」字之省，「秐」「耘」異體字，俗書禾、耒二旁相混。《梁書》無「於」字，與底五合。

〔208〕　丞報　胡刻本作「蒸報」。李善注引《小雅》云：「上淫曰蒸，下淫曰報。」「蒸」字或作「烝」，底五「丞」當是壞字。五臣本、《梁書》並作「蒸」。

〔209〕　比其狼戾　胡刻本「其」作「於」。「其」字《梁書》同，黃志祥引王引之《經傳釋詞》云：「其猶於也。」

〔210〕　曾何足云　胡刻本「云」作「喻」。五臣本亦作「喻」，《梁書》作「踰」。

〔211〕　瀍雒　胡刻本作「瀍洛」。「瀍」為「瀍」之俗省。古豫州之水作「雒」字，雍州之水作「洛」字，瀍雒字不當作「洛」，考詳段玉裁《經韵樓集》卷一「伊雒字古不作洛考」條[108]。

〔212〕　氓黎　胡刻本作「萌黎」。「氓」字六臣本、《梁書》同，六臣本校語云「善本作萌字」。李善注云：「韋昭《漢書注》曰：萌，民也。」按《說文・田部》「甿，田民也」段注云：「民部曰『氓，民也』，此从田，故曰『田民也』。古祗作『萌』，故許（慎）引《周禮》『以興耡利萌』，蓋古本如是。」[109]「黎」為「鑗」字異體，此當是「黎」之形訛字。

〔213〕　五帝桷其區寓　胡刻本「桷」作「角」，「寓」作「宇」。「角」與上句「競」字同義對文，底五「桷」為假借字。《說文・宀

108 段玉裁《經韵樓集》，第 20-22 頁。

109 段玉裁《說文解字注》，第 697 頁。

部》：「宇，屋邊也。寓，籒文字从禹。」

〔214〕 弒　胡刻本作「殺」。「殺」「弒」古今字。

〔215〕 耶　胡刻本作「邪」。《玉篇·耳部》：「耶，俗邪字。」[110]

〔216〕吉凶存乎命　胡刻本「凶」作「凶」，「存」作「在」。「凶」為「凶」之俗字。「存」字《梁書》同，「存」「在」同義。

〔217〕 剪　胡刻本作「翦」。「剪」為「翦」之俗字，考詳《敦煌俗字研究》[111]。

〔218〕 若　胡刻本作「若使」。據奎章閣本校語，所見李善注本無「使」字。北宋監本正作「若」，與底五相合。《梁書》無「若使」二字。

〔219〕 若使　胡刻本作「如使」。「若使」二字六臣本同，校語云「善本作如使」。《梁書》正作「如使」。「若」「如」同義。

〔220〕 俓庭之辝　胡刻本作「俓廷之辭」。聯綿詞無定字，作「俓廷」「俓庭」均可，又作「俓侹」。「辭說」字敦煌吐魯番寫本多作「辝」或「辞」，《干祿字書·平聲》：「辝辯辭，上中竝辝讓；下辭說，今作辝，俗作辞，非也。」[112] 是「辝」可作為「辭」之俗字，「辞」又「辝」之訛變俗字。

〔221〕河漢之不極　胡刻本「極」作「測」。「極」字《梁書》同，五臣本作「測」。李善注云：「《莊子》：肩吾問于連叔曰：吾聞言於接輿，大而無當，往而不反，吾驚怖其言，猶河漢而無極。司馬彪曰：極，崖也。言廣若河漢，無有崖也。」是所據《辯命論》當本作「極」，胡刻本「測」字蓋襲自六臣本。

110　《宋本玉篇》，第94-95頁。

111　張涌泉《敦煌俗字研究》（第二版），第325頁。

112　施安昌《顏真卿書干祿字書》，第16頁。

〔222〕 珪璧斯磬　「璧」底五原誤作「壁」，茲據胡刻本改正。胡刻
　　　　本「磬」作「罄」。《說文・石部》：「磬，樂石也。」缶部：「罄，
　　　　器中空也。」「罄」篆段注云：「引申為凡盡之偁。古書『罄』
　　　　『磬』多互相假借。」[113] 郝懿行《爾雅義疏》云：「（罄）通作
　　　　『磬』。《樂記》注：『磬當為罄。』左氏僖廿六年《傳》『室如
　　　　縣罄』，《魯語》作『室如縣磬』。《淮南・覽冥篇》『磬龜無
　　　　腹』，高誘注：『磬，空也。』」[114] 按胡刻本卷五左思《吳都賦》
　　　　「谿壑為之一罄」，Дх.01502 寫卷亦作「磬」，正與底五相同，
　　　　是「罄空」字古書多作「磬」，郝氏之說合於古人用字習慣。

〔223〕 梁　底五原誤作「梁」，茲據胡刻本改正。

〔224〕 蕠　胡刻本作「芻」。《玉篇・艸部》：「芻，俗作蕠。」[115]

〔225〕 狢　胡刻本作「貉」。「狢」為「貉」之後起換旁字，《干祿字
　　　　書・入聲》：「狢貉，上通下正。」[116]

〔226〕 氷　胡刻本作「冰」。「氷」為「冰」之俗字，《干祿字書・平
　　　　聲》：「氷冰，上通下正。」[117]

〔227〕 生民　胡刻本作「生人」。「人」為「民」之諱改字。

〔228〕 逝而不召「召」底五原作「名」。胡刻本作「召」，與下句「來
　　　　而不距」之「距」反義對文，底五「名」當是「召」之形訛字。
　　　　五臣本、《梁書》、《藝文類聚》亦並作「召」，茲據改。

〔229〕 不充詘於富貴　胡刻本「詘」作「詘」。六臣本作「屈」，校語

---

113 段玉裁《說文解字注》，第 225 頁。

114 郝懿行《爾雅義疏》，第 125 頁。

115 《宋本玉篇》，第 259 頁。

116 施安昌《顏真卿書干祿字書》，第 64 頁。

117 施安昌《顏真卿書干祿字書》，第 33 頁。

云「善本作詘字」；《梁書》、《藝文類聚》並作「詘」，合於胡刻本。「詘」「詘」《說文》異體，言部：「詘，詰詘也。一曰屈襞。从言，出聲。詘，詘或从屈。」五臣本「屈」則可視為「詘」之省借，《說文・尾部》「屈，無尾也」段注云：「今人『屈伸』字古作『詘伸』，不用『屈』字，此古今字之異也。」[118]

〔230〕文選卷第廿七胡　刻本作「文選卷第五十四」。「廿」為「二十」之合文，敦煌吐魯番寫本多作「廿」。李善分蕭統《文選》一卷為二，蕭《選》卷第二十七相當於李注本卷第五十三、五十四兩卷。

---

118 段玉裁《說文解字注》，第 402 頁。

地域文化研究叢書．敦煌文化研究叢刊　A0204029

敦煌吐魯番本《文選》輯校 上冊

作　　者　金少華

版權策畫　李煥芹

責任編輯　曾湘綾

發 行 人　林慶彰

總 經 理　梁錦興

總 編 輯　張晏瑞

編 輯 所　萬卷樓圖書股份有限公司

排　　版　菩薩蠻數位文化有限公司

印　　刷　博創印藝文化事業有限公司

封面設計　菩薩蠻數位文化有限公司

出　　版　昌明文化有限公司

桃園市龜山區中原街 32 號

電話 (02)23216565

發　　行　萬卷樓圖書股份有限公司

臺北市羅斯福路二段 41 號 6 樓之 3

電話 (02)23216565

傳真 (02)23218698

電郵 SERVICE@WANJUAN.COM.TW

大陸經銷

廈門外圖臺灣書店有限公司

　　電郵 JKB188@188.COM

ISBN 978-986-496-481-9

2021 年 3 月初版二刷

2019 年 3 月初版

定價：新臺幣 360 元

如何購買本書：

1. 轉帳購書，請透過以下帳戶

　　合作金庫銀行 古亭分行

　　戶名：萬卷樓圖書股份有限公司

　　帳號：0877717092596

2. 網路購書，請透過萬卷樓網站

　　網址 WWW.WANJUAN.COM.TW

大量購書，請直接聯繫我們，將有專人為您

服務。客服：(02)23216565 分機 610

如有缺頁、破損或裝訂錯誤，請寄回更換

國家圖書館出版品預行編目資料

敦煌吐魯番<<文選>>輯校 上冊 / 金少華

著. -- 初版. -- 桃園市 ： 昌明文化出版 ；臺北

市 ： 萬卷樓發行, 2019.03

　　冊 ；　公分

ISBN 978-986-496-481-9(上冊 ： 平裝). --

1.文選 2.研究考訂 3.敦煌學

830.18　　　　　　　　　108003214

本著作物經廈門墨客知識產權代理有限公司代理，由浙江大學出版社授權萬卷樓圖書股份

有限公司出版、發行中文繁體字版版權。

本書為金門大學產合作成果。　　　　　　　　校對：洪婉妮／華語文學系三年級